透过心灵的阳光

TOUGUO XINLING DE YANGGUANG

上

蒲黎生 著

敦煌文艺出版社

图书在版编目（CIP）数据

透过心灵的阳光 ：上下册 / 蒲黎生著. -- 兰州 ：
敦煌文艺出版社,2019.9（2021.8重印）
ISBN 978-7-5468-1808-5

Ⅰ. ①透… Ⅱ. ①蒲… Ⅲ. ①中国文学－当代文学－
作品综合集 Ⅳ. ①I217.2

中国版本图书馆CIP数据核字（2019）第209780号

透过心灵的阳光

蒲黎生 著

责任编辑：曾 红
封面设计：孟孜铭

敦煌文艺出版社出版、发行
地址：（730030）兰州市城关区曹家巷1号
0931-8152315（编辑部）
0931-8773112 0931-8120135（发行部）

北京一鑫印务有限责任公司印刷
开本787毫米×1092毫米 1/16 印张40.75 插页16 字数600千
2020年6月第1版 2021年8月第2次印刷
印数：1 501～3 500

ISBN 978-7-5468-1808-5
定价：100.00元

横空出世雷鼓山名昌故風延
千年雲涵岷山萬里雪西潤長
江百代源山高無語人膜拜林
深自有樹擎天官鷺含情勝九
寨哈達獻瑞迎客還　丙申之夏月

蔡生先生咏宕昌隴人席小鴻書于隴上江南

甘肃省高级人民法院副院长席小鸿书

青泥嶺上覽天底雲騰霧繞水
成溪沃野孕育稻谷豐山水潤
澤人宜棲物華天寶文脉長世
紀金徽天下奇白水古道遺風
在徽州兒女今勝昔 丙申之夏

錄黍生先生所撰徽州行吟 東泰齋人席小鴻書之於隴南

席小鸿书

萬里青山綠作浪盛世兩當時

逢陽樹暎村落抱溪水道通林

蕭達遠方蟬鳴三夏心空靜蛙

聲一秋稻花香風清氣爽宜人

居山河處處是故鄉

錄黎生先生作品有當吟 席小鴻書之於隴上江南

丙申季夏月

席小鸿书

中国书法协会会员赵元鹏书

山高日古住馨援亭樓蒼然撐

蒼空松柏疊翠劲梵樂說江吐露

澥雲煙忽為演義謳頌盛雄蹄喚

醒俠廿川陰來南雲光一柱稱領

風聲敷百度

蒲黎生薩中子藏

乙未春月 龐璽書

中国书法协会会员徐膺玺书

景朓登臨雲華臺伏羲演易八峰崔子年讓水沙雲煙萬世巧娘織錦彩帆池古風行迓兒晚霞湖畔燕歸來雨雪陽滋潤山河秀人文薈萃花盛開

歌詠西和　蕭黎生詩　青青居鄭虎秦錄

中国书法协会会员郑虎林书

萧瑟登临映翠峰，东去揽辔策丹枫。山河莽莽连西塞，江水一泓赖天工。万里如追村落晚，独乃中原社稷新，迤逦只见且无顿。

丙寅年仲夏于六浪阁，关山隐隐在情，一凡，箫声不带雨云愁。

中国书法协会会员张建平书

雲飛快馬欲加鞭櫛風沐雨攀雞山百步濃霧覓索道萬丈孤峰欲撐天放聲高歌響千里揮臂呼應見青天化卻雲霧知高處不覺人已在高天

右錄蒲黎生先生遊雞峰

乙未仲春楊周全書

中国书法协会会员杨周全书

中国书法协会会员尚新元书

中国书法协会会员马世峰书

中国书法协会会员马如龙书

张建平书

昆仑飞峙八荒里　山城龙卧入海檀
永建宏佛盦圆隆手绘忠烈
苍莽一肩擔修筑六厪子架座城
玉琢溪高厘啻不为名利铸芳华
宇但学少陵暖人间

录潘荣生学先生诗　辛卯仲秋戊戌初秋

陇南市委宣传部副部长廖立新书

竹柏溷诸遂
路险如云巅
瀚风寒咏往衣细
雨洗面新眺
势上阶梯依
山径攀援
峰阴诗迎转
人已在高天

中国书法协会会员田晓勤书

田晓勤书

萬壑青山綠作

限集武西當時

連陽橋晚郊蕩

抱溪水涨通珠

蔭遠盡方群鳴

三夏心忘静蛙

響一秋稻色香

居山河坐是

風清筆與夏人

郁鄉

錄蒲碧生雨嘗治

時甲午秋月智暉

两当县政法委副书记王智晖书

王智晖书

攀城陰峰龍九重一耽自淺恋小山碧迴胸一為氣必雲習坐禅空道梅家蒲访去品意意風尽寄情泰民安太平

康县人民法院副院长吴怀国书

秋到棉子园
日映菊花
艳树梢挂
灯笼绿叶
满荒原动
信步入农
手疏油菜
田心荡漾
朝阳品茗
倚窗轩

题马利民棉子
园农家乐辛卯
腊之月敬录
蒲黎生诗二首

甘肃省书法协会会员柏永舵书

序

蒲　泽

　　人生如白驹过隙。当年少小离家之时的情景还历历在目，
恍若昨日，转眼自己已到了耄耋之年。年岁愈高，怀旧之心愈
甚，思乡之情愈浓。恰逢族孙蒲黎生诗集《透过心灵的阳光》付
梓，请我作序，我欣然应允，一则表示对晚辈才俊的褒掖，一则
表达对家乡的怀想和对乡亲们的问候。我的家乡坐落在礼县南
部大香山下，西汉水畔，这是一方历史悠久、文脉绵长的圣灵之
地。礼县是秦文化的发祥地，先秦时期的西汉水流域，孕育了中
国最早的诗歌《诗经》。"蒹葭苍苍，白露为霜。所谓伊人，在水一
方。"《秦风·蒹葭》就产生于西汉水流域。大香山是远近闻名的
佛道圣地，也是观音文化的发源地。先秦文化赋予了乡民崇文
重学的优良传统，而观音文化又滋养了乡亲纯朴善良的品质。
因此千百年来，虽然家乡条件艰苦，历尽磨难，但祖祖辈辈耕读
传家、生生不息，不断发展，并以民风纯朴、文脉旺盛、人才辈出
而享誉周边。

　　黎生从小就生活在这里，自然也受到了这种地域文化的熏
陶。他从小在吃不饱穿不暖的条件下勤学苦读，后幸运地赶上
了恢复高考，成为时代宠儿。大学毕业后，只知他从基层法庭到

县级法院再到市中级法院领导岗位,每一步都走得很认真很坚实。偶尔也读到他发表的一些作品,知他爱好文学。去年他来看我时,带来了他刚刚出版的散文集《走过心灵的田园》。我闲暇之余随意翻阅黎生的散文,没想到竟然深深吸引了我,以至于不忍释卷。他的文字散发出一种对人生、对社会、对事业的热情以及对家乡、对亲人、对朋友的浓浓爱心。更为可贵的是,他把这种热情和真诚用文学的语言、艺术的手法表现得淋漓尽致,一下子就能拨动人最敏感的神经,我才知道他的散文已经有了不小的成就。没想到时隔两年,他又拿来了即将付梓的诗集清样。这部诗集以古体诗和现代诗为界分为上、下两集,集中展示了他在诗歌领域多年来辛勤耕耘的成果。可见他在案牍之劳和生活琐屑之外一直在坚守自己的精神领地,经年累月初心不改,孜孜以求竟有所成。我不得不对这个既熟悉又陌生的后辈刮目相看了。

黎生的诗歌和他的散文一样,最为感人的还是描摹山水、礼赞家乡、讴歌生活的篇章。人往往是这样,越是苦难的岁月,越能留下深刻的记忆。但当你咀嚼往事时,苦涩中又带有丝丝甜蜜,这一点在黎生的作品里表现得尤为突出。家乡的村庄农舍、田野、庄稼、牛羊在他的笔下如影随形,自如地绽放。这些景象,尽管有的是眼前所见,有的则是埋藏很久的心底情结,但因情感的热度和艺术的浸润而变得神采飞扬,对于我们这些半生在外奔波很少回家的人,一下子就能唤醒对熟悉场景的回味、对过往岁月的感怀和对家乡变迁的感叹,从而勾起浓浓的乡愁。但黎生的艺术视域不仅仅拘泥于生他养他的小山村,他从歌咏家乡升华到歌咏陇南、歌咏祖国乃至于歌咏时代、歌咏生活、歌咏友情。特别是他在对陇南九县区的山川盛景一一进行艺术再现时,善于抓住最具特色的自然景象,将相对同质化的自然风光进行异质化的艺术重构,再加入时代和人文的色彩,寥寥数笔就能传神地展现出一个地方的自然神韵和独特魅力,同中见异、小中见大、平中见奇,没有一定的艺术感知能力、形象概括能力和语言驾驭能力很难做到。中国的文人士大夫,其诗歌不管是"言志"还是"言情",思想取向总是在出世与入世之间矛盾徘徊。"安能摧眉折腰事权贵"的李白,也曾怀抱"寰区大定,海县清一"的伟大理想;"晚年唯好静,万事不关心"的王维,也曾有过"出身仕汉羽林郎,初随骠骑战渔阳。孰知不向边庭苦,纵死犹闻侠骨香"的豪雄;而当年"会挽雕弓如满月,西北望,射天狼"的苏轼,谁能想到又"竹杖芒鞋轻胜马,谁怕?一蓑烟雨任平生"了呢? 这种十分矛盾的现象折射出古代文人士大夫曲折人生百转千回的心路历程,也受儒家"穷则独善其身,达则兼济天下"思想的深刻影响。黎生的诗歌也不知不觉中蕴涵了这种矛盾,但又进行了成功的理性把握。一方面,从小的生活经历使他对田园生活有一种与生俱来的亲切感,城市的嘈杂和生活的烦恼也使他对乡村的宁静纯朴心向往之。因此,一旦写到家乡的山水田园,感情一下子贴近,文笔也随之灵动起来,形成了他诗歌中最具文采、最有感染力的靓丽一族。但多年来的正向熏陶、德学锤炼形成的价值取向和担当意识最终引领他走向更为充盈精彩的人生,心中的信念、社会的担当与家庭的责任激励他不断向前,对家乡、亲人和事业的热爱也焕发出生活的热情,使他的作品展示出达观的心态、宽广的胸怀、强烈的责任感,折射出感恩、奋进、忠诚、重义的赤子情怀,从而使他的作品一抛优柔之气而呈现出格调昂扬、刚健有力的特质,这也是我喜欢他的人和他的作品的一个重要原因。

家乡的山,稳实、厚重而不乏灵气;家乡的水,清纯、甘冽又多姿多态。黎生的做人与诗风也明显受到了家乡山水的浸润,他的古体诗整体给人一种境界开阔、庄重典雅而又变化多姿、辞采飞扬的感觉。虽然从专业化的角度来看,平仄用韵、对仗用典还远远达不到典丽精工,但单从语言表达来看已经锤炼到相当精妙的程度,朴实当中见机巧,铺陈当中看变化,平淡之中蕴理趣,浅近之中有真意。这些特点,相信读者诸君一定心领神会,我就不一一赘述了。除旧体诗之外,黎生还创作了大量的新体诗,总体感觉新鲜质朴、感情真挚、自然流畅。我是外行,这里也就不妄加评论了,"人事有代谢,往来成古今"。我们幸运地赶上了一个伟大的时代,历经磨难的家乡得以摆脱千百年来贫困落后的面貌而日新月异,纯朴善良的乡亲们得以过上安定、殷实而有尊严的生活,也为每一位志存高远、勤奋上进的年轻人提供了施展才干、实现抱负的平台。衷心祝愿我的家乡经济发展,文化昌盛,英才辈出;祝愿乡亲们家庭和顺,生活安康;也祝黎生事业上再攀高峰,艺术上更上层楼!

2019 年 1 月 2 日于兰州

(作者系原甘肃省林业厅厅长)

目　录

第二辑　激情澎湃的岁月

第四辑　古诗新韵

附　录

第一辑 灵魂在阳光下奔跑

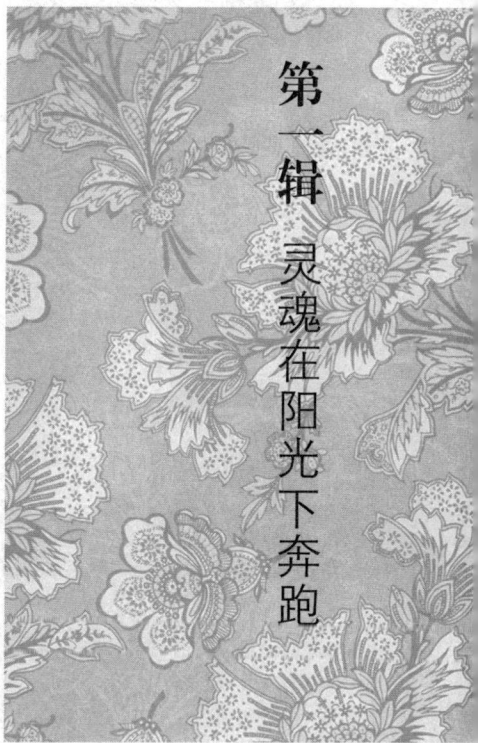

母　亲

我的母亲是一位农家妇女

平凡简朴如天上的一颗星星

在父亲逝去的日子里

母亲是冬夜里的一盏煤油灯

嗷嗷待哺的小生命

等待母乳的滋养

在萧瑟的岁月中

母亲破旧的衣襟是我生命的旗帜

咽下苦涩的泪水

迎接滴血的黎明

母亲的胸怀坦然如广袤的原野

在腥风凄雨中静候季节再度丰稔

岁月因母亲的劳作而流光溢彩

日子遂变得殷实而富庶

母亲把生命化成七彩光芒

给自己的七个儿女披戴七道彩虹

在生命的最低谷

母亲用心血滋养了自己的儿女

儿女们放飞的翅膀

是母亲高扬的生命旗帜

母亲因饱经风霜而日渐衰老

生命因困难而绽放美丽

我们这群飞翔在天空的儿女

是否揽一缕蔚蓝化作母亲的衣衫

2002 年 7 月入刊《新世纪精短文学作品选》

献给母亲的歌

年轻时母亲的衣衫

在田野里飞扬

屋檐下就堆起

金黄的玉米棒

火红的辣椒

涨红了脸的高粱

笑弯了腰的大豆

这是母亲涂抹的最亮丽的色彩

母亲虽然只是一个农人

但并不意味着母亲愚钝

虽然地处穷乡僻壤

但并不代表愚昧与落后

母亲以自己的灵性

山村农家妇女的聪慧

将自己的儿女放飞

成为天空最美丽的彩虹

一个母亲的爱

和千万个母亲的爱是相同的

但相同的爱

所走过的历程各不一样

付出的艰辛用语言无法表达

我的母亲用血汗透支了自己的青春

生命遂在母亲的暖怀得以成长

岁月苍老了母亲的肖像

母亲的银发辉映岁月的容光

年迈的母亲倚门遥望

当我们离家出走

母亲就是照耀我们的一束早阳

当我们回归故里

母亲就是屋檐下停留的一缕暖阳

村有老树是一个村的福祉

家有老人是一个家的福祉

家的概念就是

母亲膝下儿孙满堂

全家团聚和睦相处幸福安康

注:二〇〇五年农历三月二十一日是母亲七十五岁生日。作诗一首记之。

2005 年 3 月 21 日

父　亲

父亲是一位领路人

冥冥之中带我来到这个世界

当我认识父亲的时候

突然间再也找不到他了

从此我的童年失去了光彩

在急切的盼望中我长大了

我不能不日思夜想

父亲应该是一座伟岸的山峰

但那座山太突兀太高大

我无法看清他的容颜

父亲其实就是一片肥沃的土地

庄稼在一季一季地丰稔

但那片土地太广袤太辽阔

我无法拥有他的真实

父亲就像一条浩瀚的江河

浸润着河岸的田野树木

但河流入海不复返

我无法追寻他的背影

父亲就如一棵枝繁叶茂的大树
燃烧着青春的火焰
然而我不能及时长大
无法感受他蓬勃的生命

我也已成为一位父亲
血液里流淌着父辈的激情
但没有充分的理由相信
将一种精神传承给我的子孙

夜深人静的时候
我独自遥望苍穹
应该度过怎样的人生
谁能回答我内心的拷问

2017 年 8 月 22 日于天嘉故里

木匠哥哥

挑着生活的担子
晃悠在弯弯的山道
在山道的琴弦上奏响斧子、凿子、刨子的交响
木匠哥哥就是琴弦上跳动的音符

伐木而作
雕凿曲折
刨光、打眼、凿卯、搭建
爽朗的笑声是山里人的期望
木匠哥哥就是山民们遮风挡雨的小木房

回来一弯新月
出门一轮早阳
不避风寒酷暑的劳作
在日月的光晕里打捞五颜六色的生活
木匠哥哥就是散发着芳香的五谷杂粮

岁月打磨得铮亮的扁担
一头挑着妻家儿女
一头挑着兄弟姐妹
在饭香四溢的厨房里
木匠哥哥就是挑起我们所有日子的脊梁

给姐姐的歌

生命的成活
有如三月的杨柳
化作葱茏的绿色
绽放生命的花朵
把青春的童话
飘洒成如烟柳絮

犹如长夜里的油灯
辉映慈母般的心境
将千言万语融入丝线
一针一线密密地缝织
纳一双千层底布鞋
伴弟妹踏上漫漫旅程

犹如孱弱的一只羔羊
穿越岁月无情的泪雨
驮走两个男人的不幸
又将婆婆的清福扛上肩头
为了儿女的翅膀变得坚硬
倾注全部的心血滋润着凋零的家

犹如蒲公英的种子

放飞童年遥远的希冀

随风飘荡不怕风霜雨雪

执着地生成一片金黄

无人知晓却独自芬芳

笑迎生活的晴空一片透亮

故乡水磨

山溪穿越古旧的石头房

激荡出吱吱呀呀的音响

转动所有的岁月

飘洒出泥土的芬芳

冷酷无语而心有灵犀

一任碾细富庶与贫穷

精细打磨山里人的日子

太阳贮满农户的粮仓

风霜磨钝了的齿沟

犹如老人驳落的牙床

昔日对日子的咀嚼

是否还留有五谷的清香

饱经风霜的水磨房

苍老了岁月的无数意象

伫立风中业已退休

眺望山坳升起新一轮太阳

2005 年 10 月

拄拐杖的姑娘

你吃的是山民的乳汁

你从原始森林里走出

你真不幸但你说并非不幸

你用家乡的树枝撑起弱小的身子

长年累月敲击弯弯曲曲的山路

你不是名人你身上多了一层枷锁

你周围是一道道的墙

因为你是残疾人

你只有拐杖

你只有拄着拐杖的背影

你是凡人

你正在走不平凡的路

你只能拿拐杖敲出坑坑洼洼的脚印

拐杖撞击脚下的路

路的神经在颤抖

你脚下的路在延伸

1986 年 9 月 30 日

男子汉的太阳

——写给上老山前线的哥哥

你不满十八岁

不满十八岁就走在男子汉的风景线上

以群山突兀的脊骨

高原的雄浑和厚重

金子的赤诚

太阳的光泽

以及江南水乡的柔情恋意

熔化锻造成你的气质和骨骼

你懂得祖国需要什么

你知道自己该怎么去做

于是你跨上墨绿的地平线

把一颗怦怦跳动的心托出

书本里人人都是巨人

人人都是男子汉

走出书本并非每个人都能站起来

你真正站起来了

以你铁骨铮铮的身子站起来了

没有可后悔和留恋的

热血和赤诚铸造的最真实

男子汉不是眼泪不是夸海口

能咽下别人不能咽下的

能理解别人无法理解的

男子汉能咽下一座山能喝下一条河

你才是真正的男子汉

你能在炼丹炉里蹲守七七四十九天

你视血与火，爱与恨，生与死在谈笑间

你还不满十八岁

不满十八岁就已是虎生生的男子汉

你还不是将军

但不能认定你做不了将军

将军是从暴风雨中走出来

从烟与火的洗礼中爬出来

你不是夸父

但你是追赶太阳的男子汉

你的历程很长很长

你的脚印很深很深

你迈出的是男子汉的坚强

你的身后有一大群人跟着

鲜活的生命就是祖国最强大的力量

1986 年 5 月 10 日

山·河·长城·战士

山

你是一座山

经过几百年

几万年的地壳裂变拱起的山

蕴含着地心的炽热

饱含了阳光沉淀的重量

屹立在东方王国的版图上

撑起这块土地应有的肌骨

秉承中国龙的血脉

传颂着一个古老而新鲜的传说

不指望吞下别人的苦果

不指望强加苦果于别人

于是，你像山一样站起来

停顿成一个巨大的惊叹号

河

你是一条河

一条从远古流过来的河

发源于最高峰

生长得最古老

流经黄土地

融汇流沙河

激荡起黄皮肤的涛声

澎湃着炎黄崛起的回声

赤诚与碧血汇聚浩荡的汪洋

成就波澜壮阔的历程

山有多高，水就有多深

于是，你就川流不息

长城

古老的长城已很悠久了

古老成星外能看见的为数不多的奇迹

闪着幽光的白骨和孟姜女的哭声不是奇迹

孟姜女的泪很多

但长城哭不倒

长城很坚韧

你属于绿色

绿色最有希望最富光合性

最能沉淀太阳的质量

你雕塑了一代人的群体像

熔铸了一代人的气质和心电图

透视感很强

活脱脱长起来虎生生地壮起来

你很结实，你站立的版块很结实

长城永远很结实

战士

一个有血有肉的从我们中间走出来的人

为了不让风和日丽重布阴霾的忧愁

为了祖国的领土不受侵犯

清醒清醒那些蜕化了的龟孙子

你别离家园别离亲人别离安逸

走进硝烟走进炮火走向后方与前线的界碑

没有凯歌没有顾虑只擦了擦眼睛

你不是暴发户不是赌徒不是狂热分子

你不是拿破仑不是长城飞将不是三国周郎

你只喝了三大碗烈性酒啃了几把手抓羊肉

就实实在在走出去

在不可言状的硝烟中踩出一条闪光的路

从而你不再是你自己

你是巍峨的一座山

你是博大的一条河

你是一座万里长城

你是一个坚实的战士

1986 年 5 月 25 日

爬 山

不觉地

我也挤上了这条山路

羊肠小道很难走

的确这条路很难走

人们喜欢爬山才去爬山

我不得不爬山才来爬山

于是就爬起山来

尽管山不好爬

饱尝山的巍峨和日出的壮观

人们一个接一个地爬上去

我梦想着山巅和山巅上的太阳

于是就爬上山顶把一个鲜红的太阳托出

1985 年 4 月 25 日

墓碑

驼铃摇醒了一个清脆的清晨

拓荒者叩响了尘封已久的历史之门

荒原托起了燃烧的太阳

沙漠刮起了龙卷风

狼烟升起了刀耕火种时争斗的旗帜

化石凝固了地壳运动中鲜活的鱼龙

昏昏沉沉地酣睡了几万年

神话不再是垂危山的灵光

胆小鬼目不敢视的是几堆白骨

绿色的灵感则在一代又一代的血液中延伸

靓丽的青春化作一块块墓碑

后来人肃立三分钟才由此向前去

无水湖，思绪的注脚

一

我的长发

飘起了纷纷的思绪

拉长了的瞳距

浓缩成一片湖

很蓝，没有涟漪

飘起船只是一种臆想

纤夫在执着地拉纤

风很大，但涟漪没有扩散

二

湖里有一双眼睛闪闪烁烁

大气层太厚光不够亮

太阳倒是很亮烧干了湖

星星在哭泣，却没有眼泪

干涩的泪眼一眨一眨的

三

乳房极富有诱惑

柔软延伸了几个世纪

腐化了男人的钙质

从此一批人倒下去

又一批人站起来

悲剧于是由此上演

四

鲜活的心怦怦直跳

真空里听不见声音

阳光隔绝在灰暗的云层

阴湿的天气泡肿了思绪

从此不再干爽

淅淅沥沥的雨滴

溅起了水泡，很涩很涩

五

湖泊干枯成一片沼泽

沼泽不是湖的倩影

湖泊消失了

影子随风而去

遗落嶙峋的骷髅

散发着幽蓝的光

温度降到冰点

行动应该冷静

胡乱动弹会掉下去

泥浆很有黏腐性

天堂从来不在脚下

太阳炙烤大地

湖的沼泽最终要干

干尽了变成无水湖

那是在孕育一个主题

现在不是时候

真的现在还不是时候

六

思绪硬邦邦的

硬化成一座山

任跋涉者的足敲击

敲击没有生机的化石

回首得很卑微

辉煌属于历史

冰冻了笑容

凝固了回眸

悲哀的人自讨苦吃

疯疯癫癫的

到处碰壁

心跳换不回流动的灵感

一座赤壁就永远站在那里

男人走过时皱一皱眉就了事了

女人还得抽泣两声

小孩走过来总是叩击两下子

但是赤壁再不会说话

走自己的路

你不是巨人

就一直跪着

站不起来

就匍匐着爬行

想更稳健一些

有时你也用前臂

没有惊人的瞬间

没有新鲜的内涵

别人品尝过的你也许正在品尝

别人没有经历的你已经经历了

一切既不平常又很平常

一切不耐人寻味又很耐人寻味

多少年你就这样过来了

在既轻松而又不轻松

既艰辛而又不艰辛中过来了

你不是巨人你就是你

经过千辛万苦的努力

回过头来看只是别人的起点而已

1985 年 5 月 1 日

想做诗人而不是诗人的人

你没有诗人的半点热情
你过早地忧郁沉默了
你缺乏诗人应有的气质
诗人是燃烧的一团火
你不是诗人

你想的很多
思绪把你裹严了
离了你好像地球就不转了
其实地球在不停地转
诗人一般都很单纯

你一直都有一个愿望
在你走过的地方留下脚印
当你还没来得及转身时
风沙已经掩埋了你的足迹
但每人都是一首抒情诗

你想宣泄自己的情绪
编织你思绪的栏目
不论有多么艰辛

还是坚持自己的初心
等待有一天拥有自己的天地

你还不是诗人
你是一个忧郁的男子汉
但努力让阳光照耀自己
于是把根扎在深深的土地
免得像夸父一样被太阳融化

1985 年 5 月 4 日

远方，一段没有踩出的路

我要到西部去

你来给我送行

没有红肿的依依不舍

没有咽不下的牵肠挂肚

一杯淡红的葡萄酒

你欲掀起我一路的朔风

我不再迷信

猛抬头我一口吞下男子汉的硬朗

接着就出发了

颠簸，早就给男人准备好了

风沙，迎接我的见面礼

骆驼，已经是远古的事

冒险，其实并不新鲜

心事，我想代代人都没有想完的心事

我准备在暮色里撑起帐篷

得住下去

无法住也得住下去

夜，没有都市那样富丽堂皇

点上一盏煤油灯

让心中的灯仍然亮起来

一次短期旅游倒很壮观

长久待下去不见得人人乐意

我也有心灰意冷的时候

这倒不是证明你的正确

我并不是一个烤焦了心的狂徒

不管有没有路总得要走下去

是要继续走下去

有踩路的也就有走路的人

远方

有一段没有踩出的路

在等待我

1985 年 4 月 28 日

为生命喝彩

生命的麦穗

注定在五月里成熟

太阳的光辉

积淀为饱满的颗粒

献给丰稔的大地

人生的热情

在燃烧中绽放美丽

能量燃成一把火炬

在岁月的漫漫长河

照亮跋涉的路

季节勿需等待

生命亟待创造

穿越时间的隧道

聚焦光和热

锻造不朽的奇迹

人生的色彩

在挥洒中靓丽

把生命的一点一滴

汇成美丽的彩虹

装点人生的晴空

2003 年 3 月入编《21 世纪诗人档案》

人生四季

春天是让人畅想的日子

把万千心愿孕育成一粒种子

播种在肥沃的田野

长出绿色的羽翼

与蓝天共享

与大地共享

与春风共享生命的奇迹

夏天是让人创造的日子

希望的种子长出一片葱茏

在阳光下茁壮成长

在风雨里百炼成钢

敢与雷电抗争

敢与风暴抗争

抗争出一个鲜活的生命风骨

秋天是让人奉献的日子

凝聚所有热情

献给大地母亲

献给兄弟姐妹

献给心中的恋人

生命的芬芳在劳动中绽放

冬天是让人萌发希望的日子

辉煌已经过去

未来仍需等待

将热量积蓄在寒冷的季节

此生不能再次虚度

冰河下春潮涌动

生命在沉默中重放异彩

2003 年 6 月入编《作家与读者》珍藏版

人生悲情

夜色已朦胧

欲望的网慢慢张开

霓虹灯的瑰丽

迷失了怦然跳动的心

金钱化纸在旷野飘零

美酒成水在四处湿浸

青春在无奈中透支

生命的容颜在诱惑里坠落

至纯至真的心灵源头

流出的河水蒙尘时久

滋润人们情感的圣洁

已被赤裸裸地卖出

交易的是灵魂的砝码

血肉是等价物的万金油

日渐式微的人性良知

何时才能返璞归真

哭诉的是我苦涩的眼泪

伤心的是我灼热的心田

呼唤的是我迷途的羔羊

拯救的是我失足的同伴

风清月润的田园

是灵魂守望者的归处

晶莹剔透的心灵

是圣徒情感皈依的圣殿

2003 年 6 月入编《作家与读者》珍藏版

握臂桥

苍凉成岁月的雕塑

古老与现实握手

任岷江滔滔不息地奔流

寻找年轻的梦

曾经葱茏的身躯

任时间的风雨风干

平铺一代又一代人的故事

追寻久远的光辉岁月

在寻寻觅觅的探求中

重建那失落了的美好家园

2007 年 7 月 19 日

宕昌的秋天

白龙江的水从宕昌开始变肥了

宕昌的秋从白龙江溯流就变浓了

于是宕昌的秋天

一夜之间就来临了

翠绿在不经意间涨红了脸

苹果红透了

荞麦红透了

辣椒红透了

柿子红透了

山林凑趣成了红色

野草也干脆红了

就连脚下的土地

稔熟成绯红色

老农的心事遂成粉红色

劳作的农人与土地在交融

世上就有了一种古铜色的颜料

这是季节的际会

是太阳分娩时最美丽的容颜

这种流光溢彩的颜料

让人感动得颤栗而为之心跳

然后匍匐在大地上

当金黄色的玉米棒

悬挂在农家的屋檐下

当树叶成熟为金黄的花瓣

随风纷纷飘落的时候

宕昌的秋天已降临我们周身

2004 年 10 月 14 日

为了永远的生存

宇宙生成了绿色

绿色成就了生命

人是万物之灵

与自然和睦相处

人类创造了文明

文明滋养了人的生存

狭隘的文明破坏了环境

人与自然的矛盾重重

森林惨遭砍伐

土地不断沙化

河流时常干枯

生命遭遇环境的威胁

天空不再蔚蓝

大地一片混沌

尘土与空气一起沉浮

沙石与风暴一起肆虐

人们遭遇一种袭击

一种沙尘暴的袭击

弥漫着混沌未开的苍茫

飞扬着暗无天日的阴霾

气味呛人

窒息了我的心肺肝肠

方向难辨

我是一个孤独的旅行者

地球正在流泪

失却了的梦幻

人类绿色的家园

我们要做环境的主人

亲和自然保护环境

还给子孙一片蓝天

让春风依然骀荡

让阳光依然灿烂

让江河依然奔腾

让枝头依然翠绿

消灭沙尘保持水土

守望人类美好的家园

献给经历"5·12"大地震的人们

颤抖的笔杆

无法撑住颤抖的山

跳动的心口

无法平复颤抖的地

江河的咆哮

雍塞成一个个堰塞湖

破碎的家园

埋葬了多少无辜的生灵

汶川、武平、青川、文县、武都

留下一次又一次强烈震撼

鲜活易碎的生灵

承受了山崩地裂的不幸

无辜的孩子们

善良的母亲们

无家可归的兄弟姐妹

我们面临着生存的考验

那生命的奇迹

那人性的光辉

让我们感受父辈的脊梁

还有来自人间的温情

同胞们挺住这一刻

希望的曙光在前方

2008 年 5 月 13 日

守候不寻常的日子

守候三十个日日夜夜

我们在不寻常中度过

那一段不算太长的日子

但抹不去心中的记忆

六万多同胞离开了人世

三万多兄弟姐妹受伤

两万多亲人失去了踪迹

数以万计的人无家可归

历史定格了这一瞬间

我们承受了时间的重力

我们却是幸存的人

努力坚强地活下去

我们沉痛哀悼

让那些亡灵安息

我们义无返顾挺起脊梁

让那些老人儿童有食有衣

我们义不容辞地流血流汗

让破碎的家园重新矗立

这是一段刻骨铭心的岁月

铸就炎黄子孙的魂魄

我们不再流泪

中国不再流泪

我们要做的事刚刚开始

擦干眼泪挺胸前行

2008 年 6 月 12 日为"5·12"所写

危难情真

从天而降的灾难

让人恐慌和茫然

手里握不住什么

心里留不住什么

唯独心中的爱恋

让人彻夜难眠

星星在流泪

月亮躲在云里面

你那鲜活的生命

让人日夜挂牵

人走了而心不走

我的魂丢在山那边

花开花又谢

云起云又散

潮起又潮落

燕去燕归来

我心中的至爱

伴你度过幸福快乐每一天

2008 年 5 月 30 日

我们是一家人

危楼不能入住

我们无家可归

只能风餐露宿

栖身巷道街头

临时搭建的彩条布

一道辛酸的风景

两万多次余震袭击

老人与儿童

病人与医生

灾民与志愿者

废墟与子弟兵

我们又一次感到了软弱

我们又一次感受了坚强

一方有难

八方支援

一次次滚烫的泪水

一幕幕感动的场景

这一切都缘于我们是一家人

2008 年 5 月 20 日

灾 殇

我是一只飞翔的小鸟

暴风雨摧断了我的翅膀

森林里有我的窝巢

已在风雨飘摇中摇晃

我同行的旅伴们

你是否为失去家园神伤

大地是我们的根

却裂缝了

天空是我们的魂

却暗然了

江河是我们的血脉

却停顿了

森林是我们的筋

却折弯了

山体是我们的脊梁

却滑坡了

我要衔回一颗种子

让它长成生命的长青树

让死难的同胞不再国殇

让孩子们有一个荫凉的地方

让无家可归的人不再流浪

让我们在前进的路上永怀希望

2008 年 6 月 6 日

珍 重

山摇了，地动了

我对你的情不变

河断了，房塌了

不灭的是对你的爱恋

山崩地裂让人忘记一切

而我默记的是爱的诺言

我不能随风而去

因为你还在山那边

灾难最终要过去

我要伴你走过千年万年

一切都可以怀疑

但我的爱不是谎言

生命是易凋零的花朵

因爱而生美丽妖艳

平安无虞地活下去

再遥远你也在我心间

珍重吧我的爱人

你是我的地你是我的天

2008 年 5 月 18 日

枕着地震入眠

地震来了

天塌地陷

我们抓不住亲人的手

抓住的

只是孤独和一夜一夜

的无眠

幸存的人们

握住手，握住沉重的日子

在风雨雷电中颤抖

只要活下来

就会将这段记忆

深深地刻在心头

我们有祖国

十三亿同胞凝聚一起

就固若金汤

中国只要不哭

我们就有希望

爱心铸就的长城

依然屹立在东方

2008 年 6 月 13 日

灾中念想

晚风从身边吹过

抗震棚撑起一片天

鸟儿在枝头鸣叫同伴

布谷鸟鸣叫不夜天

借宿空旷的野地

涌起夜半无眠的思念

天边闪动的那颗星

是否是你那遥远的笑脸

当余震不断地颠簸

你是否仍然无恙平安

当大雨飘泼雨脚不断

你能否安身梦正酣

我们承受怎样的时日

让人食难进睡寝难眠

我们要坚持学会坚强

勇敢才会共渡难关

2008 年 6 月 2 日

好好活下去

一个人留恋一个地方

其实就是留恋一个人

我不是因你才来到世上

却因你而眷恋这个世界

因你的顾盼留连

我才认清我自己

因你的知冷知热

我才要好好活下去

人活着什么都可以放弃

你的情感是我精神的唯一

灾难会让人崩溃

因你我会将生命珍惜

曾经拥有的情怀

那是我的天和地

强震算不了什么

爱情将创造奇迹

2008 年 6 月 3 日

读包苞诗有感

今夜雨声弥漫

我倚窗读诗

这本诗集命名为

《我喜欢的路上没有人》

她的作者生活在中国的北方

北中国的麦田正穗饱露芒

这个诗人已含苞待放

他的名字叫包苞

诗句里透出诗意的灵光

我不知他身居何方

他的心跳引动我的心房

大堡子山是他的脊骨

西汉水是他的奶娘

那敏感而质朴的灵魂

带他走向更辽阔的地方

他不为诗而生存

他为农民而高亢

坦然彰显不凡

苦难铸造坚强

隐忍成就不朽

执着描绘希望

我望世界了凡尘

他观历史唤苍茫

一壶老酒唤不醒对亲人的思念

一腔热血饱含了对社会的忧伤

一勺热汤浇灌男女老幼的和谐

一砚浓墨挥洒古今中外的情商

我行走的路上没有人

我燃烧的火焰没有光

我攀登的山巅没有峰

我穿越的大地没有疆

2015 年 7 月 21 日

京杭大运河

有这么一条河

注定成就了

中国的千年梦想

南来北往

水槽互动

南通州北通州

南北通州通南北

不能否定一时的冲动

一时的冲动会创造奇迹

这条河流就是中国的奇迹

它是中国的苏伊士运河

是中国的好望角

也可以称中国的威尼斯

这是一条中国文化的血脉

它就是京杭大运河

这条河流

运出的是景德镇的青花瓷

更是洛阳城的唐三彩

是泉州的青瓷

是苏州的丝绸

是杭州的刺绣

是宜兴的紫砂

是龙泉的宝剑

是虎丘的莫邪

是古中国的一条血脉

也是新中国的一道风采

褪去的是桀骜不驯的喧嚣

内敛的是深沉厚重的气度

温柔的心性

涵养了千年的江南水乡

娇美的手臂

托举起文人墨客的千年梦想

水与岸在这里聚会

光与影在这里交融

桥与河在这里相拥

灵与肉在这里升华

这是一条走过岁月风尘的河

这是一条柔肠百回的河

这是一条文化浸润的河

这是一条民族心智打磨的河

2017 年 7 月 22 日

西　湖

西湖

在很久以前前前泊在那前

只因我的迟到夙愿成空

在漫长的等待中

我和西湖有前个偶然的邂逅

在千年之后的前个黄昏

我与西子有了美丽的约会

那前抹黛青的远山

苍老了岁月的风尘

那前湖碧绿的池水

在今晚焕发出最美的容颜

夕阳点燃的晚霞

眩晕了我期待的双眸

那随风摇曳的荷花

艳丽得人心旌摇荡

断桥上挥别的

是白娘子的传奇

破茧成蝶的梁祝

诠释着情何以堪的遗憾

坍塌而又修复的雷峰塔

已成为人们瞭望远方的制高点

我是否有闲情逸致

驻足守候三潭映月的瞬间

白堤连山

苏堤拦湖

从此西湖的水

浸润了唐诗宋词

西湖

映照的是中国的身影

包容的是世界的脚步

西湖

擦亮了世界的眼睛

柔软了中国的心灵

2017 年 7 月 24 日

西湖醉饮

一

西湖一隅

我和朋友品茶

香樟树的华冠覆盖着我们

灯光灿烂了周边的一切

我们对饮着西湖的生啤

在微醺中陶然

身后的荷花依然绚烂

她是我的情怀

还是心中的伊人再现

苏堤的灯火阑珊

那波光里的湖水

摇曳着我的想念

涟漪聚散的光波

是远方亲人的回眸

我欲将深情融入湖水

与我至亲至爱的人共享千年

二

西湖

醉了千年文人的梦想

不在乎那一抹山

不在乎那一湖水

在意的是那一世的情

那依依的西湖翠柳

拂动了我的思绪

那亭亭玉立的荷花

让一种美好再现

在这盛夏时节

热浪让人感到无比燥热

西湖并不是我流连的地方

当暮色把我遮蔽在某一隅

我的心才得以坦然

不畏美景的浮华

不畏雷峰塔的威慑

让千年之惧从此释然

临湖听风

面海听涛

静享人生的安好

如此而已

三

西湖

一池的绿漪

将这夏天的酷热

消融在这一泓的碧水

我伫立在岸边

那心中的思绪

必将浸润你的湖水

那楚辞汉赋

让我看到民族风骨依然

唐诗宋词赋予我灵感

逶迤的青山是否把我的情绪点燃

那两岸遥望的星辉

就是我心中的眷恋

左岸上依依的杨柳

是否呼唤心中的伊人在人间

那幽暗苍苍的蒹葭

让我追寻秦人曾经的家园

这满湖的星辉

让我体会矻矻寻求的田园

2017 年 7 月 23

2018 年 2 月 10 日发表于甘肃文艺网

夏 雨

这个酷热的夏天
高温炙烤着大地
一切好像都被点燃
我在等待一场夏雨

云层聚结起来
一道闪电穿透夜空
雷声响彻环宇
久违的夏雨即将来临

那漫山遍野的天水
沐浴着山川树木楼宇
水雾蒸腾酣畅淋漓
暑热在阵雨中隐遁

清凉漫过田野
微风吹拂周身
在夏夜的时空里
我正安享着无法言说的惬意

刚才还是暑热难耐

现在却是清凉世界

无论明天是艳阳还是阴凉

当下我拥有的是幸福美好的时刻

2017 年 8 月 6 日

幸　福

春天的花朵

在微风里绽放

没有人踩踏

没有人採折

花儿在幸福地微笑

清晨的飞鸟

在霞光中歌唱

没有人罗网

没有人囚笼

鸟儿在幸福地飞翔

水中的鱼儿

在清溪中游弋

水质不被污染

鱼儿不被渔猎

鱼儿在幸福地遨游

林中的麋鹿

在丛林间鸣吟

没有潜藏的陷阱

没有充满火药的猎枪
麋鹿在幸福地徜徉

相爱的人儿
在最美的季节
邂逅一场花季
将明天交付给一种誓言
那便是人间四月天

放飞青春的希冀
让信鸽飞向爱的蓝天
一日不见如三月兮
既见君子云胡不喜
那便是最美最幸福的爱恋

2017 年 6 月 6 日

春风如浴

爱情的萌芽

犹如冬日的冰雪

玉壶冰心令人向往

冷若冰霜的矜持

总让人望而却步

春信子的召唤

又叫人怦然心动

春风如浴

遥看似有近却无的绿意

让人怯怯地迈出脚步

追寻那一丝的感动

依依的杨柳

流溢出的情绪

用整个春天绚丽的色彩

渲染一个动人的故事

夏季风来临

世界充满了激情

各种旺长的意象

都为一个人律动

万物为我而生
我的心为另一颗心悸动
重复千年不变的誓言
只求那份爱成为永恒

一日不见如隔三秋
夏日的狂热
能否成就那漫长的等待
秋风褪尽一切繁芜
站立绝世独立的风景
那是我们共同坚守的
永不褪色的岁月
静享幸福美好的日子

2018 年 2 月 10 日发表于甘肃文艺网

桂林情绪

一

桂林

一个叫人脚步慢下来的地方

桂林

一个让人思想升起来的地方

这一江的清流

唤醒我的梦幻

那嵬岌的山峰

燃烧我的情绪

游弋的河鱼

那是水的精灵

翱翔的水鸥

那是山的信使

青山依偎着河水

河水环抱着青山

这是亘古不变的缠绵

这是不离不弃的眷恋

一山的葱茏

正是我永不枯竭的激情

一河的清澈

有如我一尘不染的心田

我与妻子携手实践

三十年前预约的第一次远行

这无忧无虑的放足

是对爱情海誓山盟的践行

没有浓妆艳抹

才迎来满怀的山野清风

二

引颈汲水的象山

成为桂林的性格

万象成景

千山竞秀

一马奔腾

万马归槽

独秀峰一峰独秀

叠彩峰山峰叠彩

两江四湖的绿渑

酿造千年的桂花酒

让我豪饮山野清风

醉倒在清澈澄明中

中秋的一轮明月

辉映着形态各异的一十八桥

夜游船穿越了千年梦幻

歌舞笙箫迷醉了天上人间

这是我的故乡

还是梦中的家园

三

漓江是一首诗

燃烧着诗人的情绪

把千年的诗心

化作流淌的诗意

漓江是一幅画

激活了画家的想象

挥洒天地间的丹青

描绘绝世无双的画卷

漓江是万花筒

迷醉了游人的双眼

千山呈锦

万河流韵

漓江流动着一河的梦幻

飘溢出童话般的蔚蓝

溯流而上的竹筏

承载的是我和妻子的夙愿

江山如画

我心趋向自然

鬼斧神工

美丽尽显眼前

这是原始的生态

这是自然的山水

千百年不变的风骨

亿万年成长的生命

清风明月唤人归

高山流水伴人眠

不曲意迎合不刻意雕琢

方呈现自然的本色

四

从千年出发

一路寻寻觅觅

驻足千年后的时空

陶公梦中的桃花源

我目不暇接的是

中国文人心中的田园

青山一任玉树临风

江河几度暗香流动

芳草春秋萋萋

桃李东西夭夭

山野清风一分钱也不卖

蓝天白云黄金白银难得

那婀娜多姿的凤尾竹

摇曳的是我心中的悸动

那鱼翔浅底的灵动

呈现的是我心中的真实

那一江流动的绿水

牵动的是我心中的清纯

那停泊在江中的岛屿

挽留的是我心中的淡定

一弯江村

一缕炊烟

绿荫蔓延的河堤

是我走向心灵的路径

我姗姗来迟

我只是世间的一粒微尘

我来到这里并不重要

重要的是人间仙境等待我的来临

山川大地江河山峰

那才是我们生命的永恒

2017 年 10 月 6 日于桂林

故 乡

在那亲切而遥远的地方

有我生命的故乡

长满庄稼的山坡

绿草连天的原野

终年不息的溪流

还有那满坡满坡的阳光

晚归的牛羊

走进夜色的苍茫

牲口的吼叫

唤醒鸡鸣犬吠的交响

袅袅的炊烟

飘溢农家的饭香

灯火闪烁的茅草房

是我栖息的地方

年复一年日复一日

大地抚育着自己的子民

子民编织着大地的盛装

但山还是那座山

村庄还是那个村庄

在土里刨出更多的财富

是村民一生的追求

看老天的脸色吃饭

就成了无法摆脱的宿命

为寻求心中的梦想

从故乡走向远方

为重拾失却的纯真

回归故乡为自己疗伤

大地一次又一次丰稔

为自己的儿女奉献食粮

我看见孩婴在那里出生

目送着老人在那里死亡

一批又一批的人从异乡归来

一批又一批的人从这里出走

即使天各一方

牵挂的是兄弟爹娘

即使腰缠万贯

故乡才是巨大的磁场

即使穷途末路

故乡还是收容自己的地方

即使地无一垅身为市民

心中难忘斑驳的茅草房

故乡啊，我梦中的田园

树高千尺落叶归根

远行的儿女

何时才能回到你身旁

2018 年 1 月 26 日于阶州

故乡的秋天

故乡的秋天
庄稼颗粒归仓
大地褪下盛装
裸露宽厚的胸膛

我曾是一位猎人
现在收起猎枪
迎风吹起口哨
放牧我的牛羊

天空高远
碧空如洗
南飞的大雁
排成一句句诗行

白墙黛瓦的村庄
炊烟袅袅升腾
乡村盛满夕阳
我回归心灵栖息的故乡

2018 年 2 月 11 日

初见火车

看火车是山里人的梦

坐火车则是我的梦

那年考上大学

我第一次见到了火车

我坐天水到兰州的火车

开始了远行的旅程

绿色的长龙

喘着粗气

冒着白烟

在原野上奔驰

坐在里面感觉不到车在移动

手里的水杯子也不摇晃

窗外的山峰、田野、树木、房屋

急速向身后隐去

无边的风景

似精心装帧的画幅

快速地播放幻灯片

在脑海留下一幅幅电影的插花

坐上火车真好

比长途汽车平稳舒适多了

山里人做梦都想看一回火车

我成了山里第一个坐火车的人

山里人日思夜想都想供出一个大学生

我成了山里第一个走进大学校门的人

我把山里人的梦编织成花环

近距离拥抱了那趟火车

三十年前坐火车

我清晰地记住了那个时刻

2018 年 1 月 20 日

再坐火车

有了工作真好

我娶了一个关中的媳妇

长途跋涉成了常态

火车是首选的交通工具

起点是天水、终点是西安

我在探亲的路上奔波

有站票就好

能挤上车就好

挤得水泄不通的人流

嘈杂的人声、浑浊的空气

我和妻子怡然自得

幸运地赶上了那趟火车

有了孩子真好

妻子又有理由回娘家过年

那广袤的关中平原

让我忘却山里的压抑

赶那趟半夜的火车

天亮就可以到家

旅客像潮水般涌来

谁都不希望被落下

车窗是一个很好的通道

我把孩子从车窗塞进去

害怕孩子被拐卖

依法炮制将妻子塞进去

然后背着大小行李包

把自己卷进回家的人流

回家让亲情将自己融化

再一次振作起来去赶下一趟火车

2018 年 1 月 26 日

在家门口坐火车

陇南人有一个火车梦

一个做了一百年的梦

在新时代变成现实

在家门口坐火车

一个叫孙逸仙的人

曾提出兰渝铁路的构想

这个梦就像肥皂泡

闪了闪一百年就过去了

万山丛中的陇南

山连着山，山垒着山

行路难，难于上青天

在积贫积弱的岁月

狼烟湮没了我的梦幻

战火毁灭了我的家园

一切美好在灾难中流产

没有民族的复兴

哪有家庭的幸福

没有国家的昌盛

哪有地方的繁荣

只有人民站起来了

只有人民富起来了

只有人民强起来了

一个梦想

两个梦想

千万个梦想

才得以实现

我们才能办成

前人想办而没办成的事

我们才能干出

前人从来没干过的大事

边陲小城通火车

穿山越岭不是神话

铁路在不断向前延伸

绿色长龙在风驰电掣

延伸的是脱贫的梦想

奔跑的是致富的希望

2018 年 2 月 1 日

逝去的年味

爆竹一声

拉开了除夕的夜幕

飘散的硫磺味

浓郁了年的味道

如豆的煤油灯

摇曳着昏黄的光

火盆的炭火正旺

酩馏酒温热飘香

敬献时蔬甘果

点燃蜡烛柏香

举行一种仪式

祭奠逝去的亲人

亮起树梢上的天灯

安放天地君亲师的牌位

在肃穆庄严的气氛中

迎接新的一年的到来

儿孙举家回归

团聚在母亲身旁

那时大家还不富裕

亲情却在岁月里流淌

2018 年 2 月 15 日于天嘉

年味

年

是所有日子的浓缩

对亲人一年的期盼

化作舌尖上

家乡的味道

在亲情相融的日子

让家乡的味道发酵

青稞酿造的酩馏酒

烧红了农人的脸庞

炭火炙烤的罐罐茶

熬出古道热肠的滚烫

烟熏火燎的腊肉

让麻木的味蕾满口生香

土生土长的乡音

呼唤走南闯北的人回到故乡

就连那永不枯竭的山泉水

也带着家乡山水草木的芳香

家乡的味道在发酵

家乡的味道在燃烧

燃烧的是一种情绪

延续的是一种乡情

弥漫的是一种乡愁

传承的是一种人情味

2018 年 2 月 20 日于礼县

我在等待一场春雪

夜色苍茫

我正走在回家的路上

车灯如炬

飞雪如剑

干渴的心灵

等待一场春雪来临

雪融成水

浸润山川

田野饱含墒情

万物悄然苏醒

春风飞渡的时候

生命迎来新一轮葱茏

房前的梅花含苞待放

屋后的麦苗拔节旺长

门庭的春联映红

窗前的翠竹傲雪

此时在故乡的炕头

正好与家人围炉听雪

2018 年 2 月 18 日于蒲城

灵魂在阳光下奔跑

早春正午的阳光正浓

梅花迎着太阳微笑

人们还未褪去冬装

树木萧瑟山色灰蒙

我注视着一树花开

蜜蜂是这个春天的精灵

老人领着孩子在公园玩耍

各色风筝飞上了天空

孩子们抬头仰望天空

风筝美丽了天空的风景

一年之计在于春

鹅黄悄然在树梢萌动

我的灵魂在阳光下奔跑

春讯已经来临

2018 年 2 月 24 日

麦收季节

五月的田野一片金黄

第一季收获的日子到来了

我跟在母亲身后割麦子

田野里是麦子成熟的味道

天边没有一朵云彩

太阳的脸涨得正红

旷野无风

百鸟息声

麦芒比太阳还火毒

臂膀刺出一道道血痕

我的体温升到太阳的温度

喉咙一阵焦渴难忍

但我一刻也停不下来

努力跟随挥汗如雨的母亲

母亲是我家冬日的暖阳

劳作的身影在找明天的出路

母亲的衣衫

遮住了屋漏的风雨

母亲的汗水

让全家的生活滋润

佝偻的身子托起日子的晨曦

手中的银镰收割岁月的星辉

麦穗一捆捆整齐地倒下

我们迎来今年的丰稔

为了一日三餐的香甜

母亲在透支着岁月和青春

阳光馈赠了成熟

大地奉献了丰硕

我们为何不能度过

漫漫长夜般的年馑

在烈日下劳作

我感受到了一种艰辛

我的臂膀很快蜕起了皮

脸庞在熏蒸中变得乌黑

母亲死活再也不让我走进田埂

我用母亲的汗水洗去脚上的泥痕

遂拿起母亲认为贵重的文字

在山外寻求心中的梦

不论远方多么遥远

不论道路多么漫长

只身一人迈出坚定的脚步

在荒野无灯里寻求黎明

2018 年 3 月 1 日

春耕的日子

春风融化了最后一朵雪花
北方春耕的日子就到了
犁铧翻开解冻的泥土
泥土的芳香弥漫周身
我和牛是一对兄弟
牛牵引着犁铧
我把握着耕地的深度
默契配合中耕耘着岁月
播下希望的种子
将未来埋在土里
只待春风吹起
山川变得郁郁葱葱

土地呀，我慈祥的母亲
你一季一季地丰稔
为何还不能养家糊口
耕牛呀，我忠诚的伙伴
你长年累月忍辱负重
为何还不能驮起乡村的日出
我面朝黄土背朝天的爹娘
风里来雨里去

皱纹深陷脊梁驼背

我怎么不见你笑容

日子拖垮了你的肩膀

岁月掏空了你的心脏

我的爹娘长眠于足下的土地

心中带走了苦难的忧伤

我从父辈的手中接过锄头

赤脚踩进贫瘠的泥土

在土里来土里去

想走出贫穷的尽头

冲破土地的藩篱

寻找解决温饱的药方

土地承包

给脱贫插上翅膀

土地流转

给致富鼓劲加油

守旧是前行的桎梏

创新滋生新的希望

此刻我站在高高的山岗

故乡掠过绿色的风

就算你走出千万里

故乡永远是我的心脏

2018 年 3 月 3 日

天下小康

当电灯替代了煤油灯

当手机微信替代了书信

当砖瓦房替代了茅草屋

当水泥路替代了羊肠小道

当温饱替代了饥饿

我们迎来了一个新的时代

我们创造了一个伟大的时代

老百姓脱贫了

生活小康了

有病可医了

有学可上了

住有所居了

老有所养了

衣有所暖了

食可以甘味了

梦可以甜美了

人们幸福快来了

贫穷的记忆已成过去

饥饿的日子一去不复返了

白云蓝天

绿水青山

风清月润

海晏河清

我们欣逢太平盛世

过上了祖祖辈辈梦想的

幸福美好的生活

天下终于小康

2018 年 3 月 5 日

孤　独

今年的元宵之夜

只有我一个人待在家里

妻子出门给人行情去了

孩子饭后散步去了

我哪儿也不想去

只好落寞地待在家里了

窗外的霓虹灯闪烁不定

马路上的车呼啸而过

KTV 的音乐震耳欲聋

摩托车的马达声划过夜空

我哪儿也不想去

此刻只想拥有自己的安静

我可以去约会一醉方休

我可以去打牌杠上开花

但这些都不是我想要的

只想一个人坐在孤寂的夜里

无意重拾《红楼梦》

红楼的情节让人感动

功名利禄难掩真性情

荣华富贵怎抵落雪无垠

一切团聚都有散场的时候

一切繁华终究是过眼烟云

一切际遇都会成为过往

一切纠缠都会化作浮尘

我只想留住一种真实

那就是当下内心的安宁

2018 年 3 月 2 日

摘草莓

我和妻子去摘草莓
品尝着春天的味道
山巅的一缕晨光
化作绿蔓上一粒粒鲜红的玛瑙
我不忍心伸出双手
每采一粒就会加速心跳

不是采摘一颗果实
收获的是一颗颗蕴藏着太阳的心
那草叶上晶莹的露珠
让人变得更加透明
那芳草青青的味道
弥漫着自然生长的魂

有人寻觅远处的鲜艳
不顾盼身旁的流连
其实美丽的那一颗正在手下
大多数人看好的是那遥远的彼岸
那就让我归于寻常吧
美好就会在心中显现

珍珠满筐喜悦而归
老农的笑脸灿烂得像花朵
我给予果农丰厚的酬金
果农馈赠我一天最简单的快乐

2018 年 3 月 5 日

樱花满天

一缕春风吹过

绽放一树花开

几缕春风吹拂

樱花汇流成海

细雨浸润的山原

绿意青青铺排

桃花是否还在梦中

帷幔尚未揭开

太阳的暖怀柔软了风的手

抚摸得樱花恣意开怀

大地的体温暖和了树的身

花枝妖娆惹得蝶舞蜂来

樱花灼灼

玉树临风

少女甜蜜的笑脸

透出心中珍藏的爱

孩子天真的嬉闹

阳光下的幸福独具天伦情怀

游人窈窕的倩影

正追逐春天的脚步走来

大黄狗小花狗在树下奔跑

它们嗅到了春天别样的爱

溪流潺潺流淌

河边的青草不沾一点尘埃

在风和日丽的季节

幸福快乐的日子不需要等待

就算走过千山万水

我只等你携一缕春风归来

2018 年 3 月 6 日

在云之上

我渴望在云上飞行

那是超凡脱俗的际遇

只有仰望

天空在云之上

是哪一座高山耸立

挡住了我的太阳

是哪一座高山横亘

遮住了我注视的远方

插上隐形的翅膀

来一次痛彻心扉的飞翔

穿越茫茫云雾

九天又在更高的云之上

了无牵挂的空旷

正如我无法抑制的忧伤

只有俯视

才知天有多高地就有多厚

云下的山川、河流、房屋、树木

成为没有差别的地平线

那一望无际的蔚蓝宛若海洋

簇拥着白云如岛屿如舰船

苍穹无比辽阔

环宇金光四射

你能看见的远方

是属于自己的虚无

没有高山阻挡的疆界

终究是一场虚空

我在云上行走

依靠在舷窗上瞭望

一日千里不是神话

心旷神怡在天上人间

海市蜃楼的虚幻

让人心悬一线

只有从高空降落

跳动的心又回到身边

高与低的落差

过去与现在的交替

传统与现代的交织

记忆与遗忘的轮回

虚无与现实的碰撞

在人间进出火焰

飞溅的火花就是引路的心灯

回归往日的琐碎与世俗

双脚踩在肥沃的大地

幸福就在烟火人间

2018 年 3 月 12 日

春天是心情的背景

天空

是鹰的背景

河流

是鱼的背景

树林

是鸟的背景

房子

是家的背景

春天

是心情的背景

没有鹰的天空是灰暗的

没有鱼的河流是浑浊的

没有鸟的树林是寂寞的

没有男人女人的房子是家吗

没有爱情的春天还明媚吗

那么柔黄的柳丝为谁牵住春风

林中的小鸟为谁歌唱爱情

难道偌大的房子盛不下两个人的爱

桃花汛期的河水容不了游弋的鱼

连翘已开得没有新意

但我知道它是一剂良药

具有清热解毒、消痈散疖

疏散风热的功效

在这桃红柳绿

百花争艳的日子

人免不了心浮气躁

想起苦涩

就可以为人疗伤

新枝嫩绿萌青

花香浓郁风轻

倩影暗香流动

这些与我有关吗

我和人们一样走在春的光影中

呼吸着清纯的空气

沐浴着明媚的阳光

共享着蓝天白云

见证着风和日丽的春天

视而不见地处在庸常的日子

醉春风

春天白龙江的傍晚

江水悠悠微风习习

翠柳摇曳春风的裙裾

油菜花浓抹太阳的容颜

玉兰花内敛少女的矜持

红叶李怒放青春的绚烂

三叶草染绿了甬道

山川镀满了斜阳的金边

橄榄树虬枝横逸

棕榈树撑开了绿色的小伞

春风骀荡的时候

生命都在寻找出路

天上的星星

也露出了羞涩的笑脸

我牵着妻子的手

走在斜阳夕照的水岸

冰雪融化的春水

涨满了一江的绿涢

散步的人摩肩接踵

湿润的气息让人步轻身暖

此刻我感到一种惬意

幸福美好就在身边
幸福着别人的幸福
甜蜜着自己的甜蜜
安居乐业衣食无忧
就是人间的四月天

2018 年 3 月 12 日

乡村纪事

村庄

村庄是家的意象

一茬一茬的人在那里出生

一茬一茬的人在那里生长

一茬一茬的人在那里死亡

山梁还是那道山梁

月亮还是那个月亮

驳落的土坯墙

颓废的茅草屋

盛得下满屋的阳光

挡得住岁月的风雪雨霜

山那边的太阳正在燃烧

山这边沐浴着晚归的夕阳

村庄是安放心的地方

村庄让人充满不一样的忧伤

故乡，再也回不去了

但怎么也走不出童年的时光

炊烟

有村庄的地方

就有炊烟升起

升起的是岁月

弥漫的是生活

内涵的是生机

呼唤的是希望

一个村子连烟都不冒了

等待的只能是一场灰烬

死灰都可以复燃

生活就会更加灿烂

我清晰地记得乡村的时光

故乡的炊烟在夕阳中飘散

麦田

那一坡向阳的麦田

种着父亲的梦

耕种了不知多少遍的地

是母亲的命根子

那一季稔熟的麦子

是一家老少的日子

看着金黄的油菜花开

就想起油坊浓郁的油香

望着绿油油的麦浪起伏

依稀看见母亲的手擀面

亭亭玉立的包谷抽穗

甘醇的酩馏酒就在眼前

黄豆茂盛地生长

酥软滑嫩的豆腐惹人眼馋

庄稼美丽了田地的盛妆

喜悦盛满农家的粮仓

我仿佛亲临阿尔的麦田

最后的成熟和绽放

梵高吃土豆的人

劳作之后归来

在昏暗的油灯下

他们诚实地自食其力

耕田为了生活

读书寻求希望

农家一边在耕耘着麦田

一边在书里寻找希望

坟茔

一只鹰盘旋在乡村的上空

那是乡村的神

一座座坟茔静卧在藤蔓荒草中

那是乡村的根

一座坟茔

安放着一个鲜活的灵魂

一座墓碑

诉说着不寻常的故事

冰冷孤独的墓堆

风雨湮没了名字

岁月却留住了身影

整齐划一的排列

是长幼有序的组合

布满人伦道德的温馨

柏树森森

芳草萋萋

清明时节走向墓地

点燃一盏心灯

温暖亲人的在天之灵

让那香火再浓郁一些

香火的延续更待子孙后昆

社戏

大香山住着观世音菩萨

瓦关庙守护着山神爷

那就把来年的风调雨顺

祈福给这场社戏

神灵就在人间

把一生的命运托付给心中的神

男女老少墨粉登场

自娱自乐周吴郑王

神仙此刻下凡

与村民欢聚一堂

台上唱才子佳人王侯将相

台下观看的是芸芸众生

眼里哭的是戏剧人物的心伤

心里哭的是自己的悲欢难场

把辛酸泪揉进古今过往

大声喊出悲怆秦腔

唱罢戏，卸了妆

角色被请到各个村庄

品尝各家各户的酸甜苦辣

和富贵贫贱人家拉起家常

烟火就在人间

人情味在民间流淌

枣红马

我记得小时候

家里有一匹枣红马

那飞扬的鬃鬣

扬起少年梦的风帆

春天里

掬一滴露珠净脸

牵着马踏露而食

秋风中

挽一缕彩霞暖身

骑着马披月而归

冬月间

寻雪破冰而饮

烈日下

枣红马引颈高歌

抖擞飒爽英姿

碾麦场就是赛马场

碌碡在隆隆地滚

麦秸在碾压中粉碎

随风褪去麦衣

流淌出金黄的麦粒

矫健的马不知疲倦

我妄想做一个骑士

乡村崎岖的羊肠小道

盛不下奔驰的马蹄

终究没能成为骑手

枣红马在岁月中老去

老去的是一个忧伤的时代

迎来的是一个崭新的未来

不论时光怎样荏苒

挥之不去的是我对枣红马的想念

耕牛

牛的工作是耕地

但牛没有耕地的使命

牛一生的宿命

是人的安排而非神的旨意

牛的驯服

满足了人的伪善

牛的倔强

让人充满了牛气

牛的隐忍

加速了人手中的皮鞭

牛要去拓荒

卫冕了人的桂冠

牛的笨拙

影射了人的诡辩

牛只低头干活

从不开口说话

牛没地可耕了

牛市却涨起来了

不知何时牛没活干了

牛成了刀俎上的肉

人们酱着、卤着、红烧着吃

火锅里煮，炭火上烤

命苦的牛呀

你抽搐的是农人心头的痛

羊群

洒满山坡的羊羔

放养的是农人的心情

不求骡马成群牛羊满圈

但求放牧闲散的日子

出圈放羊

摘一掬晨光里的星星

洒落在青翠的草山

暮归回屋

挽一缕黄昏中的夕阳

照亮烟熏火燎的茅草房

那日积月累长大的羔羊

是岁月流动的影子

每当祭奠祖先的时候

我心爱的羔羊才是最好的供品

羊群在荒原的咩咩声

惊怵着未曾麻木的心

毛驴

毛驴和绵羊一样

属于温顺的牲灵

绵羊只能消遣农人的心事

也可以用来祭奠祖宗

毛驴却是最听话肯干活的伙计

我和毛驴有难以割舍的情谊

那时我还比较羸弱

只能干一些力所能及的农活

要说耕地

牛太倔强难以驾驭

要说碾场

烈马桀骜不驯很难制服

只有毛驴最听话

就用毛驴驮粪

将粪口袋搭上驴背

毛驴一声不响地跟我走向田野

我喊走，驴就走

我叫停，驴就停

正如谚语云：

"上坡的骡子

下坡的马

平地的毛驴不挨打"

给田地施好肥

来年就有好收成

腊月磨豆腐

毛驴首当其冲

毛驴拉磨一圈一圈地走

白花花的豆汁就流出来

日子的丰富多彩

在简单重复中呈现

卸磨杀驴是人间最残酷的事

只因"天上的龙肉

地上的驴肉"的谬论

世上的伤心事很多

我家的毛驴无疾而终免遭厄运

小花狗

鸡鸣犬吠

村庄遂有了生机

夜深人静的时候

狗的叫声给人安全的氛围

我爱我家的小花狗

儿时玩耍的宠物

不用绳子拴

小花狗跟我四处玩

在那孤独无助的寒冬

小花狗给了我些许温暖

人说："儿不嫌母丑

狗不嫌家贫"

这是千古不变的箴言

一切皆可背叛

小花狗的真诚不变

不是所有的狗都摇尾乞怜

面对豺狼恶魔只有狗才敢拼命

人与人相交

诚信真叫人汗颜

我已经长大必将远行

小花狗跟随不离分

忍心挥泪而去

多年不见小花狗的踪影

小花狗永远不会去流浪

它生活在岁月的光影中

2018 年 3 月 14 日发表于甘肃文艺网

在病房里

一

在春天的一个早晨

我躺在医院的病床上

别无他求

按医嘱打起吊针

液体一滴一滴地淌

汇成小溪流进血管

仿佛江河涌入心海

"咕咚、咕咚"的迸溅声

荡起一朵一朵的涟漪

递进的潮流与脉波合拍

恰似时针在"嘀嗒、嘀嗒"地走

在这点滴之间

时光悄悄地溜走了

我在想

过去流失了许多时光

未来的日子还剩多少呢

还未真正年轻过

老去已经到来了

没来得及体会健康的快乐

病魔的困扰如影随形

我一动不动地躺着

心脏却随着点滴跳动

病房空旷悄无声息

阳光却爬上了窗口

窗外已是草长莺飞万紫千红

鸟的啾啾声不时传进窗来

二

病房里还躺着两个病人

一个饱经风霜的老大爷

他患有高血压

陪大爷的是一个丰腴的中年女子

她少言寡语

不停地在忙碌

一阵子取药

一阵子喂药

一会儿送饭

一会儿洗漱

偶尔提着大爷的药瓶

帮扶大爷上厕所

听说她是老大爷的儿媳妇

让人唏嘘感叹了好半天

据说大爷的两个儿子和媳妇

都去新疆打工了

大儿媳留下来送孩子上学

陪老人住院治疗

老人说急着回去接送孙子

还有一圈的猪仔要喂养

人们都在忙碌自己的事

有这样一位儿媳伺候

这位老人是幸福的

这个家庭是和睦的

人生的幸福快乐

莫过于日常间的随心惬意

三

那边躺着的另外一位，

是一个慈眉善目的老大娘

患有心脏病

大娘应该是本地人

探望的人络绎不绝

固定陪护的人员有儿女孙子

这家人有说有笑

无所不谈

幸福其实很简单

有家人陪伴

老人并不孤单

他们谈论房价的上涨

东家的儿女喜结良缘

西家的子女考上大学

孩子上幼儿园有多难

在医院看病要找熟人

然后问大娘想吃什么

关切是不问

有人陪着就好

我在想这一家人

如果依大娘为参照

那么儿女是她的昨天

孙子就是她的前天

如果依女儿为参照

孙子是她的昨天

大娘是她的明天

再依孙子为参照

母亲是她的明天

奶奶就是她的后天

那么依四季作为参照呢

依一天的时间为坐标呢

生死相依

有生就有死

生是一个漫长的过程

死只是一个瞬间

人活着

追求的是一个快乐的过程

不远处的产房里

传来婴儿的啼哭声

又一个新的生命诞生了

我依稀看见

在春暖花开的季节

孩子们在阳光下奔跑

四

邻床的老大爷痊愈了

儿媳陪着老大爷高高兴兴出院

他们又走进了庸常平凡的日子

笑迎晚霞山野清风

又住进来了一位病人

门外还有很多人排队

床位也是稀缺资源

人们在等待中充满焦虑

世界的公平让人拥有健康

世界的公平也在于让人生病

老人与孩子可能生病

这与年龄无关

富翁与乞丐可能生病

这与财富无关

皇帝与平民可能生病

这与权力地位无关

读书人与文盲可能生病

这与知识无关

诗人与白痴可能生病

这与智慧无关

吟诵几首诗就是诗人吗

生活在庸常中就不幸福吗

操纵世界就不生病吗

饕餮之餐就能长寿吗

身在低处难道就没有仰望的资格

身处巅峰难道就能驱散内心的卑微

生老病死是众人的宿命

拥有真实才不枉活一世

只要是草尖上的一颗露珠

星星点点里就有太阳的影子

2018 年 3 月 15 日

桃花红了

桃花红了

季节绽放灿烂的微笑

嗅一回土地苏醒的气息

梦回心中的田园

山原还在灰褐色的梦里酣睡

土坯房警惕地守护自己的领地

西湖柳邀蕊弄黄招徕游人

桃之夭夭给人许多期许

花开与游人其实无关

游人来与不来花开如故

邂逅这场花期

是平常日子意外的际遇

花的浓淡与农人的心事有关

阳光雨露就是农民的柴米油盐

只是我们不够懂事

把这块土地当作了桃花源

不然那位敦实黧黑的农妇

就不会横站在田埂

呵斥走进桃园的靓女俊男

别糟践了她的树她的田

桃树是农人的摇钱树

桃花是游人的景观

一个想的是春华秋实硕果盈枝

一个想的是春光旖旎花团锦簇

你和我想的不对等

怎能让人有个好心情

诗意和远方

在丰衣足食后

先要仓廪实

才有仁义礼智信

还是先解决温饱

然后再诗意地栖居

我踏进田园的双脚

索性退了回来

不要让我们的意气风发

破坏了农民的心境

等天下小康

世界必将满面春风

2018 年 3 月 18 日

铁匠树

在高高的山岗上

生长着两棵铁匠树

一棵为雄性

一棵为雌性

他们一年四季常青

栉风沐雨

共享阳光

隔山相望

却日夜守护着对方的背影

十年，百年，千年

长年累月守望着山魂

风雨无阻站立成一道风景

因为活着

成为一代又一代人的记忆

因为青葱

从未想过早早地死去

因为坚硬

成为刨制其它木材的工具

因为初心不改

成为不朽的奇迹

不避风霜雨雪

高扬生命的旗帜

你不枯萎

我必须葱茏

你不倒下

我必须站立

你不邀宠

我必须铁骨铮铮

你不想凌云

我就必须深深扎根于大地

群山几度枯荣

树木死而复生

村民繁衍生息

当栽种树的人

祖祖辈辈安息于脚下的土地

巍峨的树守护着这里的青山绿水

这两棵树长在陇南成县鸡峰镇

我的扶贫点西山村

2018 年 3 月 22 日

兵马俑

顾名思义兵马俑

由士兵、战马、车队、兵器

组成的强大阵容

鲜活的生命

生动的面容

强壮的体魄

坚定的信心

这是秦人最有力的兵种

宝剑在手

箭在弦上

号角阵阵

杀气腾腾

只要有战争

必将是残酷无情

人类历史的每一次进步

充满残暴、杀戮、血腥

那手无寸铁的布衣

抑或是战俘

抑或是奴隶

抑或是囚徒

他们充当诱饵

他们成为炮灰

诱饵引敌上钩

诱饵使敌疯狂

隐藏在布衣身后的虎狼之师

以迅雷不及掩耳之势将敌歼灭

胜利就这样来临

胜利意味着血流成河

胜利就让血肉之躯消亡

胜利者的铁蹄就会席卷六国

胜利者建立起强大的秦帝国

兵马俑沉睡了千年

秦人军团今天复活

两千多年前的军团

今天依然年轻

士兵最美的年华

定格在特定的时空

强极一时的帝国

怎么瞬间就坍塌了

秦朝的断代史

留给后人猜不透的谜

这个追寻太阳落山的部落

在西汉水畔扎根

在西犬丘放牧

以养战马闻名天下

东周由盛而衰的四百年

成就了秦人从附庸到诸侯的崛起

苦心经营了四百年的帝国

在瞬间就灰飞烟灭了

这个从甘肃礼县出发

一路向东进发到陕西咸阳

建立起来的东方帝国

究竟到哪里去了

礼县大堡子山秦陵的发现

证实了礼县是秦人崛起的家园

西安临潼秦始皇陵的发掘

再现了秦帝国昔日的鼎盛

时间的永恒会消融一切强大的生命

历史长河会湮没一切伟大的工程

日月山川才是最有力的见证

人类的思想是弥漫天地间的精灵

2018 年 8 月 8 日于秦始皇陵园

华清池

一个王朝的奢华

流溢于一池温泉

一段唯美的爱情

温暖了千古人心

华清池的春水

涤荡着历史的风云

华清池的温度

喷涌着盛唐的热量

华清池的波光

氤氲着大唐的气度

华清池的涟漪

浸润着大唐的泪渍

帝王动了凡心

把爱演绎得热烈滚烫

这不伦的爱情

迸溅着人性的光芒

然而多么崇高的爱情

也摆不脱生死离别的命运

多么强大的帝国

也抵挡不了遍地狼烟突起

霓裳羽衣曲的柔美

终被渔阳鼙鼓淹没

阴柔之美必将湮灭阳刚之气

犬马声色终究销熔金戈铁马

恢宏华丽的宫殿

在熊熊大火中化为灰烬

外强中干的浮华

免不了从强盛走向衰亡

说什么红颜祸水

那是不负责任的推脱

忘乎所以难辨逼近的威胁

荒疏朝政面临出逃的厄运

帝王也不能为所欲为

帝王更应该谨小慎微

虽然皇权神圣不可侵犯

但也逃不脱众怒难犯的结局

即使你是帝王

也救不了身后的弱女子

大厦将倾安有完卵

大势将去难挽昨日繁华

帝王也有束手无策之时

只好让爱人魂断马嵬坡

华清池旖旎的风光

难掩绝世的情殇

说什么爱到天长地久

说什么爱到海枯石烂

说什么在天愿做比翼鸟

说什么在地愿为连理枝

那只是梦中呢喃

那只是一厢情愿

一切誓言都会销声匿迹

一切瑰丽景象都会烟消云散

那朝朝暮暮的顾盼流连

空留日暮雨打梧桐

那时时刻刻的依偎寒暄

只有长夜孤灯难眠

华清池的春水千年不涸

清流自在人间

让这一泓清泉

洗去世间的污泥浊水

还自然清清白白的容颜

2018 年 8 月 10 日于骊山

第二辑 激情澎湃的岁月

丁香花开

黄毛衫飘然而至

太阳挂在丘比特的翅梢

红纱巾悄然而逝

夜幕迷茫了我的眼神

含羞草在热情中收缩

流浪者在黄昏的街头彷徨

玫瑰花瓣随风而落

青春少年心中满怀忧伤

那个像丁香一样的姑娘

可知我的心事像丁香一样芬芳

阳光的赤子向日葵

在喷射金黄的瞬间

把浅蓝色的天真融进天空

沉淀了永久的赤诚

只待春风吹起

我仍在丁香花下等你

1986 年 9 月 26 日

鸽哨奏响金边的蓝天

念想浸润了整个花季

绿草地滋润纯洁

遥望晴朗的天空

鸽哨奏响金边的蓝天

放飞青葱的梦

衔一片晨曦飞向心田

荒漠召唤水的精灵

孕育绿色的思念

大海宣泄深蓝的赤诚

森林组合绿色的眺栏

白云舞起纯真的飘带

太阳献上金黄的桂冠

蓝天托起鸽翅

携起温暖的夕阳飞向遥远

天空透明澄净

鸟儿已经飞过

1986 年 9 月 28 日

心语呢喃

我们不曾相识

但我们相遇在一起

你我都想说话终归没有说出

带着一种失落慢慢咀嚼自己

你点燃了我心中的火

还没弥漫成烈焰

并不是我没有灼热

只是因为温度还未到燃点

其实一切都很简单

只是把自己遮得严严实实

请走出这个山头吧

山那边是辽阔的海洋

站起来向远处望一望

或许能发现一片葱茏的树林

穿一套黑西装有什么了不起

骨子还是原来模样没有轻飘起来

幻想创新终究没有果子

只是不想停下自己的脚步

我发出了信号

终究没有你的回应

我的表达你却佯装不知

这让我的灵感失常

你揣着通向幸福之门的钥匙

只是你犹豫不定不愿拿出

我们心心相印应该走在一起

美丽而温馨的花环从此编就

用心铸造一把金色的钥匙

我可以跟随你

一生一世

永不回头

最好的感情莫过于

牵住对方的手

相濡以沫莫过于

在珍惜中拥有

1986 年 10 月 2 日

思　念

你戴着深度近视镜

我看不见你的目光

每当你看见我

你脸上没有任何表情

其实到了这个年龄

目光不应再飘忽不定

早该升起心中的那杆旗

扬起暖意醉人的熏风

我们都不觊觎别的

只是爱着只是凭感觉我们会合得来

星期六我常到你那边去

女孩子叽叽喳喳

你总躲得远远地审视

其实你老藏着心病

你的歌声溪流般淌过来

浸湿了干旱已久的沙地

只是缺少适宜的温度

种子还没有发芽

你好像很胆怯恐惧周围没有安全感

于是你走向你的内心走得很遥远

你常用怀疑的神色唯恐周围是冰冷的

害怕他人坑蒙拐骗

你不想抛头露面好让许多人忘记你

你的话尖锐你金子般的心在发光

你的人情味很浓

像一杯茉莉花茶

你很孤独其实你不愿孤独

总是把思绪用毛线编织起来折叠进记忆的栏目

你总是视而不见另一颗为你跳动的心

你总是紧关着门将一双灼热的目光拒于黑夜

还不到穿棉衣的时候

不必用棉衣套起来

原野的天气很好

坚实的胸膛等待你的远足

秋天已经奏响了成熟的音符

思念把秋叶烧得通红通红

1986 年 10 月 12 日

赶　潮

青年人惯于捉迷藏

在迷宫里耗费全部的热忱和力量

喜欢打破套子也容易钻进新的套子

在捉摸不定的情感中昏头转向

你属于冷静型

不把世界看得太好也不看得太坏

你按你的方式走自己的路

你不满于说教喜欢在曝光的瞬间完成形象

你乐于做事不是必须去做而是愿意去做

你很会打圆场为了别人你放弃了好多机会

你拥有宝贵的稀有富矿带

应着手开采而不必充满彷徨

一个好的女人就是一所学校

不必在寂寞中使自己的土地荒凉

等待，时间就会爬上肩头生出白发

距离将凝固一切热情和希望

迷藏是真理和谬误混沌时的启示

太阳已经升起不会长久乌云笼罩

走自己的路注定会留下深深的脚印

伟人能站得起是不计较别人的伟岸

人贵在现实并不意味着在樊笼里打圈子

珍惜自己不是囿于雷池一辈子不走出海港

海浪已掀起潮头洒下美丽的贝壳

为你凝结的诗血在点滴流淌

赤着脚沿海岸踏向海浪

潮汐将为你涌出新一轮太阳

我在等待一树花开

那里会走来我心爱的姑娘

出　海

我已经长大了我准备出海

为了在海面经得住风浪和颠簸

我大碗大碗地喝下了烈性酒

为了担起超重的负荷和男人的职责

我大口大口地咽下了呛人的烟叶

于是我走出海湾踏向一片蓝色的苍茫

没有星星的启示

没有月亮的慰藉

没有太阳的导航

海雾挡住了我的视野

海浪撞击着我山一般的胸膛

我期盼灯塔的灵感

没有灯光的夜晚将我撞在舢板

我已为死亡做好准备

为败下阵来预备了干粮

失败也能算作英雄

出海的故事从不充满忧伤

即使我的帆船被撞得粉碎

碧血将化为彩虹点缀希望

真正的男子汉无畏惨败

吮干伤口的鲜血重新上阵挥戈

何惧狂风暴雨侵蚀肌体

血与火、灵与肉的火光锻造坚韧的脊梁

鲜血洗礼男子汉的丰碑

辉映炫目的人性散发的灵光

有了海便有了海船

有了海船便有了下海的人

有了人类便有人走向男人和女人的海洋

弄潮于风口浪尖

托举一轮火热的太阳

1986 年 10 月 15 日

追　随

我们心中都有一座桂林山水

泰山日出，西湖涟漪

在自己的风景线上放飞童年的希冀

透明的诗心传出呼唤

桂枝编织的花篮温馨四溢

山间竹林清爽而布满清辉

金黄的稻田为你充满香气

溪水的淙淙欢歌笑语

淌过原野有鲜花相随

月亮反射太阳的光辉

一棵小树有自己的土地

放出瑰丽的理想接受雷雨的洗礼

化成小鸟衔一颗种子飞向天际

即使风景摧折坚韧的翅膀

爬行着衔起种子追随你的足迹

风会吹老山河岁月

雨会散了烟花月色

我的心永远追随如花似玉的你

1986 年 10 月 20 日

月　光

鸟从眼前飞过

留下一片蓝天

是深不可测的海

还是童话中的蓝

卷起一阵风

什么也没留下

回声传进深谷

鼓点从胸膛里响动

十五的月夜如白昼

室外的杨柳在悄声细语

是倾诉羞涩的秘密

还是议论月亮的缺圆

窗口的灯亮着

投下一束橘黄的影子

窗户关上了

只有星星在闪烁

黄河畔好静呀

思绪淅淅沥沥

搅得那黄河水

流也流不动

秦淮河的夜灯可亮了

夜色怎么这样浓

孤独的桨橹哟

怎能载起这许多愁

小夜曲

那扇久叩不开的门扉

隔绝了空气和阳光

抚琴流出一曲忧怨的曲子

怎能诉清一厢情愿的烦恼

心潮涨成滔滔江水

爱火把赤诚的心烧焦

呕心沥血培育绿色的信念

胸膛飘出苦涩的歌谣

那杆金黄的旗帜能否升起

受伤的水手吹响了冲锋的号角

眼前是没有声音的空寂

我的军校怎不鼓息戈倒

百无聊赖夜不能寐

走向河岸向爱神祷告

虔诚地膜拜在你的脚下

皈依于你创造的宗教

我心中的爱神

请告诉我伊甸园的奥妙

1986 年 10 月 23 日

春 风

布谷鸟叫了

种子等待发芽

芊芊芳草吐翠流丹

蓬勃缕缕烟霞

你是香径走来的第一人

芳园从冬到春为你开遍鲜花

你是和煦的春风

解冻的诗情像山洪般暴发

你是温润的月亮

太阳伴随你在海角天涯

你将得到永恒的快乐和幸福

爱你的人要让百年铁树开花

让你长成挺拔的树干和繁茂的绿叶

爱神将变冬天为盛夏

请相信世界是美好的

万物将像你一样变得完美无瑕

这颗跳动的心热血沸腾

请收下融入你的梳妆匣

已经走在春天的路上

春风绽放一路芳华

1986 年 10 月 25 日

等 待

我们相遇在一起

你成为我的偶像

圣洁的光环

明亮的眼睛

窈窕的身材

纯洁的心灵

我的心为你跳动

喜悦着人所不知的幸福

感受你青春的气息

我用心感知那颗冰心

你本来可以遨游天空

为何用思绪紧束翅膀眼望蓝天

你生来就与众不同

为何循规蹈矩不敢逾越

每个人都走过弯弯曲曲的路

抬望眼大踏步才能迎接命运

父母给了我生命的躯壳

你注定给我生命的内涵

我相信我爱幻想太天真

宽阔的胸膛

硬朗的肩膀

会赢得你的芳心

我并不怕你说不爱我

我会等待你的恋情

如果不是我的

我会珍惜已经拥有的

如果我无法得到

我会默默地祝福你

1986 年 10 月 30 日

早　春

请不要害怕

不要害怕我的脸太沉郁

这颗心始终在燃烧

捧出没人相知的赤诚

在苦中追求在追求中痛苦

我的心一刻也不能停顿

即使这颗心被人踩碎

破碎了也还在发光

我知道你犹豫不决

你没有说出真心话

你做了你不愿做的事

违着心把一切揉成苦涩咽进肚里

既然拥有了整个春天

就要美丽属于自己的花朵

终究要有自己的天地

就要在困顿中解脱走向明天的彼岸

走过这段港湾

希望的曙光就会降临

在避风的港内等待

一事无成就是归宿

我没有用眼睛看你

我的心感应着你的气息

你富有奇特的魅力

我的每条神经都为你颤抖不已

你无视这纯洁美好的情愫

把这颗火热的心扔进冰窟

相思成树残叶从树枝上飘零

我会站立成一棵挺拔的叶木

你将他踩成一片沼泽一片泥泞

你一走了之可以息事宁人

我怎能割舍这段恋情

冰雪覆盖了这个严冬

我在等候春天的冰雪消融

如果我不能给你幸福

我会祝福你一生幸福

1986 年 11 月 2 日

寒　流

人流中

你飘然而过

黄毛衫没有飘起

迎着风

你未能将衣襟敞开

你的俘虏

他长久地站在寒风里

你没露出征服者的微笑

盯着背影

俘虏在寒风里哭泣

习惯了沿途的繁盛与荒芜

只记得与你牵手的温暖

春风十里，桃花如云

终不如你的灿烂笑容

1986 年 11 月 4 日

绮　梦

怎么也睡不着

睁着眼翻阅漫长的夜

烟头一闪一闪

点燃昏暗中所有的光

流逝的日子咀嚼出苦涩

夜空长满了星星的眼睛

广阔肥沃的梦里的田野

开遍了望不到边的玫瑰

心血挂在花瓣

闪烁晨光中的露珠

久蕴的冲动融进阳光

湿润了星星的眼睛

盈盈一水间

谁能将相悦铭记一生

匆匆一世里

何时了却青葱的绮梦

1986 年 11 月 5 日

寒 冬

光秃秃的树枝望着天空站立着

哑着嗓子期盼来年的葱茏

纷乱的雪花无序地飘零

撒在脸上一丝冰冷

冻僵的蛇不再爬行

蜷缩着身子把思绪箍得很紧

梦好香甜

在阳光下逃得无影无踪

爬上山头又是一个山头

远处还有无数的山头

抽一支香烟再续一支肺叶已经发黄

干脆把火柴与烟头一起扔掉

脚印尾随着延伸

要是甩开脚印就好了

白酒与苦涩一同发酵

躯壳已经发烫思想冒出火星

既然走进了严冬

春天就不会拒绝坚守的人们

那些感动于心的深情

渐渐丰盈日益饱满的灵魂

1986 年 11 月 6 日

冰　冻

这个破碎的日子无法再干

淅沥沥泪流不停

湿漉漉的路不断延伸

倒映着湿漉漉的身影

热力冷冻到冰点

雨滴成了纷纷的雪花飘舞

无尽的白茫茫无尽头

白茫茫印着坑坑洼洼的脚印

春的富丽秋的丰饶夏的温情

在萧瑟中无影无踪

孤独的泪滴挂上眉梢

久敲的门终究没有回音

想念是一件十分伤心的事

千回百转的惆怅无处诉说

呼唤春风十里

把思念化作一江春水

在那陌上花开时节

见证一个明媚的春天

1986 年 11 月 8 日

望春风

这目光不再是失落的流星

围绕太阳系照亮黑暗的眼睛

瞳孔映视你的肖像

心把你珍藏得很深很深

即使心里不再幻想

梦里你的倩影使我不得安宁

形单影只的笔如泉涌

除非你毁掉我对你的热情

流下思绪如不断的水

笔怎能将烦恼消除殆尽

除非你归还我的灵魂

我已灵魂出窍

追随着你的身影

冬天即将过去

我等待春天来临

人生，因想念的味道而温馨

岁月，多了一份经历而厚重

1986 年 11 月 10 日

留　恋

浓重的夜将我窒息

如果没有你珍珠般的眼睛

深幽的湖会把我淹没

如果没有你香甜的声音

欲说无泪的滋味涌上心头

不见你的影子一刻也不得安宁

窈窕的身姿

娇好的面容

也能引起人的爱情

你独具一颗透明的心

我不祈求华美的爱

这温暖宽广的胸腔随时为你敞开

假若不能给你幸福至少给你平安

没有幽默与潇洒

我只有一颗真诚的心

只是在千万人中遇见了你

慌乱的心从未消停

东南风已徐徐吹拂

冰封的大地开始苏醒

爱过一次

让岁月的印记随风而行

1986 年 11 月 12 日

雪 景

南山好高呀

路上的冰真滑

这一群嘻嘻哈哈的男女孩子

眼睛闪烁着什么

树叶都已飘零

枝头的柿子黄里透红

手里沾满月光的雪块

扬起晶莹剔透的花朵

那片燃起晚霞的红叶

真不忍心让它枯干而顺手摘下

夕阳沉浸在它点燃的火海里

这慌乱的心无人留住浪迹天涯

走过了春光明媚的季节

但走不出心中的悲哀与彷徨

错过了风光旖旎的景色

但不要流失我们的青春芳华

1986 年 11 月 14 日

别　离

星星在阳光中躲藏起来

夜里才把眼睛擦得雪亮

月亮挂上了柳梢头

微风吹送迷人的夜来香

迷路的年龄我找不到你

归来满怀惆怅和忧伤

不再裹着潮湿的心

在你的热温下去晒太阳

烘干飘忽不定的思绪

献给你紫铜色的肩膀

你要确信你的选择

你是自由的小鸟

爱不能遗忘

爱怎能遗忘

你要学会珍惜自己

但不要横下心为一个人悼亡

既然你认为爱是一种负担

我可以悄然离去

聚也依依散也依依

我独自咽下眼泪

流落远方

珍藏曾经期许已久的好心情

不让多事之秋迷乱了初心

所有的悲欢离合都可以放下

让岁月把自己修剪成可爱的模样

1986 年 11 月 16 日

春 汎

这是一片鲜有人知的草地

不忍心翠绿凋零我不敢从上面踩过

这是一簇簇带露的玫瑰

我没敢伸手怕露珠跌落

夕阳沉浸在辉煌的际会

我无法大声赞美唯恐美梦就被惊破

云雾栖息在思绪的绿枝

我屏住呼吸不然心跳会唤来忧伤的夜幕

春潮解汎这季节再无法安宁

心岩已撞击得支离破碎

不能流浪不再流浪

张臂呼喊着跑向处女地的无限广阔

不要去迎合对方而委屈了自己

不要为取悦对方而失去了自我

1986 年 11 月 18 日

春暖花开

能使你如花似玉

我愿是春泥依偎在你的脚下

能使你如清泉明月

我愿为星星拱卫着你永放光华

能使你消除烦恼

我能捧出赤诚给你诉说情话

能使你幸福地微笑

我能披荆斩棘追随海角天涯

你可曾留意五月里

绽放的石榴花

春风撩起季节的裙袂

百鸟鸣唱爱情的歌谣

你一袭白衣随风而舞

我手执书香和韵而赋

念你，为你长成一棵相思树

想你，为你变成一只杜鹃鸟

三月风

抖落的热情飘飘洒洒

敞开衣襟留一张雪情剪影

晶莹的雪铺了一条晶莹的路

寻着脚印找到一颗透明的心

融化了相思泪的精灵

倒映着你飘逸的倩影

躯壳飞得无影无踪

凝冻了难以抹掉的情

回归的太阳朗照天空

复苏的希冀披满彩虹

季风吹响起潮的号角

这块大陆迎来三月的风

任三月的桃花烂漫

我只爱属于自己的那一朵

任弱水三千里

我只取心中的那一瓢

任时光荏苒

心中只爱最美的你

1986 年 11 月 22 日

春　寒

白朗宁捧出久蕴的赤心

我的罗莱特为何没有回音

那间小屋子无法再使你站起

唯独我能给你光明

敞开你高贵的心扉吧

这温暖的胸膛能让你长睡不醒

孤独的救星——我的简爱

你这娇小、倔强、自由的精英

知心的罗切斯特已向你拜倒

一如既往呼唤着你的声音

双目失明烈火吞掉了我的臂膀

你这颗自由的树何时才能唤回受伤的雄鹰

绿蒂你好忍心呀

给我以温存却又紧闭了门

你违着心烦恼又传染给维特烦恼

偏要自我加压击碎这颗透明的心

既然至善至美的爱已来临

何须让它血泪溅迸

1986 年 11 月 24 日

暖　流

太阳温暖而明亮

你不必掩饰内心的恐慌

即使你不曾爱过

不必拒绝这颗心

将它扔进无人的荒原

一切都得从新认识

即使空白也有瑰丽的闪光

随意的结论会布下暗礁

自己的航船怎能乘风破浪

独具慧眼璞石全变成你的珍宝

疏于鉴别碧玉与顽石没有两样

我憧憬远方飞上天空

等待你给我飞翔的翅膀

心船升起桅杆已经驶出港湾

你强劲的东风将扬起风帆带我去远航

人呀，鼓足勇气踏向征途

我们的道路宽广铺满阳光

1986 年 12 月 7 日

慌　乱

就那么一瞬间

再也就忘不掉

只要你从旁边走过

我就感到一种亮光

那是一种磁场

无声地摄住我的魂魄

最近老是做梦

做梦都喊着一个名字

朋友说我自作多情

我的心从来没有这样慌乱过

你像那辉煌的天空

你是那皎洁的明月

你是那润物的春雨

你就是姹紫嫣红的季节

1987 年 12 月 6 日

倾　诉

你有如美丽善良的花神

一年四季含笑人生

晨露欲滴的玫瑰

飘溢你芬芳的气息

含苞待放的荷花

摇曳你隽美的倩影

八月婆娑的桂枝

编织你雍容华贵的衣衫

斗霜傲雪的腊梅花

辉映你绰约的风姿

众星拱月的是你的眼睛

叶繁花茂的是你的情思

火红的六月喷薄你的热情

圣洁的冬月蕴含你的冰心

你有如天使赋予我自由

你胜似春神带给我光明

这个世界因你的降临四季如春

我的生活因你的到来充满温馨

心爱的人儿

即使我不能为你的幸福而活着

也要为你的幸福奋斗献身

1987 年 12 月 15 日

追赶阳光

有那么一天

你飘然而至

来去匆匆

不留踪影

芸芸众生的人流中

你成为我永久的思念

你又一次翩然来临

携一缕春风洒一路甘霖

百卉为之争艳斗奇

生活为之充满阳光

你就是生命之家

我的诗情从此为你歌唱

只要你幸福如意

我用热诚追赶明媚的阳光

1987 年 12 月 20 日

飞 翔

这颗鲜为人知的心

在干涸的沙漠里开始龟裂

不为人理解的热情

骤然降温到冰点

虚无地活着

生命在无聊的日子里摇曳

身躯留下了奇形怪状的影子

你放飞的哨鸽

唤醒了我飞翔的信念

只要你给我起飞的翅膀

我带你的憧憬飞向蓝天

你是一只自由的百灵鸟

在纯净的天地寻求希望的羽翼

我是一只没有鸟巢的山鹰

即使折断了翅膀

为了忠贞不渝的信念

殉道在追赶太阳的路上

1987 年 12 月 21 日

念　想

你的步点敲响了我的心

怎么也不得安宁

除非你翩然来临

你眼睛的光芒

照亮了我的灵魂

心情难以平静

除非你再次光临

耳朵轰鸣不闻任何声音

只有你淙淙流水般的话语

才唤回我心泰身宁的平静

听着窗前的脚步声

惊喜你匆匆临门

脚步远去了

恐慌随即笼罩了我的心灵

盼着望着

焦躁不安的心呀

怀着思念的情思

日复一日

夜复一夜

失眠的双眼呀

熬得垂泪红肿

心爱的人儿呀

你何时能使我生活得永恒

即使你百事缠身

只打一个照面也好

这孤独的相思

如盐触击我的伤痛

我深知你善解人意

生怕打扰我的日程

可你不在跟前

我做什么什么也做不成

只为看你一眼

我的才思犹如泉涌

难怪呀谁让你带走了我的魂

1988 年 6 月 6 日

踏　浪

夏季风来临

海浪掀起初航的船

任凭海风的牵引

任凭海潮的冲击

水手只向着彼岸

一息尚存希望到达终点

灯塔

黑夜里璀璨的光辉

照亮了水手的历程

救世者的稻草

希望回归的起点

港湾

博大柔静的胸怀

抚平了水手的阵痛和创伤

鼓励征服海浪的勇气

海是属于水手的

水手只有在海里才会伟岸、倔强

感谢你哟

回生救死的港湾

永照航途的灯塔

给男子气魄的海浪

1988 年 6 月 7 日

风雨兼程

爱火照亮前面的路

大步前行永不回头

执子之手白头偕老

共享青春欢乐幸福

即使远方阴云密布

我们也会风雨兼程

即使恶魔掀起风暴

我们对爱充满信心

你我的心透明朗润

至死不渝相互忠诚

只有爱情让人年轻

火热的心把挫折消融

暂且忍受那些不如意

笑脸迎来雨后的彩虹

1988 年 6 月 11 日

暴风雨

暴风雨即将来临

狂风卷起翻滚的乌云

不需再去伪装

雷电释放压抑的愤懑

天地混沌

风雨交加

即使自己也难辨身影

心灵的愤怒呼唤援救的声音

坦诚的恋人将怒火引向自身

风，在疯狂地刮

雨，在疯狂地下

火，在猛烈地燃烧

心，被烧成了灰烬

风雨过后是一片出奇的明净

空气清新

原野幽静

缀满泥土的小草青青

贵族蓝的天空

升起绚烂的彩虹

向　往

朋友，即使你已答应我

我也无法安宁

正如一个关在屋子里的孩子

设法逃出去与伙伴一起嬉游

只要看着你的眼睛

正如母亲赞美自己的孩子一样

你的目光犹如太阳使人温暖舒畅

等待中的时间如爬行的蜗牛

指针一滴一滴等待你的来临

我们不该躲避故意拉长距离

谁能阻挡恋人的独立自由

只要能正视现实坚强自立

未来一定属于我们

幸福就该我们拥有

奉　献

二十四小时的昼夜

我无限眷恋的历程

喜悦与焦虑撞击胸膛

淀积我对你爱的情商

分不清是咚咚的心律

还是滴答滴答的时钟

一分一秒的流逝中

对你的思念在分秒流淌

你的名字就是我的血流

缺血就会面临死亡

只要我呼唤着你的名字

我就智慧无穷信心如钢

一小时的会晤太短暂

但比一昼夜永恒辉煌

为了让心爱的人快乐

我甘愿奋斗献身疆场

美　好

这个季节

阳光灿烂

绿草茵茵

繁花似锦

鸟语盈盈

温馨四溢

有时虽刮起微风

但吹动芳心摇摇

难免阴云四起

阳光永照心头

小雨过后

空气清新

人生欢乐

青春美好

只因爱情的到来

心灵的愉悦与太阳一起成为永恒

飞　翔

小白灵，你怎么啦

是因为飞翔太久

你微感倦怠

还是外面风雨骤起

打湿了你的翅膀

就因这些你就蜷缩在鸟笼

心头抑郁充满悲伤

你可知道有一颗心为你祝福

他愿与你一起翱翔

风雨即将过去

蓝天白云就是我们的乐园

相信你自己吧

只有自己才是人生的主宰

花环需要血汗去浇灌

一如既往真诚奉献

我们与太阳同辉

迎春花

一九八七年

兰州的冬天

没有落一片雪花

干燥掀起恼人的风沙

迎春花开了

虽然没有半片绿叶

暖流从两颗自由的心田涌出

热血汇成一股涓涓的爱河

滋润了干涸很久的处女地

从此长出一片葱茏

四处奔波的身心

该回到自己的绿草地

在黎明的前夜整装待发

迎接清晨的晓曙

既然我们经历了冬天

我们就会拥有一个美丽的春天

采一篮花香

封存岁月的留香

与你安暖相伴

走过生命的岁岁年年

追赶太阳

说不出的喜悦

品不完的甜美

是突如其来的福音

还是汗水浇出的香馨

是梦境还是实实在在的存在

是现实却如朦胧恍惚的梦境

只因生命之泉几次经受残酷的震裂

心田早该沐浴雨露饱受甘霖的滋润

两颗受伤的心灵找到了彼岸

从此心心相印不再分离

信鸽从绿草如茵的处女地起飞

吹响鸽哨飘起一面爱情的旗帜

树起风向标激励我一直走下去

我就是你映射在大地上的影子

只要有太阳照耀的地方

我伴你追赶心中的太阳

心心相印

点点滴滴的时间延长了生命

但生命在点点滴滴中趋于消亡

有的人相交二十多年

彼此隔膜视如陌路

有的人相处不到二十分钟

心心相印彼此的距离拉近

我把赤诚无私奉献

在奉献中深感愉悦

友善相处开诚布公

你的柔情让我备感欢欣

你的魅力无法诉说

正如兰草终究是翠竹的挚友

我不知为什么这样深深地眷恋着你

恰似腊梅与松柏独具傲雪的特征

忠诚是爱情的唯一尺度

时间会浓缩圣洁的爱情

假如你还举棋不定

难道冒烟的漫长与闪光的瞬间能够等同

既然我们已经迈出了一步

就不必缩手放弃付出的感情

种子深埋在土里

总会有发芽开花的时候

种一颗红豆

留作岁月的印记

牵住你的手

挽一缕馨香作为青春的胎记

1988 年 2 月 2 日

不离分

两情相悦不需信誓旦旦

就这样挨紧坐着

听着对方的心跳

感知彼此的体温

不需他人在场的难堪

无需不尽人意的言语

两眼默默相望

在对方的瞳孔中寻找自己的影子

别人的评价都不要紧

重要的是我们是否感到幸福

或许我们一无所有

但两颗心以同一个频率跳动

既然上帝安排我们相遇

我们就在上帝心中不分离

爱神给了信念的力量

我们拥有一颗炽热的心

一双劳作的手

奋斗拥有幸福

赤诚创造爱情

你成为我不可或缺的部分

就这样互相鼓励共同前行

1988 年 2 月 3 日

携 手

我不曾记得

翻越了几座山路

趟过了几条河流

身后留下几串脚印

只因我是男子汉

血泪无须随风洒落

男子汉有自己的风骨

激情涌上心头

在最美好的年华遇见你

你就是我梦中情人

生活对你不尽如意

你咽下苦涩抬头向前走

爱情的绿灯还未打开

你擦干眼泪不愿向人倾诉

春风化雨的时候

你敞开胸襟呈现你的富有

古道热肠的奉献

让我倍感生存的理由

太阳照耀大地的冲动

月亮温存星星的柔情

在人所不知的爱恋中

你我携手前行走向永恒

1988 年 2 月 4 日

春风化雨

一声祝愿

一声问候

正如幽谷出莺

一丝爱恋

一缕温情

正如鹿鸣子衿

我深埋心田的种子

因你的春风化雨

孕育发芽破土而出

你爱情的光辉

使爱的小树成长

枝繁叶茂果熟飘香

因你的空气阳光和水

我从虚幻的空中降落

扎根于你肥沃的土地

并不因为耕耘的劳苦

我就放弃收获的渴望

既然土地诞生了我

从土地而来终归土地

在回归大地的旅程中

我向你喷射的是爱的光芒

趁着阳光晴好

我将美好的心愿

抵达爱的彼岸

与你共享岁月的静好

1988 年 2 月 6 日

难诉相思

太阳一天天升起

眼睛一天天眺望

我思念的人呀

这颗心为你日夜跳动

夜里相会欲走出现实的梦

可终究不见你的倩影

在荒野无灯里呻吟

噩梦给我的是惊恐

早晨想你如期推门而至

我该怎样诉说别后的恋情

这颗心始终不得安宁

即使每天如此见不到你的踪影

我宁可坐等日落黄昏

深信幸福在耐心的等待中来临

光明在黎明的等待中晓曙初露

眼望星空闪烁的是你的眼睛

只要你能得到幸福

我愿祈祷你幸福安宁

珍藏两小无猜的冷暖

留住岁月的风景

1988 年 2 月 10 日

黄　昏

西关十字的街道

路面不是很平整

石子绊人脚跟

不时尘土飞扬

寒冷的腊月

朔风呼呼作响

昏黄的路灯

映下你我朦胧的身影

你送我一程

我送你一程

在这难舍难分的时刻

我俩手牵着手沉默无语

你问我寒冷吗

其实我俩均已敞开胸襟

冷算不了什么

此时我热血沸腾

你讲起文化宫前马踏飞燕的故事

我惊叹你一个好伶俐的妹妹

我们又谈到月亮星星

星座早就在我们的心中

启明星升起的时候

走出地平线我们该到海边去了

1988 年 2 月 14 日

新　生

人世间最重要的是什么

那就是男女纯洁的爱情

你的出现是个奇迹

无疑给了我一次新生

你如喷薄欲出的朝阳

赋予我满面红光的笑容

你如波澜壮阔的大海

给了我力量和信心

你犹如魔鬼降临

搅得我日夜心神不宁

但我是从内心感激你

我成了世上最幸福的人

即使你是一团烈火

我宁愿在拥抱中烧成灰烬

即使你是一块冰

我要用热血将你沸腾

就算是长夜漫漫

我情愿在夜色中迎来爱的黎明

你是一株凤凰树

我就长成凤尾竹伴你春夏秋冬

我无法预测未来的道路

凭赤诚的热情和对爱的信念

我们彼此拥有对方的心

明白怎样去迎接幸福的来临

彼此伸出手相互牵引

在爱中获得自由尊重

虽没人给你我指点迷津

爱情能塑造高尚的人性

我为你的存在而存在

我为你的幸福而幸福

1988 年 2 月 18 日

新 月

桃符、爆竹、团圆面

点燃了万家灯火的除夕

远离故土难见心上人

我独守的夜晚没有月亮

据说狠心的天狗将月亮叼走

那么照耀我荒原的月亮呢

初三晚上我望见柳叶弯月

我心中的那颗星星

何时才露出朗润的笑容

这空寂难熬的夜真沉寂

有料峭的风吹散孤独也好

我没走出这间屋子到河岸去

痛苦的思念本身就是一种甜蜜

远看似有近却无的感觉

增添了我苦苦相思的喜悦

我丝毫没有一点欣慰

即使春节我也没有欣慰

只是想你惦念你的境况

节日里的你是否快乐

月牙挂在没有树叶的枝头

月亮会圆起来

树叶会长出来

我深信总有这么一天

1988 年 2 月 19 日

天使降临

那扇门打开了

此时有天使降落

我佯装熟睡

等你拉开帘子唤醒我

见不着你时

我时刻都在苦苦思念

你一旦来临

我又显得笨手笨脚

心头的怨忿蕴含深沉的爱

假装不理你正是我无法解脱

点燃酒精照亮整个屋子

对你的爱已燃成熊熊烈火

你端起一杯水浇向玉兰花

我深信你也希望爱情的花永不凋落

既然我们俩心心相印

那就不怕大难临头

你是我的支柱

我是你的寄托

在这初涉爱河的季节里

不管风吹浪打

我俩相依为命

把青春献给爱情

无怨无悔我们爱过

1988 年 2 月 21 日

春天里

近期的天气不错

阳光灿烂微风吹拂

我怎么也高兴不起来

只因无法诉说的恋歌

不离不弃你曾说过

可我的希望一天天破灭

这恼人的春节

不该将鹊桥沉没

我一刻也忍受不了

爱意在冰封中无法解脱

你是病了还是其他缘故

没有音信的日子实在难过

我对你一往情深

怎能承受遥遥无期的折磨

我的爱已病入膏肓

我期盼药到病除的华佗

在春天里

爱情在悄悄生长

陌上花开

心爱的人可缓缓归矣

1988 年 2 月 20 日

呼　唤

冬天已经过去

春天涨红了笑脸

你亲手种植的玉兰花

面带笑容弥漫爱的芬芳

该进行一趟远足

我到黄河畔为你探险

河边已经杨柳青青

鹅卵石倍受河水清澈的爱恋

点起一堆火发出心灵的呼唤

你快来呀，一起去踏浪

光着脚丫我们走向沙滩

捡回童年的梦幻

然后向着太阳升起的地方

驶出希望的小船

阳光正好

敞开胸怀将明媚拥揽

花期正浓

不辜负人生的似水流年

1988 年 2 月 22 日

知　音

你我曾经不如意

不如意使我们成为自己

成为自己我们遂有各自的影子

各自的影子把我们紧紧连在一起

紧紧连在一起我们都很坦诚

都很坦诚我们才心心相印

心心相印我们更觉对方如此可贵

如此可贵我们从此永不分离

不再分离我们倍感人生的欢愉

倍感人生欢愉我们同舟共济

同舟共济我们迎接生活的来临

迎接生活来临我们共享创造的欢欣

共享创造的欢欣我们成为自己的主人

成为自己的主人我们相互成为知音

成为知音正如俞伯牙和钟子期

1988 年 2 月 24 日

雪　融

下雪了

天晴了

心中的恋人

冰清玉洁的世界

渴望你来到我身边

并肩去走一走

在这冰天雪地的原野

留下你我的脚印

第一场春雪

见证了我们的憧憬

电话响了

沟通了我们的心声

那边你束手无策

终未给我回音

漫长的等待

我背负沉重的眷恋

你曾唤醒我的激情

又将激情置于荒原

虽说爱不在瞬间

爱在于持久的相恋

但一味地将它冷却

最炽热的爱也会裂变

春雪飘飘

思绪萦萦

春雪在阳光下哭泣

我的思念就是春雪的泪痕

1988 年 2 月 25 日

相 爱

我们相爱我们走在一起

不仅仅是祛除内心的孤独

不仅仅在这个年龄就得谈情说爱

只是为彼此的人格所倾倒

心灵碰撞的火花点燃了久蕴的激情

不能停步无法停步

内心的愉悦把你我推向爱河的中流

我试图在彻夜顾盼的爱恋中解脱

爱的旋涡只给我加速从未停留

爱使我不可救药爱给了我灵魂

相互理解使我们始终同步

彼此欣赏把两颗心水乳交融

真诚的话语我们从不隐瞒自己

默契的行动将两个人紧紧相依

倾心关注爱护对方的人格

努力培养陶冶自己的情趣

出自内心的爱火

熔炼了追求真善美的精神

无私的奉献给予纯美的人格

没有功利的压力

没有蛮横的强迫

爱得洒脱就是爱得忠诚

爱得坦率就是爱得忠厚

瞬间的欢愉陶醉

不为旅途的艰辛吓倒

爱不能被遗忘

爱不能被代替

一切不顺心的事暂且忍受

黑夜已临光明随之而至

两颗心忠贞不渝

太阳必定照亮爱的坦途

1988 年 2 月 16 日

第二辑 飘散在岁月里的情绪

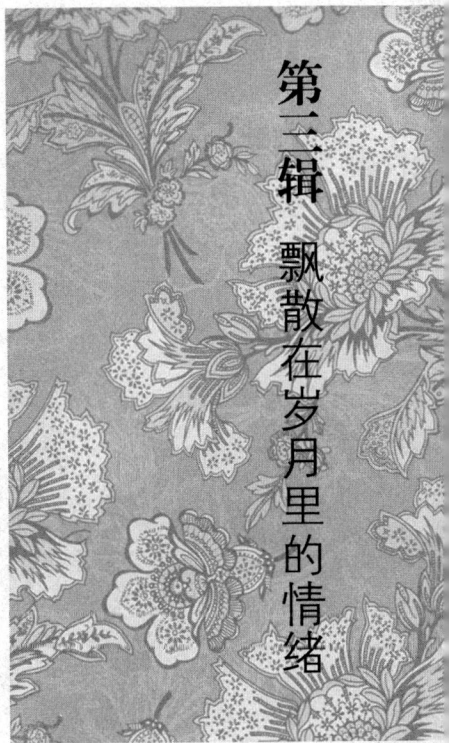

爱不能错过

照片可以留住一个人的身影

但留不住一个人的灵魂

可以拥有一个人的身体

但无法拥有一个人的心灵

我一旦将爱给了你

心中抹不去记忆的痕

对一个人爱得越深

我内心的情债就越重

虽然说爱一个人没有罪

但我像内疚的罪人

爱上一个人只需要一天

忘记一个人则需要一生

那就用我一生的爱

抚慰你受伤的心

人生可以错过一切

我再也不能错过对你的爱情

2008 年 6 月 14 日

爱你一万年

我把青春的诺言
撒向遥远的天边
在夏季风来临的时刻
抖落在碧草连天

白云飘浮着我的思绪
微风传送着我的爱恋
延绵不断的草原
是我心灵走向的曲线

九曲回肠的溪水
是我碧血沸腾的再现
繁华已经褪去
聒噪远离耳畔

质朴与美丽为伴
清纯与天真为伴
我的双眸影映的
是你美丽的容颜

清澈如水的性情

阳光般灿烂的笑脸

兰花含香的谈吐

袅娜多姿的身影

你是我生命的天使

你是我快乐的源泉

世间的一切皆可抛弃

永恒不变的是对你的眷恋

即使我一无所有

徒步伴你在山野联欢

即使面临凄风冷雨

我情愿与你共享蓝天

我的这颗心永远不会老去

是因为有你的浇灌

不论是你的欢乐还是悲伤

都是我心中的挂牵

如果说今生今世太短

我愿意爱你一万年

2007 年 7 月 15 日

爱你永不分离

曾多少次对你说

爱你永不分离

曾多少次对你承诺

爱你到永久

这场灾难的降临

我心牵着你的心

每一次颤抖的余震

对你的牵挂增一分

每一次夜幕降临

你是否仍然安稳

每一次东方破晓

你是否仍然笑春风

当世界倒塌时

我只想和你不分离

我的爱人

人活着才是幸福

不论天涯咫尺

牵挂着才叫不分离

2008 年 5 月 15 日

爱情永世留芳

那是一片茂密的森林

被秋风染成了金黄

金黄的花瓣遍地开放

如同心中开放的太阳

燃烧着青春和希望

在燃烧中

我们共铸了希望的辉煌

不在燃烧中永生

就在燃烧中死亡

不论是过去还是现在

有你的热情我就会远航

有时会路遇风云

有时会路遇暗礁

有时还有漩涡和陷阱

有你我就会无比坚强

有你爱情的花朵永世留芳

2007 年 12 月 15 日

爱一个人真的好难

缠绕在心头的思绪

如藤蔓罩住了心窝

准备了千言万语

却又害怕相遇时的恐慌

纷乱的情绪无法诉说

彼岸是一个遥远的角落

爱神之箭能否穿越

心灵的空间能否把握

爱不能承受别恋之轻

自由之中是一份责任

随意就会践踏神圣的承诺

始终不渝才会绽放爱情的花朵

轻率必将付出昂贵的代价

自重才不会品尝爱情的苦果

其实最好的幸福是把一个人记住

最好的辛苦是想一个人想得要哭

最好的满足是你给我的在乎

爱已无悔

"虽然我很丑陋

但我却很温柔"

多少人咀嚼此语

不知千万遍

只有你我

才能破解其中的意蕴

爱一个人真的好难

终其一生的眷恋

才是世上唯一的真

心高气傲

恪守清白

谁人能懂至情至爱

给予人内心的愉悦

谁人能知至纯至善的灵魂

奉献给自己的真爱

爱到深处已无声

捧于你的是一颗鲜活的心

虽然我能力微薄

但我心出于真诚

倾其全力去呵护

我一生一世的爱人

人品高贵
心地纯正
身外的浮名如过眼烟云
权势对我来说
只不过是粪土当年万户侯
权力的狡诈诡计
名利的角逐狼籍
怎能蒙蔽你聪慧的心灵
世态的炎凉无情
人情的世故卑劣
怎能淹没你正直的良心
不愿随波逐流

我们是世间最高贵的人群
我们善良完善的内心
可以战胜一切卑鄙小人
去努力不使时光虚掷
去自强不息而心存平淡
去放弃不属于自己的那一份
就会无悔自己的青春与人生
虽然你我出身寒微
没有万贯家资
但辛勤的劳动所得
不正是你我的求之不得

一身正气

甘守清贫

不被铜臭污染

不为金钱诱惑

不被人情所累

不受别人控制

高贵的人格

自由的天性

有什么外力能摧毁

我们内心的坚强防线

和立足不败之地的自信

生而贫穷微不足道

人贵在拥有心灵的富庶

财富不是永久的朋友

朋友却是永久的财富

永远不朽的财富

则是我们不愿出卖的灵魂

别人的猜疑和忌妒

世俗的偏见和嘲讽

对你我来讲

只不过是秋夜寒蝉，枯叶冷风

厚德载物

宽厚仁慈

热风冷雨就会在阳光下消遁

只要我们牵了手

就不要轻易地放手

只要勇敢地走向彼此

千锤百炼永不回头

世上的一切皆可抛弃

但我永不放弃对爱的拥有

或许你我将彼此老去

或许你我将天各一方

但我追随的脚步不变

我爱恋的情感不变

既然爱已付出

今生今世无怨无悔

爱意如潮

你纯美的激情

你燃烧的青春

锻造我永远年轻的灵魂

我周身的每个细胞

都被你的爱情激活

我密布的神经

都为你的快乐而快乐

不因道路漫长而顿足

不因行囊负重而卸任

你永久不灭的热情

激励我前行的信心

你永不褪色的本真

是我航行中的夜明灯

你矢志不移的定力

将我的血肉之躯推向高峰

你澎湃如乳的爱恋

浇灌我生命之树长青

2007 年 5 月 13 日

别说我的眼泪无所谓

我依靠在久别的肩头

依偎在爱人的胸口

让一切辛酸和苦涩流出

让一切委屈和不顺心淌走

爱人，别说我的眼泪无所谓

我泪流满面

高举理想的旗帜不曾倒塌

我痛心疾首

守望善良纯洁的童贞不被践踏

我血流成河

守护出污泥而不染的品格不被沾污

残阳为我泣血

不畏权势的淫威肆虐

我洗心革面

做人真的好难

就像你，做一个善良纯洁的女子

只因不甘于沉沦

别人说不谙世事

只因孜孜不倦的执着

别人说不懂人情

只因正义的追求

别人说心性狂野

只因纯洁美丽

别人就会心怀鬼胎地觊觎

你是我的羔羊，坚贞、善良

身外之物算不了什么

只为那痴爱期待的人

一切都可以放弃

唯独自己的灵魂

唯有自己的真情

不能随意抛弃

我的羔羊放声痛哭吧

流泪可以让人清醒

伤心可以让人痛定思痛

执着可以让人虔诚

挚爱可以增添人百倍信心

风雨过后是晴天

乌云散去是阳光

拾掇多愁善感的情怀

背负青春年华的行囊

万丈阳光必将照亮

你孜孜以求的路

2006 年入刊《华夏作家》

别说无所谓

挥手的时刻

一种离愁袭上心头

久别的日子

怅然若失的情绪弥漫胸口

别说一切都放得下

别说一切都无所谓

其实这是一种生命状态的存续

其实这是一种情绪的难分难离

有了一种牵挂

才使人心荡神迷

有了一种眷恋

才让人魂不附体

有了一种爱意

才让人在等待中焦急

有了一种期望

才让人不停顿追寻的步履

我们为愉悦而放歌

我们为伤心而流泪

我们为爱而疯狂

我们为恨跺脚捶胸

只因相识恨晚

不要说彼此无所谓

2007 年 6 月入刊《华夏作家》

冰 颂

你冷峻的性格

如这数九的坚冰

坚冰下流淌着

你温柔婉约的心泉

纯净流淌的泉水

在严冬里凝塑成多形的山

百炼成钢的强硬

绘制了你温柔的曲线

赋予了你惊艳的容颜

似水的柔情

把世间的一切的一切眷恋

燃烧的烈焰

把人间的一切真情锤炼

灿烂的日子

你是否记得

那过去的岁月

那灿烂的阳光

还有和熙的春风

我和你在一起

追求共同的梦想

我们为成功而喜悦

我们因失败而坚强

我们一起唱着心中的歌

那些属于我们欢愉的时光

我们永远记得

那青春灿烂的日子

2007 年 10 月 20 日

草原的风

碧绿的草原

旺长着生命的意象

太阳布满金辉

微风从身边吹过

你打开了自己的心

我走进你的心坎

你深情的双眸

让我的生命苏醒

山花田野绽放

花香弥漫周身

快乐的日子

开心的时刻

分享青春的幸福

我们是草原的一部分

草原孕育了我们的心智

我们成了草原的魂

2007 年 12 月 12 日

草原放歌

在春天的日子
我打开自己的心扉
与你的目光相遇
你有一对隐形的翅膀
就像春回的大雁
带来久别的念想

牛辕车走过的辙痕
和草原均匀的呼吸
你清纯的容颜
和带有露珠的芳草
让我拥有了精神上的辽阔
伫立暮色的草原
风儿将岁月拉长
我们拥有岁月的温暖
心和心在一起飞翔

2007 年 10 月 25 日

草原魂

那片洒满阳光的草地

早已在我心中定格

那旺长的水草

是黑土地的生命流程

那遍野绽放的山花

是自然激情的燃烧

那飘浮的朵朵白云

是恋人心中的圣洁

那瓦蓝瓦蓝的天空

是情感撑起的辽阔

那满坡的牛羊

是这片草地的丰硕

那片鲜嫩的草地

只因你我的脚步走过

所以那片草地

就成了我生命的寄托

2007 年 11 月 9 日

拉卜楞寺

在遥远的天边
有一个水草丰茂的地方
那里有一个圣洁的寺庙
坐落在碧绿的草原上

拉卜楞寺
一个日月同辉的地方
我双手合十
祈祷一个久远的念想
无数的经幡
洗礼着我的心灵

摇响那经筒
我走过长长的经廊
在那风和日丽的日子
你是我背负的行囊
只要你愿意
我就会走向更远的远方
不为别的
只因你是我心中的天堂

2007 年 8 月 10 日

草原恋曲

当春风吹遍草原

汪洋的绿就是我的心田

携手放足远行

你就是我无限的广阔

起伏的曲线是你的温柔

灿熳的山花是你的笑脸

阳光让你我的心透亮

九曲回肠水是我的缠绵

没有尘埃污染的世界

是你我共享的精神家园

白云蓝天绿地

轻风明月山泉

烦杂与我无缘

独守你给我的爱恋

2007 年 10 月 30 日

草原曲

草原成熟得像美少女

风儿在草尖上舞蹈

蓝天下无边的绿草地

让人心疼地醉倒

点缀在草丛的牛羊

是草原盛开的花朵

草川里九曲回肠的碧水

是群山起舞的飘带

站立在山岗的树木

是草地成活的旗帜

袅袅升起的缕缕炊烟

是草原源远流长的血脉

土坯墙，砖瓦房

是牧人放飞生命的地方

追随我脚步的人儿

是我一生一世的念想

2007 年 11 月 2 日

草原之鹰

桑科草原是七月的魂

挽住我火热的情

燃烧青春的岁月

稔熟远足的行程

雨露洗涤内心的尘

我是一只飞翔的鹰

追寻梦中情人

田园里的浪漫

恪守中的激越

心与心的相约

我们飞向爱的天空

生命短暂

我们追求亘古的永恒

岁月如歌

我们在相爱中永生

2007 年 11 月 13 日

春天的童话

微风因为爱

唤醒了这个春天的早晨

小雨因为爱

滋润了这个春天的面容

阳光因为爱

温暖了这个春天的周身

小鸟因为爱

叫醒了蛰伏的人们

生命因为鲜活

山林为之蓬勃恣长

花儿因为芬芳

洋槐花为之繁复露放

野草因为动容

大地为之丰腴葱茏

心灵因为空明

蓝天为之明净透亮

脚步为之矫健

身体为之健康

心灵为之愉悦

情绪为之爽朗

心儿为之甜蜜

人生为之安康

时光短暂易逝

爱情地久天长

2005 年 6 月

2018 年 2 月 10 日发表于甘肃文艺网

春　天

当梅花绽放第一朵花蕾

春汛开始涌动着激情

与我们的热血一起沸腾

万物还没有真正苏醒

我已感知大地的心跳

一片嫩绿在枝芽上透出

那都是我们生命的长成

信鸽在蓝天上飞过

鸣响我们深藏许久的心声

还有那涨红了脸的暖阳

又将甜蜜的幸福传遍周身

这是生命的春天

这是爱情的春天

2008 年 3 月 8 日

春天的心事

一片绿叶透出干渴的土地

蛰伏了一个冬天的思绪

抖擞出崭新的容颜

人所不知的心事

在春风化雨的时节

悄然行走在明媚的清晨

河岸的杨柳褪去褐色

染上一层鲜活鹅黄

洋溢在心中的情结

将喜悦涂在沧桑的面容

春江水暖的季节

摇曳的是杨柳依人的身影

桃花染红了黎明

放飞久积心中的郁闷

生命的精彩原是这般的冲动

空明将一切融化

在春暖大地的时分

生命的长成让人的心灵感动

春信子唤醒的不是一个梦

期待的是一种呼唤的声音

在世间急匆匆地奔走中

心中存留着一个久违的人

在冰雪消融的时刻

我的心跳有谁能感知

春风和畅

春风和畅

林木苍翠新枝蔓延

水乳大地

河流山川温润如茵

繁花似锦

温情芳香馥郁

鸟鸣山林

唧唧求友情融

我容丑陋

心境纯洁空明

我爱永恒

爱我所爱从容

我心气傲

鹤立而不随波逐流

激情澎湃

我已坠入爱河欲罢不能

心甘情愿为爱而死

赴汤蹈火为爱而生

世界因爱绽放美丽

家庭因爱和谐相融

我因爱而幸福今生

爱之愈深，痛苦愈浓

痛苦愈浓，爱之愈深

快乐并痛苦着

痛苦而快乐着

虽然不为世人所容

但我心为爱永恒

冬 至

我身临了一场严冬

严寒笼罩周身

那腔温暖的心血

融化成一片一片的雪花

飞向你的窗前

洒落庄严的圣洁

与此遥相辉映的

是你那纯洁的心灵

你感到温暖了吗

幸福正在温润着我

你感到快乐了吗

自觉是天下最幸运的人

我的热血正在沸腾

融化了严冬的雪冰

寒冬一点一点地消逝

怦然心动的春一步一步地临近

2008 年 1 月 26 日

独　慎

今夜我为谁恪守着一份清冷

这份孤独的清冷

或许这会对你没有意义

但对现在的我而言

他可能为此恪守一生

没有掌声和鲜花

没有青春和浪漫

没有金钱和香车

没有咖啡和靓女

但他守望的是属于自己的初心

驻足原始古朴的羌寨

静享山野清风

我只是一颗流星

羌水河搅动我的无眠

那天边无际的星河

是否有我寻觅的星座

当风儿吹遍原野的时刻

我停顿为无言的秋色

秋色是我无法老去的容颜

或许我行将老去

我愿燃烧点亮你明天的灿烂

2007 年 10 月 15 日

放牧青春

蓝天高远深邃

阳光铺满金辉

云朵如羊纯白

草原流溢翠绿

车如骏马疾奔

姑娘如花似玉

我心向往不为别的

心与心爱的人一起飞

蝶飞蜂舞是草原的心情

莺飞草长是大地的情绪

欢呼雀跃如出笼的鸟

草场滚动着绿绒被

烈日助长了我的激情

放牧青春百无禁忌

山水与你我一体

心情与天气一体

我是你广阔的绿草地

你是我生命的原动力

我们欢乐并幸福着

我们的心永远在一起

2007 年 7 月 16 日

风雪之旅

寒冷的北风

风雪弥漫的田野

我与你同行

严寒已经退却

心有灵犀的相许

温存着温存的你

默默无语地相拥

心跳感知着心跳的你

心心相印的时刻

呼吸着呼气如兰的你

语言纯属多余

心灵映照着静美的你

微香的体热

融化了冰天雪地

颠簸不算路途遥远

时间在牵手间溜去

在不经意间各奔东西

月牙初上的挥手

月满时能否见到心爱的你

2007 年 7 月 13 日

我拿什么奉献给你

玫瑰奉献给爱情

誓言奉献给情人

责任奉献给社会

承诺奉献给爱人

我拿什么奉献给你

我的宝贝

鲜花奉献给暖春

阳光奉献给长夏

丰硕奉献给清秋

雪花奉献给寒冬

我拿什么奉献给你

我的宝贝

我的热血正在沸腾

我的心脏正在跳动

我的脑海正在澎湃

我的步伐正在前进

我的宝贝

你就是我的春夏秋冬

即使我一无所有

但我的感情丰富充沛

这颗鲜活的心

为你欢乐

为你伤悲

为你跳动

这颗敏感的心灵

不为别的

只为你那期待的眼神

我的宝贝

我已如痴如狂

今夜无眠

你就是我悄然而降的爱神

孤　独

我将雨淋湿的心事
放在阳光下晾晒
那里的桃花依旧
那个蝴蝶般的小姑娘
转眼间就不见了

我曾经有一双隐形的翅膀
随你的心而舞动
是不是丢失了那颗心
这飞翔的翅膀就不见了

人面桃花的情境
如今怎么就消失了
剩下的只是一阵风
还有那残酷的孤独

2008 年 3 月 30 日

慌 乱

独自一个人的夜晚

难以言传的思绪

笼罩在慌乱的心间

时间，让人坐立不安

手机重复着打开

是何样的期盼

信息发了又删

等待无言

夜色浓了又浅

心路踏过了多少曲曲弯弯

怀揣难熬的无眠

忘不了温柔与爱恋

2007 年 7 月 1 日

激　越

从天而降的是一种激情

悄然而至的是一种幸福

飞流直下的是一种飘逸

全神贯注的是一种洒脱

波涛汹涌的是一种激越

迎面而来的是一种清爽

雾雨给人的润泽

水浪给人的澎湃

轰鸣给人的震撼

我的爱人你将让我

以不知疲倦的追随

那经久不衰的爱情

2007 年 7 月 8 日

今夜无眠

满天的星星在夏夜中闪烁

流星飘然从星空跌落

在人所不知的原野

风儿在轻轻地吹拂

群山已经熟睡

河水的摇篮曲在微风中传播

相拥无眠的夜晚

只有心跳感知大地的脉搏

黑夜隐遁了世间的烦恼无聊

今夜曾有美丽的传说

当第一缕阳光从山顶飞出

金色的光辉已照亮爱情的每一个角落

2005 年 8 月

酒 赋

水是没有灵魂的生命

酒是赋有灵魂的水

那如水的香醇

蕴含了生命的燃点

点滴间将人的灵魂点燃

沸腾的热血

化作无数彩虹

将世界的欢乐装扮

这看似柔弱的水

洋溢着人们的笑脸

化解了人间的缺憾

抽刀断水水更流

借酒消愁愁更愁

怎能了却心头的迷乱

怎抵情缘的藕断丝连

渴 望

风雨打湿的双翅

能否再度起飞

驮着青春的希翼

飞向辽阔的蓝天

在那深远的蓝天里

你我编织了梦幻

那柔柔的清风

那绿绿的山林

那广阔的草地

那甘甜的山泉

那金黄的暖阳

铺就了美丽的爱恋

在打湿的双翅下

那颗心还在跳动

纷飞的花瓣

剥落着我的思念

滴血的心灵

渴望梦回从前

让时间检验吧

我会爱你到永远

2008 年 3 月 31 日

绿色希望

将理想的种子

深埋在炽热的大地

破土而出

苗壮成长

长成葱茏的理想之树

将一腔碧血化作甘露

洒向干枯龟裂的土地

阳光雨露

滋润生命的活力

放飞心中的梦想

飞向那灵魂的天堂

执子之手

与子偕老

守望心中的嫁娘

2007 年 11 月 12 日

梦

求之不得的念想

在梦里如愿以偿

空明透亮的天空

春光明媚的暖阳

甘甜的山野清风

醉人的鸟语花香

身心愉悦的时刻

念想的人在我身旁

清新的气息

率真的身姿

欢乐的情景

奔放的热情

燃烧着无限激情

洋溢着活力青春

越历千年经久不变

那是我们不灭的爱情

2008 年 3 月 19 日

命运由自己来安排

我们自己的命运

由我们自己安排

欢乐与悲痛

生死与分离

岁月如流水

紧握双手把握现在

不论晓月晨露

不论凄风冷雨

你是我的真爱

我会陪你在千里之外

世上的暗礁很多

人间陷阱仍然存在

只有擦亮自己的慧眼

我们才不被他人摇摆

有善就有恶

有美就有丑

有真就有假

坚守内心的一片圣洁

自己的命运自己安排

爱到深处已无声

世上的爱情千万种
我只珍惜爱的那个人
一切语言都苍白无力
只有用心感知你的情
有了忠贞不渝的爱
激励我走过风雨人生

2007 年 6 月入刊《华夏作家》

难　言

想一个人的时候

心事没有着落

牵挂一个人的时候

情绪无法淡定

有爱无法表达的苦衷

有苦无法诉说的难言

这样的境况

犹如天空布满的云

这样的难堪

犹如雨中淋湿的花

山那边的天

是否拥有透亮明净

距离的阻隔

如何了却郁积心头的郁闷

重逢的日子

能否拥有阳光般的笑容

2008 年 3 月 16 日

难忘相思

无法接通的电话

没有回复的信息

没有你的日子

总让我坐立不安

彻夜未眠

几度回首

几度分散

印证了多少不眠的夜晚

几度欣喜

几度悲欢

游离着苦恋的孤帆

太阳落了又升起

你是否光彩依然

2007 年 7 月 5 日

难以诉说

难以入眠的夜晚

重温着几多忧伤

有多少人可以忘却

有多少人可以停留在心上

旅途中的寻寻觅觅

生命里的恩恩怨怨

情感里的磕磕绊绊

亲情里的欲哭无泪

忘记的已烟消云散

难以释怀的又让人心伤

这颗孤寂无助的心灵

谁是我一生一世的嫁娘

2007 年 6 月入刊《华夏作家》

念 想

独坐在阳光里

在一棵老树下

泡一杯清茶

想自己的心事

心事在阳光里

散发出阳光的味道

青草钻出地面的清新

绿芽初上枝头的惊喜

蝴蝶舞动的翅膀

蜜蜂追逐初绽的花苞

鲜活的生命

触动心灵的感动

而感动于我心的

是远方的牵挂

思念如风

别离难熬

让人黯然销魂处

仍是难以言传的情绪

春天已经来了

爱情的花朵就应随风而动

2008 年 4 月 5 日

盼 春

这是一场严冬
我将穿越漫长的冰河
河水悄无声息
河边一片荒芜

候鸟已经远去
太阳躲进了云层
此刻，世界在凝固
在这种灰色的寒冷里
我思念问我寒冷的人

思念是一场漫长的等待
我的心血在慢慢冻僵
我能否唤回你的温情
回来吧我的期待
这颗心在守候着你的春风

2008 年 3 月 15 日

漂泊的心事

我注定一生漂泊

会驶向谁的彼岸

尽管彼岸很遥远

但我心甘情愿

你心是我的港湾

那些明媚的日子

长成我们的爱恋

那些粉红色的记忆

伴我今生的无眠

让人梦萦魂牵

你是我今生的牵挂

你是我无悔的誓言

让梦想成真

我的心在你的云天

2007 年 11 月 30 日

祈　愿

想你的时候

你就在我心间

无眠的夜晚

星星挂在了天边

山那边的月亮

是否照在你的窗前

你独自一人的时候

是否心泰神安

这苦苦无期的遥望

何时才能两手相牵

牵了你的手

我会奋力向前

懂了你的心

我为你心甘情愿

爱你一辈子

走过千年万年

2008 年 3 月 20 日

257

企 盼

秋叶由红转黄

生命的色彩

绽放了最灿烂的笑容

我开始面对这个秋季

倍觉敏感而心痛

一片叶子的凋零

就如我的心事跌落

那个芳草连天的季节

那个浪漫的季节

那个放飞青春的季节

为何匆匆而去

四季匆匆更替

百年人生又是何等匆忙

因为还正年轻

我能等回来年的春风

在绿芽初上的时候

我能否再一次与你相逢

2007 年 9 月 22 日

牵 挂

深沉的夜色

染浓了无绪的爱恋

恍惚的梦幻

弥漫这无眠的夜晚

悄无声息的身影

何时重回久盼的屋檐

烫热的心跳

搏动着爱恋的呼唤

这条风雨中的老航船

能否到达你心灵的彼岸

近在咫尺的一瞥

如甘霖滋润龟裂的心田

永久不变的牵挂

让心灵的火花像彩虹飞现

2007 年 6 月 30 日

牵手永远

大地因为鲜花

绽放着美丽

山林因为绿叶

充满了生机

江河因为浪花

才奔腾不息

蓝天因为白云

方显辽阔神奇

你有阳光般的笑脸

才会更加聪慧美丽

我因为心存爱恋

才活力无限信心百倍

世界因为美

才更加和谐有序

人们因为美

才世代相传生生不息

然而为什么美的周围

有那些险恶魔鬼

狰狞的面孔

张牙舞爪的行为

满肠子的坏水

满脑子的恶意

像毒汁一般浇向美

像乌鸦的臭嘴一样啄向你

娇嫩鲜美的花朵

善良纯洁的心地

天真烂漫的你

在恶魔面前是多么无力

清醒吧我的孩子

坚强些我的爱人

世间的善良需利剑保卫

内心的纯洁要用刀枪作盾

面对豹狼禽兽

枪剑就来等候

被践踏的青草

水乳大地后

必将重现芳草青春的风采

被蹂躏的花朵

在春回大地的时候

笑容仍旧灿烂

痊愈吧我受伤的心灵

回来吧我走散的爱人

明天的日出还很鲜活

万丈阳光照耀你我

并肩同行牵手永远

走过这风雨人生

情 殇

我们的心在一起

无需千言万语

相随相伴一生

走过千万里

相约人生

牵手共行

穿越风雨

并肩无痕

我们已经两情相悦

何事让你这样心伤

不论山高路长

无论世态炎凉

不顺心的事已经过去

前行的路上还需坚强

珍惜付出的心血

敏感的心不容受伤

前方必有陷阱

路口不必彷徨

失去心中的定力

纯洁的心充满忧伤

容忍不能容忍的一切

情爱的圣地只有自己独享

友情是人不可或缺的部分

我的心灵怎能承受情殇

认识我是你的缘

守望你是我的情

既然以心相许

纯洁的心不能再流浪

承诺是一份责任

呵护是一份善良

彩虹看似美丽

难有爱情的芬芳

回来吧离家出走的孩子

回归吧我迷路的羔羊

这宽大温暖的胸膛

才是你驻足的地方

秋天的思念

阶州的秋雨

弥漫了整个季节

远方的那片枫树林

不知是否有秋的信息

那片火红的枫叶

曾辉映你我的心情

往事如烟

飘散远离的思绪

你是一只快乐的飞鸟

留给我最灿烂的一面

连绵不绝的秋雨

洒落我一望无际的思念

2007 年 9 月 29 日

人随心动

在劳顿的旅途

你温香的肩头

是我温柔的港湾

疲惫的心就此睡去

让身心放松

感觉童年的摇篮

我不知还会不会振作

让躯体再一次站立

去拥抱辽阔的蓝天

我的心真想和你一起飞

小宝贝请给我机会

我心有永不枯竭的诺言

聚散本无常

相知赖有缘

我心随你到天边

2007 年 8 月 5 日

如梦令

有一种思绪

萦绕心头挥之不去

有一种情愫

弥漫心中无法释怀

我已无力自拔

我已深深地坠入爱河

当时间变得漫长无期

当夜幕降临而难入睡

当手机彻夜待机等待回音

当心烦意乱而辗转反侧

苦恋已笼罩我周身

佳境引我进入梦乡

花容令人痴狂沉醉

苦苦无期的寻觅

难遂人世间的相遇

良宵苦短的春梦

难平留在心中的伤悲

人世间的求之不得

和人生是形影相随

愈加迫切愈加迷离

救之愈真愈显力之不及

爱神请助我一臂之力

不要让这颗脆弱的心破碎

生命的魂

我无法离开

那道温馨的门

进入那道门

就属于自己的天空

阳光如此明媚

月儿如此朗润

风儿如此温馨

宝贝小鸟依人

爱情圣洁高远

心儿连着你的心

欢乐着你的欢乐

悲伤着你的悲伤

激越着你的激越

分享着生命的精气神

然而要暂且分别

我心如浴秋风

我是秋夜的一颗星星

注定守望你一生

你是我的生命

是我不可或缺的魂

2007 年 11 月 15 日

失眠的日子

心慌的日子

泡一杯浓浓的龙井茶

让苦涩慢慢地溶化

然后融进我的血液

飘雪的日子

你是否依然行走在雪中

我温馨的暖怀

能否与你并肩同行

失眠的日子

黑夜凄冷而漫长

明天的日出

能否风干苦恋的泪痕

2007 年 6 月入刊《华夏作家》

时间为证

鸟在天空飞过

天空没有痕迹

风从身边吹过

风儿没有信息

你从我心里走过

我熟知你的声息

我向你走近

心跳得很急

虽然天各一方

你永远在我心里

点亮内心的灯

你是那样清晰

时间可以流逝

但我们的心永远在一起

2007 年 11 月 12 日

世上有一种痛

世上确有一种痛

今夜留在我的身

是不是我口无遮拦

让你伤心在心头

是不是我不会蜜语甜言

才让笨嘴留血痕

世上确有一种痛

今生留在我心中

我虽懦弱不太坚强

让你独自掉泪痕

不管经历多少风和雨

我都会追随你身影

为了能让你开心

不管春夏与秋冬

2007 年 6 月入刊《华夏作家》

271

世上只有你

这个世上只有你
就如弥漫四周的空气
我一刻也离不开
没有你就无法呼吸

你是我心中的云雀
快乐自由飞翔在云天
你是我心中的寄托
一丝一毫也不能或缺
匆匆的来又匆匆的去
悄悄的来又悄悄的离

像风一样无处不在
像风一样悄无声息
洒满我绿荫的窗
给我满屋的阳光

2007 年 11 月 19 日

思　念

秋叶从枝头飘落

思绪徒然充满心间

这金黄色的花瓣

纷飞着我的思念

那孤独的叶木

望穿遥远的江南

寒秋里的渔火

寻觅久别的港湾

我的生命将经历一场严冬

寂寥伴随秋夜的无眠

但愿远方的人别来无恙

牵挂与我走过岁岁年年

2007 年 9 月 20 日

思念的河流

秋天是一条河

冬天就在彼岸

我心中的向往

是那山花烂熳的田野

温馨的田野

有你清纯可爱的影子

阳光明媚的笑靥

就是我的一切

云聚云散的清秋

飘散了往日的喜悦

别离时分

在我心中充满悲切

在这遥望的河岸

我多想邀梦入眠

超越时空的阻隔

回到你温柔的暖怀

2007 年 9 月 25 日 （中秋）

思念如风

思念一个人的感觉
就如三月吹拂的风
柔柔地在心头漫过
潮潮地堆积成一朵云
化作淅淅沥沥的雨

思念一个人的感觉
就如窗台的海棠花
嫩芽悄悄地爬上枝头
花苞在不经意间长大
然后绽放成灿烂的笑容

思念一个人的感觉
就是春天的第一声鸽哨
脆微地在天空掠过
颤颤地就如这时的心事
随着一抹云流向远方

思念一个人的感觉
就是忘掉世间的一切
在一个洒满阳光的角落
默默地想美好的事情

思念如斯

这样失眠的日子

存留的是对谁的一种牵心

每一次的心跳与悸动

关注的是谁的欢乐与悲痛

手机彻夜待机的时候

企盼的是谁迟到的问候

守望渺无音信的时刻

为谁担心误入歧途陷入虎狼的陷阱

修炼数年的身心

等候谁来敲响尘封日久的门扉

我的心中真的爱上一个人

让人魂牵梦绕已忘情

只因走过一段路

世间多少伤与悲

真真假假几多秋

不论你我经历多少风和雨

我肯定是那位对你忠诚的人

虽然曾有几多误会与忌恨

只因爱到深处情不自禁

除却世间的浮华与烟尘

留在心间的是那份善良与清纯

热烈是生命的原动力

平静才是生命的永恒

狂热产生激情

挚爱产生信任

坦诚缩短心距

鼓励增长信心

呵护爱的每一分

至死不渝培育爱的灵魂

2007 年 1 月 17 日晨

思念如云

思念如云

越积越厚

这思念的云

随风而上

在你的所在

化作一帘的春雨

如丝的春雨

是我的牵挂

牵挂汇流成河

润泽了干枯的眷恋

嫩芽初上的新绿

在我的视野

长成连天的葱茏

驱走了心头的干涩

化作一江的春水

染绿了久别的江南岸

为何爱你

你深情的双眸

是不是蕴含我心头的一种期待

你美丽的容颜

是不是唤醒我生命的一种激越

你奔腾的血液

是不是激荡我久违的一种喜悦

你生命的召唤

是不是回归我青春无畏的洒脱

你的任性

是我的孩子般的倔犟

你的孤傲

是我不卑不亢的风骨

你是自由的天马

你是不羁的天神

你是我生命的吉祥

你能否是我一生注视的远方

2007 年 8 月 20 日

问 心

世界如此灿烂

我心如此辛酸

不为自己伤透心

只为远方酒已酣

人生不慕荣华富贵

也不为笑语软言

只为一生的知己

何畏身后的难堪

当伤心只为我自己

怎能面对你容颜

当你狂饮醉如泥

洁身自好你曾说

何必烂醉空对月

但愿我心如江月

唤你玉身守丹田

人间不似神仙好

稳坐江涛凭栏杆

2007 年 10 月 15 日

我心如浴

不经历风雨的阴霾

哪有珍贵的阳光

不遭遇人生的坎坷

哪有事业的辉煌

因为牵了你温柔的手

我意志坚强如钢

我曾一度迷失

你用灵光为我导航

我生性懦弱

你用温柔给了我力量

世俗五彩纷呈

你用聪慧辨明了方向

历临了人生的风雪雨霜

才拥有梅花扑鼻香

历练高贵的品质

培育宽广的胸怀

坚定追寻的信仰

养育执着的信赖

你就是我未来的希望

你是我一生一世的嫁娘

无须百般地奉承
无须虚伪地乔装
一生一世用心去呵护
你就是我记忆里永久的珍藏
不再犹豫彷徨
牵手远行的道路上
照耀你我的是万丈阳光

2006 年 6 月入刊《华夏作家》

我心永恒

我知道你来了还要走

但我还是要坚守

这个夜晚不是一个传说

爱情的使者要从这里走过

爱一个人需要坚持

爱情的成长更要坚守

走进一个人的心灵

这需要勇气穿越时空

不论是阳光灿烂

还是风雪雨霜

心灵的火花

必将照亮前行的路

别人的猜忌

只不过是夏日里的一阵阴风

心中的真爱

是我们一生一世的永恒

这个世界不因流言而黯淡

因为爱世界才充满阳光

虽然前方的路遥远而漫长

心距因为爱才等于零

虽然你我将老去

因爱着才愈来愈年轻

我心永恒

奋力追寻属于你的真

永浴爱河

我的挚爱会伴你一生

无　题

就像一片草原
只有简单的线条
但我拥有了空旷和辽阔

就像一方天空
只是云起云落
但我拥有了纯洁和透明

就如一湾海域
只有水天一色的和谐
但我拥有了饱满和丰硕

2008 年 1 月 8 日

五月的风

五月的风

将天空吹得透亮

五月的大地

盛满欲滴的绿

我的心情

如这五月的阳光

饱满的热情

如抽穗的麦芒

心灵的色调

像油菜花一样金黄

我是飞舞的蜜蜂

献给你幸福的琼浆

我的心声

如布谷鸟一样叫响

你那鲜花般的容颜

就是我心中的太阳

2007 年 6 月 26 日

相约在冬季

初冬风雪的夜晚

是让人怦然心动的时刻

雪融山川的季节

我的心从原野走过

寒冷已将我遗忘

雪融成河从我的灵魂淌过

我不为冬天伤悲

爱情为这个季节讴歌

这颗燃烧的心灵

将爱情的火种点着

热血沸腾的时刻

我们为青春活着

人活着真好

生命因激情而蓬勃

人年轻真好

爱情因狂热而执着

人爱着真好

爱恋让一切困难退缩

人有追求真好

光阴不因虚度而蹉跎

今夜无眠
放飞心中的信鸽
收获青春的爱恋
岁月将使你我老去
但彼此曾经拥有过
不论地老天荒
不论海枯石烂
这颗至纯至善的心
将是你一生的陪伴

2007 年 6 月入刊《华夏作家》

想你在梦里

一

想你在梦里

那是自由的风

吹在天上

天空飘起一朵云

吹在地上

地上透出一片绿荫

那是雨做的云

云落下了

河里涨起一条小溪

云落下了

地上长起一片清明

想你在梦里

那是一轮不落的太阳

我打开晾晒过的

潮湿心事

就如经年的干菜

在冬日的炉火里

翻滚出久违的清香

二

月夜的念想

只有在梦里

如一壶陈年的酒

畅饮了许久

也不知道醉意

企盼的重逢

只有在梦里

如一杯龙井茶

甘露如饴

滋润龟裂的心

时刻的牵挂

就如云水间的帆

在夜深人静时

驶入那甜蜜的港湾

融化理不清的思绪

只有思念让烦躁平息

只有那颗跳动的心

化去夜的深沉

迎接黎明的晨曦

2007 年 12 月 25 日

心 潮

走在雨季里

思念化作高天上的流云

那春天的雨丝

将我的心事打湿

干枯了一个冬的心田

等候你的滋润

山那边的冰雪

是否适时消融

解冻的泥土里

是否有绿叶透出

这颗潮湿的心

呼唤春天的精灵

2008 年 3 月 28 日

心心相印

在你的暖怀

我是一个柔弱的孩婴

不论暑寒炎凉

你是我最温柔的部分

在爱情的长河

我们是如痴如醉的恋人

不管风雨交加

我们献身青春

在生命的历程

我是一个宽厚的父亲

不论事世多变

双手抚平你的累累伤痕

走在前行的路

我们是兄妹

不管道路崎岖

手拉手穿越无悔人生

心在一起

我们的心在一起
灵魂就会很近
只要离开
就会牵肠挂肚
每次重逢
就是久旱甘露的润泽

依依的杨柳
荡漾爱恋的清波
点亮的酥油灯
辉映幸福的笑靥
耳畔的呢喃
洋溢春风化雨的温存

因为有着你的爱
因为幸福着你的幸福
虽不能朝朝暮暮
心心相印伴你一生

2007 年 5 月 12 日

心在远方

风儿吹过的地方

有一个好心情

风一样地走了

一个人在彷徨

我早知道我心

我心在远方

宁愿死心塌地

追随在你身旁

即使走过风雨

你脸上也有阳光

即使山重水复

你心就是桥梁

我不再悲凄

你给了我希望

因爱而坚强

因爱而走向远方

2007 年 11 月 9 日

心中的太阳

想一个人让人想得心痛

心在无助中漂泊

原以为已找到港湾

冷漠却使人无法驻足

注视着遥远的远方人

心灵在远方流浪

躁动没有信息的日子

我的心只想和你一起飞

我真的不知因为何故

让你的心如此受伤

其实最爱你的人是我

为何让真诚再一次彷徨

你已是我生命的一部分

不管彼此在天各一方

风吹雨打永不褪色的爱

你永远是我中心的太阳

2007 年 9 月 17 日

星光里的思念

日夜的思念

汇成一片云烟

云烟里的星星

早已望眼欲穿

那微弱的星光

洒满你的窗前

那如烟的心事

盛开爱恋的花瓣

注定我是你的星座

辉映你走过千年

日月可以淹没星光

但星光离你并不遥远

有爱人生才会永恒久远

想着你给的美好灿烂

想着你给的无眠

你就是那蓝蓝的白云天

2007 年 12 月 10 日

遥　想

秋风吹落黄叶

凄凉充满心田

我注定是那一片落叶

漂泊无期的眷恋

你是那坚守的叶木

守候无限的孤单

虽然相见很难

你却在我心间

恪守一生的孤独

因为你赤诚的奉献

践行纯洁的承诺

因为你阳光般的笑脸

不必独自流泪

当鸽哨响起的时候

我心已在那蓝蓝的白云天

2007 年 9 月 24 日

夜色来临

夜色来临

这是世间最温柔的部分

浮躁与喧哗消隐

仇恨与冷酷失踪

功名利禄荡然无存

勾心斗角偃旗息鼓

存在的只是和谐宁静

夜色来临

人与自然的距离等于零

严寒已经褪去

冰雪尚且消融

刻骨暖意融融

感知人性最珍贵的魂灵

夜色来临

化却语言无聊的呻吟

无谓的空虚难耐

躁热得辗转反侧

夜的沉寂抚平伤痕

唯有天使般的微笑

是包容百病的温存

夜色来临
装扮了人间的另副面容
卸去虚伪的面具
还原本真的面孔
凸现最具活力的性灵
因为人活着真累
上帝才染浓了夜色深沉

2007 年 6 月入刊 《华夏作家》

一把伞

那是一把透明的伞

伞下，一个透明的人

怀揣一颗干净的心

有时，阳光是我们的心情

细雨是我们的情调

在草原上撑起一把伞

就打开了自己的天空

伞下，所有的细节

构成了我们透明的人生

花香飘散的原野

就像我们绵延的爱情

和西边的飞霞一同燃烧

消遁了一世的浮华

此刻，我们彼此的守望

便成了一座雪花擦亮的山峰

2007 年 11 月 23 日

一生相约

我注定要漂泊

漂泊的是我的身体

定格的是我的心灵

山那边有我不舍的魂

不是我要轻易地远离

只因我是一朵蒲公英

我的根在你心里

再流浪还要追寻那个梦

真真切切的经历

是我前行的指引

你的那份情真

留住我不再远行

在你蓝蓝的天空下

我们相约终其一生

2008 年 5 月 28 日

一盏心灯

我的心灵，新月初照

我的心声，清风吹拂

我的思念，和羌水河

一同流淌

华灯初上有几多行人

霓虹灯下有几多笑脸

人生不知蹚过了几条河

旅途不知爬过了几座山

在这充满诱惑的季节

烟花如雨可曾流连

浮华不曾动我心扉

所爱的人在我心间

喧闹绊不住行走的脚步

清纯的羌水河漫过心田

娉婷玉立的六月的荷

你是我的心灯一盏

风儿累了歇息了

鸟儿倦了归巢了

星星困了躲在云里了

我心中的人何时回到我身边

2007 年 7 月 10 日

异　乡

我在兰州的树荫下

泡一杯清茶

独享属于自己的心事

一点一点品味你的好处

周围的一切很精彩

人们成了这里的风景

我只拥有我的心灵

你则是我生命里不可或缺的部分

一个心灵融进另一个心灵

周身被一种爱所包容

淡淡的一种心境

轻轻的一种关切

暗暗的一种甜美

依依的一种忧伤

发自心中的喜悦

让人感觉到幸福、年轻

微风里落下一片叶子

正如七色花瓣

生命的美好与脆弱

人生的坚强与无奈

正如这树枝的轻轻一颤

飘落的茂盛的绿叶

是否如悄无声息飘零的爱情

无意间聆听着生命的心痛

2007 年 6 月入刊《华夏作家》

因为爱着一个人

因为爱着一个人

所有的伤心须让血流

因为爱着一个人

所有的痛必须让它留在心中

无须言语的承诺

无须行动的忏悔

只因走过一段路

再苦再累也要支撑

我们已不再单纯

我们也曾经执着

这个世界太大

生命必须承受经历之重

一根稻草虽很轻微

但有一颗忠贞不渝的心

我虽胸怀宽容

但不能容忍别恋移情

权贵富豪虽然逞能

但对我而言如粪土

你要珍惜这一真情

我不信世间薄情

问世间情为何物

热血喷洒我的征程

伤心只为那一种

我情独钟痴心爱人

永远坚强

我的心情

已冻结到严冬的冰点

你那瘦弱的双肩

能否挑起人生的重担

生命不能承受之重

面对何样苦思的无言

风霜刀剑的侵蚀

沧桑了岁月的容颜

注定你是一棵大树

无怨无悔向苍天

古道热肠的爱心

化却了数九寒天的冰坚

冬天已经降临

春天就不会再远

你感天动地的孝心

屹立在天地之间

2008 年 1 月 2 日

与子永伉

我在仇池

女娲炼石之地

伏羲演卦

同宗同根之畦

汉水滔滔

天沆永博

白龙奔腾

永归大江

我情深远

与你永伉

你情久远

与你永俪

与你比歌

比歌永久

白头偕老

与你比老

与你同心

同心偕手

与你永乐

牵子之手

与你长久

长久未央

与你永朋

永朋不绝

我之爱你

情深意长

2008 年 4 月 1 日于西和

远方的思念

在遥远的地方

有一双忧郁的眼

注视着远方的企盼

在你有所不知的时刻

这个孤独的人

心存着一个远方的爱恋

群山在黄昏中隐去

星光将夜的深沉勾染

伫立已久的人

在遥望中站立成山

月上东山的时分

你是否是我远航的港湾

羌水河不绝的涛声

敲打着我的无眠

挑灯索句的时刻

新月是否洒满你的窗前

这如丝如缕的思念

编织精美的花篮

盛满永不凋谢的花

献给你圣洁的心田

2007 年 7 月 18 日

泽让德吉

你有一个吉祥如意的名字

泽让德吉

你是一个善良美丽的姑娘

泽让德吉

你把热情献给太阳

太阳温暖大地

你把柔情献给月亮

月亮给我福祉

雷鼓山的白云是你

蓝天上的星星是你

我心中的孩子是你

泽让德吉

羌水河的清纯是你

草原的鲜花是你

我心中祝福着你

泽让德吉

2007 年 6 月 12 日

真爱无言

当太阳绽放最美丽的容颜

当风儿舒展最美丽的曲线

当云朵呈现最美丽的花环

当江河唱响最美丽的语言

我心中充满了欢乐

只为你亘古不变的誓言

世界灿烂辉煌

山川秀美斑斓

人们欢欣鼓舞

爱情永世不变

追寻我心中的爱意

直至海枯石烂

我可以逐日东海

陪伴你在海角天边

我可以浴火重生

只为爱燃烧岁岁年年

2007 年 11 月 13 日

真诚到永远

如果时间可以倒流

我可以选择重来

如果生命可以轮回

我可以成为你的真爱

我明白我的错误

没能牵住你的手

时间可以作证

我能让你走出尘埃

人生短短几个秋

自己的选择不能错开

鲜花固然可爱

毒蛇并非彩带

拨开心头的迷雾

才见阳光般的色彩

世界充满各色诱惑

人生到处都有阻碍

有一颗敏锐识别的心

自己才不被伤害

苦口良药会让人清醒

甜言蜜语不是真爱

你何时才能睿智

让自己长大起来

炼就一双火眼金睛

不被世间的尘埃掩埋

走出一条自己的正道

成就立于天地间的大爱

2007 年 12 月 18 日

透过心灵的阳光

TOUGUO XINLING DE YANGGUANG

下

蒲黎生　著

敦煌文艺出版社

第四辑 古诗新韵

歌咏陇南

武　都

攀登米仓望五凤，①龙江金鱼跃玉盆。②

千山竞秀含春意，　梅柳隔岸渡江荫。

人间万象绘胜景，③天上双桥飞彩虹。④

阶州文脉融楚汉，⑥梦回陇南启后昆。⑦

注：①指米仓山、五凤山。

②相传武都地理属于玉盆端金鱼。

③指万象洞，赵朴初题有"万象洞"。

④指成武高速和兰渝铁路。

⑤武都融先秦文化、汉文化、巴蜀文化、羌氐文化为一体，这里的楚汉是泛指。

⑥陇南歌词有一首为《梦回陇南》。

文　县

山高自古任攀援，高楼无欲撑苍天。

松柏叠翠纳梵乐，龙江吐露邈云烟。

白马演绎池歌昼，①雄鸡唤醒陕甘川。

阴平南天成一柱，独领风骚数百年。

注：①每年春节期间，在文县铁楼乡白马河畔的村寨都有表演面具"池歌昼"的风俗。舞蹈者戴面具，扮成山神、菩萨、小丑等，挨家挨户地欢跳，意在驱鬼除恶、驱邪消灾、避难免罪，新的一年吉祥和顺。

宕　昌

横空出世雷鼓山，宕昌古风延千年。①

云涵岷山万里雪，雨润长江百代源。

山高无语人拜膜，林深自有树擎天。

官鹅含情胜九寨，哈达献瑞迎客还。

注：①魏晋南北朝时期，各地割据政权林立，四方战乱不已。从公元 296 年到公元 580 年，陇南先后出现仇池国、宕昌国、武都国、武兴国、阴平国五个氐、羌民族的地方政权，通常称为陇南五国。

西　和

景胜登临云华台，伏羲演易八峰崖（ai）。①

千年漾水邀星瀚，万世巧娘织锦彩。

仇池古国何处觅，晚霞湖畔燕归来。

雨露滋润山河秀，人文荟萃花盛开。

注：①伏羲是中华民族的人文始祖。《三家注史记·三皇本纪》记载："太皞庖牺氏，风姓。代燧人氏，继天而王。母曰华胥，履大人迹于雷泽，而生庖牺于成纪。"雷泽、成纪即今礼县、西和一带。相传伏羲诞生于西和仇池山最高峰伏羲崖，现建有伏羲庙。

礼　县

苍山叠秀映翠峰，赤土揽胜染丹青。

山河万里滔西汉，江山一统赖大秦。①

北望祁山秦汉月，②放马中原社稷新。

追贤思古颂天嘉，历来大浪淘英雄。

注：①礼县是秦皇故里，东周前秦人世居礼县。礼县大堡子山发现的秦人西垂陵

园，证明了礼县是秦人发祥地"西犬丘"所在地，秦庄公、秦文公、秦襄公等在西犬丘建国立郡，为以后穆公称霸、孝公变法、始皇统一天下奠定了基础。

②三国时期，蜀汉丞相诸葛亮六出祁山，北伐曹魏。在礼县祁山安营扎寨，有著名的《前出师表》《后出师表》。南北朝时，为纪念诸葛亮，在祁山堡建有武侯祠，历代修复。尚存历代文人书写匾额多面，楹联5副，碑石20余通。

康 县

攀越险峰黑马关，跃上葱茏九重天。

和风细雨千山碧，回肠荡气白云间。

坐禅问道梅园沟①，访友品茗燕河边。②

国泰民安太平风，寄情山水不枉然。

注：①梅园沟风景区在阳坝的西边，是阳坝最具代表性的景区。溯梅园河而上，风光绵延数十里，境内奇峰兀立，怪石嶙峋，群山溢绿，悬泉飞瀑。有"天鹅湖""快活林""幽梦谷""海棠谷""生态茶园"等。

②康县盛产茶叶，主要分布在阳坝、铜钱、两河、三河、白杨等乡镇。这里地处北亚热带边缘，气候温和，雨量充沛，山高林密，云海雾天，溪涧环回，空气清新，水质纯净，无污染，土壤疏松，富含有机物，属于我国典型的北方高海拔优质茶叶培植区。

成 县

雾起云涌鸡峰山①，风荡峡谷雷鸣天。

千仞高崖峰独秀，万里河山胸更宽。

春景相约入面怀，世事难料叹云烟。

莫笑君痴爱风雨，人间胜景赖苍天。

注：①鸡峰山位于西秦岭余脉的徽成盆地西段，与成县城遥遥相对。山间林木茂密，峰峦耸峙，有寒泉古洞，梵宇琳宫，自然景观千姿百态，人文景观点缀其间。鸡峰山"鸡峰笋翠"，素有"陇右小峨嵋"之称。

鸡峰山

云飞快马欲加鞭，栉风沐雨攀鸡山。

百步浓雾觅索道，万丈孤峰欲撑天。

放声高呼响千里，挥臂呼应见青天。

化却云雾知高处，不觉人已在高天。

徽　县

青泥岭上觉天低，①云腾雾绕水成溪。

沃野孕育稻谷丰，山水润泽人宜居。

物华天宝文脉长，世纪金徽天下奇。

白水古道遗风在，②徽州儿女今胜昔。

注：①青泥岭在甘肃徽县境内，在李白的诗《蜀道难》中被提到过，因岭高雨频，道路泥泞而得名。李白的"青泥何盘盘，百步九折萦岩峦""连峰去天不盈尺，枯松倒挂倚绝壁"即叹此地。元稹在《青云驿》中写道："岧峣青云岭，下有千仞谿。徘徊不可上，人倦马亦嘶。""昔游蜀门下，有驿名青泥。闻名意惨怆，若坠牢与狴。"

②《新修白水路记》碑为北宋摩崖碑，该碑位于徽县大河店乡境内的瓦泉村。碑文记述了修筑白水路的起始原因以及路修成后的效益和规模，碑文由宋代书法家雷简夫撰文并书，具有极高的历史艺术价值。此碑载入《陇右金石录》《金石萃编》等典籍中。

两　当①

一

万里青山绿作浪，盛世两当时逢阳。

树映村落抱溪水，道通林荫达远方。

蝉鸣三夏心空静，蛙响一秋稻花香。

风清气爽宜人居，山河处处是故乡。

注：①两当位于西秦岭南麓，自古为通陕西入甘接川的三省通衢，素称"秦陇之捍蔽、巴蜀之襟喉"。走进两当，美景如画。自古有"故道松涛""琵琶秋水""天门锁云"等景观。有亚洲最大的灵官峡白皮松自然保护区和省级风景名胜区云屏百里长峡，被誉为绿色两当、诗画两当。

二

此行两当景不同，多少碧螺烟雨濛。

青山飞出太阳鸟，绿水唤回古月魂。

仙风长存乐问道，翰墨飘香喜迎春。

一壶浊酒待旧客，醉卧斜阳山水中。

秦皇湖行吟

风和日丽景清明，湖光山色共云影。

秦皇湖畔秦皇御，天嘉福地天嘉人。

同为周王牧悍马①，共扶汉室两臣心②。

构建和谐平安日，江山更待后来人。

注：①礼县是秦人发祥地，古称西垂、西犬丘，是秦人最早的都邑所在地。据《史记·秦本纪》记载：秦人先祖"在西戎、保西垂""非子居犬丘""庄公居其西犬丘""秦仲、庄公、襄公葬西垂"。西垂即西犬丘，是秦人走向中原成就霸业的摇篮。

②诸葛亮，三国时期蜀汉丞相，杰出的政治家、军事家、发明家。辅佐刘备成就霸业，又辅佐后主刘禅，六出祁山伐魏。在世时被封为武乡侯，病逝后追谥忠武侯，东晋政权因其军事才能特追封他为武兴王。其散文代表作有《出师表》《诫子书》等。曾发明木牛流马、孔明灯等，并改造连弩，叫做诸葛连弩，可一弩十矢俱发。诸葛亮一生鞠躬尽瘁、死而后已，是中国传统文化中忠臣与智者的代表人物。

拜谒哈达铺红军长征纪念馆①

一

红军长征转战激，　万里行军有铁骑。

七千精英到哈达，②四方百姓迎子弟。

指挥若定数周毛，　北上抗日定大局。

三军会师成一统，③革命红旗擎天举。

二

一杆红旗映蓝天，红军长征到岷宕。

转战陕北根据地，④北上抗日去延安。

革命征途加油站，工农命运天地宽。⑤

建设小康需努力，红军精神永世传。

注：①2002 年 9 月 20 日，陇南地委派我出任宕昌县法院院长，24 日报到后于 28 日前去哈达铺拜谒红军长征纪念馆。

②1935 年 9 月 18 日，毛泽东、周恩来、张闻天、王稼祥率领的中国工农红军第一方面军七千余人到达哈达铺。

③1936 年 10 月 22 日，红军一、二、四方面军在甘肃会宁胜利会师。

④1935 年 9 月，周恩来在哈达铺的济善堂药铺发现了当时的《大公报》《中央日报》，上面记载了国民党追剿刘志丹、谢子长所领导的陕北红军的报道。毛泽东遂决定把红军的落脚点放在陕北。

⑤哈达铺是决定中国工农红军长征命运的重要决策地，也是红军长征途中的加油站。

2003 年 12 月入选中央文献出版社《中华当代吟友》

适　意

一

挥手别京华，^①亲农问桑麻。

春早弄稼穑，秋闲来牧马。

明月照行人，清风访农家。

心静烦恼去，人生自放达。

注：①这里的京华指我工作十五年之久的武都，是时我离别武都到宕昌法院工作。

2002 年 10 月 6 日

二

住居山林下，^②环境可宜人。

山高风吹急，树大根自深。

晨笛催行人，暮鸟鸣河声。

浮华离我去，恬淡慰平生。

注：②宕昌法院位于红河街对面的高庙山，树木茂盛，春意盎然，鸟鸣其丽，清晨笛声悠扬，与红河水声融成交响乐。

2003 年 4 月 5 日

惜 别

一

毕业惜别风雨中，同学再聚黄河滨。①

苦也笔头索佳句，乐得河边听涛声。

昔日求学多歧路，今朝扬鞭少迷津。

握别兰舟催发急，中道你我正年轻。

二

同学伴读夜永昼，好友携手万里走。②

佳肴迎朋呈异彩，香醇敬友润玉喉。

吟诗颂文抒远志，欢歌笑语话风流。

依依不舍共嘱托，莫待岁月空白头。

三

虽无黛色仍媚馨，却有冰心真晶莹。③

外交内政娴熟性，经济文章火热情。

女娲炼石补天胆，精卫衔木填海心。

替父从军花木兰，纵马沙场任驰骋。

注：①当时在西北师范大学我任学生思想政治研究室主任，联系了一批跨系、跨班级的各年级的同学，每逢周末相邀漫步在黄河畔，相互鼓励学业，增进友谊，成为一段佳话。

②万里是兰州万里机械厂，比我高几级的校友工作后，邀请我和几位诗友携女友在其宿舍聚会，大家吟诗、读文、唱歌、猜拳、饮酒，欢聚一堂，让人难以忘却。

③君与我同学几载，情深意笃，毕业在即，难舍难分，必将天各一方，遂赋诗一首相送，以作纪念。

1988 年 6 月 18 日于西北师大

念故人·卜算子

适逢佳节至，唯念故人来。
久盼音信既杳然，情丝仍缱绻。
爱恋穷碧水，相思缠青山。
海枯石烂情不悔，情愫如涌泉。

除夕·卜算子

除夕羁校园，孤灯照吾眠。
辗转反侧终未寐，恋情涌心间。
淑女今方好，君子彻夜盼。
待到鹊桥飞架时，婵娟共千年。

思　念

迎新辞旧岁，丰年号长春。
愉快谋功成，欢乐求名就。
鸿思溢四海，概念荡千秋。
喜悦著文章，聪慧达相候。

1987 年 12 月 24 日

攀越毛羽山①

云雾毛羽山，绿色映眼帘。
村落缀林壑，公路绕山尖。
牛羊三五群，鸡犬一二声，
农人忙春早，快车送我还。

注：①毛羽山是宕昌通往南阳的屏障，山高路陡，高寒阴湿，但林壑秀美，芳草连天。有"翻越毛羽山，两眼泪不干"之说。

2003 年 4 月 5 日

过甘山庄①

路高入云天，驱车走故园。
沟壑荡层云，绝顶艳阳天。
往事如隔夜，世事已千年，
岁月不可留，奋蹄勇当先。

注：①甘山乃礼县南部的一个小山村，"文革"期间为全省著名的文化村，男女老少皆能吟诗。因干旱称干山，后改为甘山。少年时我曾在这里读过初中，中年后路过此地，逢云天雨雾，有感而发。

2003 年 4 月 6 日

327

香山 (外三首)

千峰朝拜大香山，菩萨普度万民安。

添手添眼疗母疾，救苦救难数妙善。

不恋帝王锦玉衣，愿引众生幸福源。

要寻人间清凉处，忘却蓬莱到此山。

2003 年 12 月入编《新世纪作家年鉴》

万象洞

白龙江畔一洞天，万象天成几亿年。

犀牛望月蟾蜍宫，群蛇赶考龙门前。

卧龙腾云欲显贵，猴王取经始成仙。

鬼斧神功奇异景，又是人间一重天。

2003 年 12 月入编《新世纪作家年鉴》

五凤山

峰高自有五凤山，浓荫蔽日可擎天。

登山寻路人蜂拥，摩肩接踵香火延。

辈辈求得儒释道，代代只愿真美善。

今人若知古人意，退耕还林绿荒山。

2003 年 12 月入编《新世纪作家年鉴》

水帘洞

五凤山下水帘洞，山溪环绕桥木横。

红女祠里育女红，耕读人家传读耕。

依山傍水务农田，纺线织布绣彩锦。

百鸟鸣叫樱桃甜，泉水清幽慰苍生。

2003 年 12 月入编《新世纪作家年鉴》

2003 年 12 月入选中央文献出版社《中华当代吟友》

游祁山武侯祠

一

挥鞭问苍天，跃马走祁山①。

两表老臣心，鞠躬见肝胆。

六出北伐计，尽瘁平中原。

韬略甲天下，堪为后人瞻。

二

三顾茅庐情可追，问鼎中原隆中对。

婚联东吴结同盟，火烧赤壁败曹威。

计取西川建蜀国，鼎立天下盼汉贵。

一心北伐望帝星，壮志未酬英雄泪。

注：①祁山在甘肃礼县东 23 公里处，是三国时期蜀相诸葛亮六出祁山，驻军点将的地方，山丘之上有明清时期所建的武侯祠。

2003 年 12 月入编《新世纪作家年鉴》

2003 年 12 月入选中央文献出版社《中华当代吟友》

春日即景

一

白龙江畔好春光，桃红柳绿菜花黄。

一年生计春播早，四方百姓躬耕忙。

退耕还林绿荒山，整山治水变模样。

优化生态积天德，造福子孙建华章。

二

桃花三月别样红，龙江两岸杨柳风。

麦浪滚滚绿如涛，菜花畦畦色似金。

蝶飞蜂舞百鸟鸣，人欢马叫万家春。

欣逢盛世精神爽，建设小康享太平。

三

武都南山桃花源，龙江环抱路盘旋。

锦屏叠翠千年雪，万象更新万里天。

退耕使得美山水，还林方能绿家园。

山花烂漫赛朝霞，春风依旧笑江山。

2003 年 12 月 1 日入编《新世纪作家》

游麦积山①

一

天外飞来一座山，形似农家麦垛园。

千佛祷告农家乐，百姓力耕丰收田。

伏羲本是农家弟，易卦推演人间欢。②

天水滋润万物长，羲皇故里笑开颜。

二

千山抱拥一秀峰，和风细雨唤树荫。

高峰无路接云梯，摩崖有窟夺神功。

身外苦难求普度，心中菩萨靠修行。

善男信女祈福祉，不在他人在自身。

注：①麦积山在天水东南30公里处，形似麦垛，是闻名遐迩的佛教石窟圣地。

②天水古称秦州，是人文始祖伏羲的诞生之地，也是伏羲演绎八卦的地方。

2003年12月入编中央文献出版社《中华当代吟友》

大河坝放歌

一

驱车大河坝，翠绿映丹霞。

松柏高云天，缤纷染山涯。

林荫拥路旁，青草映面颊。

信步通幽处，好景目无暇。

二

酷暑七月天，清凉出莽源。

秀林绿融融，雪山雾绵绵。

携妻过沟壑，搭木走溪涧。

留得好心情，福祉赖苍天。

三

路遥林愈深，风景各不同。

薄雾绕人迹，狭路生苔痕。

日光布斑斓，密林锁浓荫。

山高人声远，清韵步履声。

四

安步走林源，桥横路弯转。

林深人罕至，寂寥妻陪伴。

风雨数十载，夫妻手相牵。

浮华随风去，情真伴吾眠。

五

坐石观飞溪，与妻长促膝。

翠屏依山势，雪山与天齐。

云雾飞飘带，林壑出练玉。

心交两不厌，天人共朝夕。

六

秋去大河坝，红叶满山崖。

百鸟恋林壑，清泉出山峡。

赤足蹚河水，高声唤山娃。

今日得宽裕，权当山水侠。

七

入伏山中绿如春，携友信步去踏青。

挽裤赤足蹚溪水，引吭高歌唤青云。

百鸟和鸣万物昌，溪流响彻山谷鸣。

悠闲自在山中仙，除却烦恼身自轻。

八

四面青山四季春，五瀑峡孕五棵松。

辟山开路自通天，退耕还林有兴林。①

招商引资当今计，荫子翳孙万古情。

自然本是我家乡，改造河山见精神。

注：①兴林为宕昌县委书记何兴林，何公致力于宕昌建设，辟建大河坝国家森林公园，招商引资，优惠政策，效益初见。

2003 年 7 月 12 日

2016 年原载《宕昌诗词选》

禁 毒

一

官亭秦峪山陡峭，人迹罕至出毒枭。

崇山峻岭无耕地，悬崖沟壑有毒苗。

禁种铲除罂粟短，勇往直前志气高。

宕昌创立无毒县，干警出征有英豪。

2003 年 5 月 10 日

二

法院干警斗志高，搜山踏查不疲劳。

双脚踏遍山川地，一手铲除罂粟苗。

综合治理抓根本，严厉打击根基牢。

为国为民除毒害，一身正气冲云霄。

2003 年 5 月 24 日

预防"非典"

非典流传是国难，预防非典到沙湾。

跋山涉水传良策，披星戴月慰黎园。

通风采光人方好，清洁卫生身体健。

瘟疫自有降伏日，神州终见蔚蓝天。

2003 年 5 月 13 日

2019 年春节有感

春风一夜满地银，新桃瞳日相映红。

翠竹压雪候新年，童叟携手塑雪人。

鸡鸣柴扉催晨早，犬吠陌巷唤归人。

庭院布席盛佳肴，儿孙举盅庆年丰。

2019 年 2 月 8 日于天嘉

游官鹅沟

一

风雪走官鹅，耀宗邀我行①。

数九寒未尽，二月正逢春②。

野火烹羔肉，娇子暖我身③。

山高水又长，情谊百代深。

注：①耀宗系宕昌县教委主任。

②逢春系陇南地区教委办公室主任。

③娇子系宕昌九台春酒厂的腾昌娇子酒。

二

云雾满山跑，雾凇尽妖娆。

林壑涌飞瀑，悬崖坠玉雕。

还林蓄秀水，退耕种芳草①。

天人合一愿，地灵人方好。

注：①朱镕基总理视察甘肃时提出"退耕还林，封山绿化，以粮代赈，个体承包"的十六字方针。

2003 年 3 月 20 日于宕昌

2003 年 12 月入编《新世纪作家》

重游官鹅沟

一

夏走官鹅沟，景色更清幽。

飞泉溅玉珠，百鸟鸣金喉。

溪流响山谷，新绿染林秀。

林泉去凡心，王孙自可留。

2003 年 6 月 22 日

二

官鹅一线天，无路可攀援。

悬崖涌飞瀑，云梯可接天。

投足寻前路，叩首问苍天。

山水是归处，尘坎不可恋。

三

高山奔飞瀑，随风化雾云。

浪涌千堆雪，日照万朵虹。

泉清手可掬，凉爽身自润。

丹心化碧血，铸就青山魂。

四

坐地稍休息，仰头观飞溪。

碧天自高远，流云如白驹。

秀木显葱茏，游人自性逸。

岁月不老人，旅途自奋蹄。

五

景色初夏好，宜人好天气。

林阔不知处，立木当云梯。

潭水深不知，投石问涧溪。

心静若止水，人生当珍惜。

2003 年 6 月 22 日

六

官鹅出平湖，设计赖华明①。

川谷蓄秀水，旱地起彩虹。

皇天孕山魂，厚土育精英。

旅游兴百业，致富宕州人。

注：①华明即县长黄华明，黄公提出开发官鹅沟森林公园，修建羌族风情园，筑坝修提，建五个人工湖，湖光山色，民族风情，以旅游带动宕昌经济的全面发展。

七

雨中官鹅沟，风景似画轴。

云雾山间绕，天瀑悬崖流。

狭道生苔藓，细雨湿衣袖。

林深无人语，步韵更清幽。

八

云开见青天，激流涌素湍。

高树生绝壁，飞瀑出峭岩。

朽木无人渡，陡壁可攀援。

险奇生俊秀，路遥景可观。

九

雨过林起雾，日照映树明。①

田鸭渡秋水，飞鹅步群舞。

农夫山歌起，牧童笛声无。

向晚欲思归，家人可盼吾。

注：①树明系陇南地区法院副院长，受黄华明邀请来宕昌调研，我陪他忙里偷闲到官鹅沟一游。

十

春明景和天气晴，官鹅山水待友人。

峡谷瀑飞浪涌激，鸟鸣人寂林愈深。

湖光倒映山色青，晚霞更胜夕阳红。

景色醉人不知返，暮鼓声声催人魂。

2003 年 8 月 12 日于宕昌

2003 年 12 月入编《新世纪作家》

游朝阳洞①

朝阳洞里洞朝阳，

千年杨树鹤故乡。

睡佛醉卧千年梦，

人间又换新气象。

注：①朝阳洞在武都以西30公里处，唐代高僧云游此地，种植杨树，依山凿洞
而居，修仙念佛，羽化而登仙，肉身千年不腐，毁于"文革"。所植杨树冠高千尺，
干粗百尺，常有白鹤栖居其上。

2003年12月入编《新世纪作家年鉴》

重游朝阳洞

一

忙中才偷闲，人在山水间。

风吹林涛声，鹤栖槐树巅。

江阔也无涯，人善应有缘。

凡尘能脱俗，朝阳话洞天。

二

云雾笼山岩，杨树欲撑天。

林密布浓荫，钟声回归远。

风过爽快意，叶动似雨潺。

虚空尘嚣净，梵音传千年。

2013年5月5日

再游朝阳洞

一

朝阳绿树映江碧，江树满川护砂堤。

千年卧佛神永垂，青杨吐哺迎鹤归。

二

杨柳荫翳白鹤飞，龙江润泽农田肥。

仙洞庇护农家乐，邀客沽酒醉不归。

2013 年 5 月 26 日于朝阳洞

宕昌早春

一

满目萧瑟草木凋，春寒幸有桃花闹。

杏花虽无报春意，迎春早就随风笑。

虽无田鸭渡河堤，却有河岸杨柳俏。

骚客多吟春浓意，唯我惜情早春娇。

2005 年 3 月 28 日

二

新月初照高庙山，暮霭似纱接青天。

山川点亮千家灯，江河可行万里船。

数桥连江江环山，众星捧月月照关。

古时明月照今人，今人更胜古人贤。

2005 年 3 月 31

咏宕昌

一

春风一缕山色新，深山远处早行人。

早年致富谋砍树，今日脱贫寻山珍。

阳光灿烂绽华明①，青风万里渡陈恒。②

游旅牵动百业旺，宕州儿女享太平。

注：①华明即宕昌县委书记黄华明，黄公致力于宕昌"红、绿、古"三色旅游，初见效益。

②陈恒即宕昌政府县长陈恒，取羌水河如恒源江河滔滔不绝之意。

2005 年 6 月 1 日

二

山花烂熳山林中，正是入夏天色晴。

友人相邀怀揣酒，清风扑面鸟鸣音。

芳香铺呈人未醉，白云深处情更浓。

踏遍青山人不老，此山有朋总关情。

2005 年 6 月 6 日

三

泉涌山巅水飞激，日照飞瀑彩虹起。

千年造就人间景，九天坠落银河玉。①

五瀑峡谷似仙境，②官鹅深处有神奇。

游人举指他乡好，到此一游久驻足。

注：①官鹅沟五瀑峡内的九天飞瀑，从崖悬峭壁抖落，气势恢宏，令人叹为观止。

②官鹅峡谷内汇集了石宫垂帘、九天飞瀑、珍珠瀑等五条瀑布，故而得名。

四

羌氏立国三百年，①深山坐落羌寨园。

诗仙醉酒遗金樽，②女娲炼石欲补天。③

山溪浪逐涛声远，百鸟和鸣艳阳天。

林源滔滔涌绿海，羌藏儿女胜先贤。

注：①羌人自春秋战国时居于宕昌。宕昌乃羌语照进洞穴里的阳光。西晋永嘉元年（307年），羌族首领梁勤建立宕昌国，历时259年，后被北周大将田弘所灭。隋时称宕州，今称宕昌。

②宕昌大河坝森林公园内有一金樽瀑，形似酒杯，相传是诗仙李白醉酒后所遗。

③公园内有一窟窿沟，人称一线天，有天外来石坠落在峡谷之上，堪称奇观，相传为女娲补天时坠落的五彩石。

五

雨笼山野雾锁荫，向晚客居五棵松。

有心促膝话长夜，无意推窗风满门。

诗不达意吃闷酒，心有灵犀点烛灯。

松涛阵阵不经意，羌笛声声入耳心。

六

青山绿水孕清风，高天流云伴此生。

身居名山无绝意，心存高远缈无音。

美酒滴滴醉无语，羌韵声声催人魂。

清月初照山色好，秋染杨柳满天红。

2005 年 8 月 20 日

七

忙里偷闲大河坝，烟笼山庄雾锁峡。

远山含黛近凝脂，秋雨连绵似青纱。

雍西人家情可掬，①新朋老友歌如华。

浊洒一杯和新曲，你我正当好年华。

注：①雍西人家乃藏族女胞杨蔡芝莲所办农家乐。雍西人家即白云深处的人家，取吉祥如意之意。

2005 年 8 月 31 日

八

酒如甘露歌如潮，情同手足气冲霄。

今朝风雨同饮酒，明日清风志气豪。

百年人生须自珍，千年芳名尚衔娇。

山水常不人与共，青山永驻人不老。

2005 年 8 月 31 日

九

雨帘如织雾似纱纱纱客驱纱走山涯。

溪水逢雨涨波涛，草木临秋披绿袈。

纱人赤足唤牛犊，山客蒙头洗面颊。

田园胜似都市好，归来山水是我家。

2005 年 8 月 31 日

十

炊烟起处是农家，纱归人畜共喧哗。

泥泞道旁踏板房，雍西人家百合花。

羌寨风情农家乐，山珍野味菜肴佳。

杨菜芝莲女能人，[①]宕州儿女仇晓华。[②]

注：①杨菜芝莲乃宕昌新寨乡新平藏族村党支部书记,甘肃省第十届党代会党代表。

②仇晓华乃宕昌团县委书记，她多方联系，筹措兴办新平村希望小学。

2005 年 8 月 31 日

十一

千里草场千里烟，星罗棋布牛羊欢。

山环水抱接远景，峰回路转地连天。

举首向天揽日月，胸怀黎庶渡人间。

风清气爽情未央，山河跃马可扬鞭。

拾贝羌水河

一

暖阳初照官鹅风，斜卧草地鸟鸣音。

隐形溪流水声响，隔崖佳人诵书声。

老妪扶杖问饥食，年少抚泪给碎银。

自然容物本无量，人间正道祈公平。

二

山林方晴方是雨，烟雨空濛光映玉。

藏包对坐饮红酒，溪边风起吹羽衣。

雨露蔷薇花正艳，水乳山川江水溢。

正是初夏风光好，清明景和随人意。

三

斜坐竹藤享树荫，手执诗书桃花云。

心领神会自心乐，鸟语花香不闻听。

隔岸品茗有志摩，忘情知音是徽音。

灵山秀水天嘉地，不枉官鹅山水情

四

桃红柳绿江水清，环水人家瓦舍新。

嘉禾旺长绿如涛，远山含烟树含荫。

恬闲饮茶农家乐，狂欢酩酊山野风。

杲阳西沉风吹衣，醉眼蒙胧望伊人。

五

山雨朦胧山色青，老树新枝换新容。

雨帘如织水飘窗，轻车急驶雨洗程。

倩妹试驾走新路，须眉指点步旧尘。

心生快意不需马，身在青山已忘情。

六

天下奇峰在官鹅，悬崖百丈鹰隼落。

群山翘首向青天，溪水出涧震万壑。

无路赤脚蹚河水，曲径通幽现村廓。

激情涌动观地书，放牧青春莫蹉跎。

七

斜卧金辉绿草地，明眸相凝两情溢。

灵犀一点意相通，憨态十足情可掬。

把盏向酒知心话，执鞭跃马飘羽衣。

放牧青春四月天，天赐草原人遂意。

八

醉依夜色满天星，相拥无眠听涛声。

冷风飕飕耳边过，暖意融融呢喃声。

虽无华堂横旷野，却有真情献爱心。

人生相约终不悔，任尔东南西北风。

九

醉卧山林枕地眠，　松涛呼啸溪水喧。

梦里观花鸟呓语，　绿枝拂面光照暖。

倚肩水湄窃私语，　采花山林性情闲。

官鹅夏凉好去处，　河坝清幽是嘉园。

十

微风细雨洗青苔，　老树新枝扑面怀。

尘嚣繁芜远遁去，　山野清风虚无来。

坐笑花间一壶酒，　醉倚轩窗燕归来。

漫卷诗书两相悦，　点烛西窗映案台。

十一

树木参天遮浓荫，　阳光斑驳映苔痕。

弄枝折腰寻前路，　矫步悄声逐倩影。

静若处子掬憨态，　动如脱兔蹿林荫。

快步无意踩山花，　静坐溪边听水声。

十二

谁人识得相思苦，　新月如眉照山谷。

松涛不解人烦意，　羌河如诉水声沽。

繁星天涯空寂寞，　伊人咫尺难相逢。

愁丝铺成天桥路，　邀得佳人鹊桥渡。

十三

盛夏激起官鹅风，　游人如织赖树荫。

流泉飞泻凝是雨，　溪流如涛响雷声。

山中方晴方是雨，艳阳高照起彩虹。
奇峰座座赛金刚，湖泊处处蓝精灵。

十四

草色初上八马梁，黑土绿芽透鹅黄。

春回大地山色青，人逢喜事精神爽。

牲畜出圈啃青草，草肥长膘壮牛羊。

牛辕荷犁翻新土，农妇结队锄豆秧。

十五

恨己无有回天力，横刀立马撼山壁。

赤胆忠心卷风云，傲骨豪气唤龙驹。

乘风破浪济苍海，救世扶民动天地。

人生拼搏几百年，肝胆相照奋翅翼。

十六

山水出涧暗门开，涛声雷鸣响天外。

手扶藜杖寻小径，瀑泄玉球扑面怀。

峰高万仞生绿树，草木千秋映苍苔。

水乳幽谷生凉荫，高山流水唤客来。

十七

独坐案台候消息，音信杳无夜沉寂。

心猿意马翻旧书，吞云吐雾扔烟蒂。

人间长河万古流，世事轮回瞬间急。

风生水起云飞扬，自当击水三千里。

十八

杨树秋叶光照金，携友踏秋枫树林。

倚身野草寻暖阳，随风木叶落无声。

韶华易逝时光短，两情相悦有知音。

坐地静观山川美，人生自然共长生。

十九

树叶斑斓映秋阳，柏绿枫红杨树黄。

蓝天白云南飞雁，青山绿水雪映岗。

暖阳照身前胸暖，冷风吹面颈背凉。

青山四季皆可游，怜人最是秋风爽。

二十

春寒夏暑冬冷清，还是秋景可宜人，

繁华除却简约树，喧闹消隐江水清。

山野静寂独自幽，孤客浪迹静身心。

拄杖回眸寻归路，斜阳洒落满天金。

二十一

鸟鸣山林静，求友不得音。

碎步踏山路，晨露湿衣身。

微风吹长发，轻声唤乳名。

切切此心语，世间谁知音。

二十二

你是青山雾，遇风变成雨。

我是林中风，吹落山林雨。

你是青山水，我是林中绿。

山水本一家，相知无言语。

二十三

水乳山林翠，日照溪水清。

百鸟鸣旷野，游人戏语声。

飞泉落玑玉，幽谷生凉荫。

陇上小九寨，官鹅羌藏风。

二十四

秋阳光照人，曲径逐倩影。

投足摇树枝，惊鸟飞丛林。

风吹松油香，籽落地有声。

弯腰拣松子，嗑仁香宜人。

二十五

寒露大河坝，缤纷满山崖。

阳光布金辉，雷古映雪霞。

鸟鸣和溪水，暮炊到农家。

孤旅他乡里，仿佛是我家。

二十六

狭道水长草，无语人寂寥。

相约进松林，弯腰拣松子。

松子满口袋，相呼拾蘑菇。

蘑菇鲜嫩美，此情你我知。

二十七

草场绿如茵，醉卧斜阳辉。

黄菊正开放，孤蜂采花蜜。

牛羊围人转，亲朋酒醉语。

日暮山川静，村廓青烟里。

二十八

狼渡滩上野炊欢，振臂高呼喊团拳。

酣醉坐倚绿草地，狂欢舞蹈野地边。

牛羊满川食水草，山花遍地迎风艳。

日暮山川天方晴，牛羊闻酒围人转。

杨 柳

春雪一度任意飞，岷江水暖杨柳依。

起火温酒与君饮，十里长亭问归期。

蔷 薇

墙内蔷薇墙外开，邻家有女别家爱。

纵使愁绪无消处，春风一缕扑面怀。

2006 年 12 月入编《中国原创文学展》

秋游八力草原

一

路走八力川①，山势可登攀。
丘陵腾细浪，野花绽烂漫。
水草秋长高，牛羊肥满圈。
幸福生活长，牧民笑开颜。

二

草地绿如毯，远山似画卷。
大豆正欢笑，青稞尚开镰。
燕麦随风舞，牛羊奋蹄欢。
蜂匠邀我坐，席地尝蜜饯。

三

晴空碧草地，秋爽好心情。
景色随人愿，高阳暖我身。
芳草浸野味，山花溢温馨。
牧场主好客，鹿龟酒醉人。

四

驱车狼渡滩②，一马走平川。
九曲回肠水，芳草碧连天。

牛羊缀草地，村落绕炊烟。

烹羔待友人，酒醉胜新年

五

向晚锁龙滩③，连绵无数山。

重峦荡暮霭，叠水起波澜。

龙腾不见首，虎跃可扬鞭。

浩瀚似沧海，气势可接天。

六

春华真耀眼，秋色更可怜。

信手采蘑菇，扬鞭赶牛辕④。

放达野性情，喜食农家饭。

舒性与民乐，心旷天地宽。

注：①八力草原在宕昌县八乡里，海拔 2500 米以上，水草丰茂，牛羊肥壮，遐迩闻名。

②狼渡滩在岷县的同井镇与锁龙乡，是宕昌县法院后清瑞、张映辉的故乡，受他们邀请，携友去做客，赋诗一首以作纪念。

③锁龙滩在岷县锁龙乡，传说有飞龙被锁在此，故称其名，是陇南地委副书记严波的故乡。

④牛辕是当地农民的牛车，二牛抬辕，车身与车轮均为木制品，颇似春秋战国时的战车。

走笔花儿坡

一

南河花儿坡①，沟深草莓多。

山花呈野趣，溪流逐清波。

云过布阵雨，风吹香满坡。

携友食野莓，清香溢心窝。

二

徒步上山岗，绿荫依身旁。

幽径通田间，遍地豆花香。

信手拾蚕豆，野味满口香。

荤腥腻我胃，山珍韵味长。

三

山色润肺肠，迎风更清爽。

江流山影动，云落雨脚忙。

风动燕子斜，林密百鸟唱。

景胜有仙桥，万物自风光。

四

深山有佳肴，信手拈苦荞。

未见农家乐，却有山花俏。

坐地食野味，起身观山娇。

日月无尽时，群山节自高。

五

满目青山风送爽，花香鸟语正逢阳。

翠绿欲滴空气好，金黄铺陈油菜香。

蝶飞蜂舞山花闹，云飞雾起山巅狂。

自然万物泰和处，亲和自然血脉长。

注：①花儿坡为宕昌县南河乡的花儿坡草场，山体平缓,树木葱茏，适宜放牧，亦不失为旅游胜地。

2003 年 7 月 5 日于宕昌

2006 年 10 月入编中国文联出版社《中国当代著名诗词艺术家列传》

卜算子·饮酒

一

青春一杯酒，人生无数秋。

历尽沧桑酸甜苦，举樽欲语休。

豪饮向天月，无歌空寂寞。

春花秋月无尽时，还是离乡愁。

二

少年轻看花，执意酌浊酒。

朝为青丝暮成霜，世事如水流。

往事越千年，回首知寒秋。

踏遍青山任逍遥，不识将相侯。

2006 年 10 月入编中国文联出版社

《中国当代著名诗词艺术家列传》

登南阳牛头山

一

山高入云端，牛头有寺院①。

峻奇涵秀水，伟岸撑青山。

豪情立异志，心阔揽云天。

润物有好水，泽恩赖神泉②。

二

南阳葱茏四月天，携友攀登牛头山。

松涛呼啸风吹激，掌鼓响奏钟声远。

攀援始觉山陡峭，临顶方见艳阳天。

艰难困苦修大道，普度众生慰苍天。

注：①宕昌县南阳镇有座牛头山，上有建于唐玄宗时代的牛头寺，后遭破坏。1994 年重建。

②即九眼神泉，现发展为宕昌县九眼神泉矿泉公司。

2003 年 5 月 29 日

三

满目春色牛头山，正是人间四月天。

绿草遍地润山河，秀峰撑天露华颜。

神泉吐露涵灵气，群山献瑞聚人缘。

若是琪林吐花蕊，①修成大道胜先贤。

注：①琪林即原陇南市中院院长李琪林，现为甘肃省高院副院长。是日陪李公在南阳考察，后登牛头寺有感，赋诗一首。

2004 年 4 月 12 日

2006 年 10 月入编中国文联出版社《中国当代著名诗词艺术家列传》

河西映象

一

旷野暮色迟，沙洲月近人。

投足无村落，举手可摘星。

列车鸣笛号，人语无犬声。

广漠铸飞舟，戈壁起彩虹。①

二

玉门露春色，阳关有故人。

镕基草萋萋，宗堂柳青青。②

引水固尘沙，培土以还林。

谋得子孙福，还赖中华魂。

注：①飞舟指 2003 年中国酒泉卫星基地发射的神舟五号载人宇宙飞船，航天员为杨利伟。

②两句指朱镕基总理提出退耕还林政策，绿化荒山；左宗棠在酒泉栽植杨柳自然成林，史称左公柳。

2006 年 10 月入编中国文联出版社《中国当代著名诗词艺术家列传》

桓水诗意

一

卜算子·湿地公园

月明照行人，
江流闻水声。
竹林荫浓锁甬道，
风吹暗香动。

大道舒长足，
和风润肺心。
湿地公园聚老小，①
歌舞颂太平。

注：①东江长江大道沿白龙江岸建有湿地公园，树木茂盛，芳草铺陈，鸟语花香，是人们休闲娱乐，健体强身的好地方。

2011 年 5 月 1 日

二

卜算子·与妻散步

两山起云烟，^①

大道通江边。

竹柳相依护河堤，

日映百花艳。

信步走江岸，

与子手相牵。

人生相拥数春秋，

激情似火燃。

注：①两山指白龙江畔的南北二山。春雨过后云雾缭绕，白龙江春潮涌动，沿江两岸百花齐放，鸟语花香，是人们晨练的好地方。

2011 年 5 月 1 日

三

寒风拂面冻手脚，与妻冬练走江郊。

日映桓水呈碧练，冬播蔬菜绿城郊。

喷泉吐珠东江水，竹林叠翠迎风娇。

人有闲情晨练步，鹳归越冬上青霄。

四

华灯初上不夜城，桓水两岸灯如虹。

霓虹倒影桥浮动，细雨随风水洗尘。

初冬风寒人闭户，夜暮有人步急行。

虽无高朋酩酊醉，独走江滨一放翁。

2011 年 11 月 20 日

五

晨起天行健，警示地震园。①

日耀雪起雾，火燃草生烟。

桥渡江南北，冰结桓水岸。

湿地生芳草，援建换新颜。

注：①"5·12"汶川地震后，全国人民支援陇南灾后重建，特别是深圳市重点援建陇南市，投资了大量人力物力，使陇南的面貌发生巨大变化，为纪念这一壮举，陇南市修建了"5·12"地震主题公园。这里已经成为人民休闲娱乐，健体强身的好地方。

2011 年 12 月 10 日

六

阶州峰高欲比天，龙江波涛起惊澜。

几度江南寻春意，数九绿蔬满荒原。

五凤烟雨润梵乐，万象奇景育新颜。

双桥飞渡穿南北，① 东西扶贫史无前。②

注：①双桥指兰渝高速和兰渝铁路的高架桥，兰海高速于 2014 年通车，兰渝铁路于 2016 年 10 月 26 日建成通车。

②指陇南是甘肃向南开放的桥头堡，也是东西连接的交通枢纽，2016 年青岛市定向帮扶陇南扶贫。

2016 年 12 月 8 日

谒杜甫草堂

秋雨沐草堂，竹林布山岗。

洗心谒少陵，湿衣读凤凰。①

千古第一人，为民叹忧伤。

浪迹识民疾，归心念庙堂。

三吏又三别，安史乱朝纲。

同谷吟七歌，悲声更高亢。

茅屋风吹破，漏雨湿睡床。

病弱老臣心，致君尧舜上。

求得广厦在，寒士无冻伤。

力求中兴业，忠魂祭晚唐。

安得回天力，化作金凤凰。

深潭起蛟龙，②乾坤定大唐。

古今书生气，天地两茫茫。

愿有子美魂，傲骨撑脊梁。

雨住天色晴，长空披霞光。

龙凤现祥瑞，和谐奏华章。

公正与为民，依赖钱院长。③

同志须努力，道路很漫长。

注：①②杜甫在成州羁留期间诗作《凤凰台》《万丈潭》《同谷七歌》。《万丈潭》《凤凰台》以浪漫主义的表现手法，刻画了一位一片赤心，忠君报国，有抱负，始终念念不忘民

生疾苦的自我形象,形成了杜诗独特的审美特征,深刻体现了杜甫高尚的人格魅力和爱国热情。

③即陇南市中级人民法院长钱芙贤。

2011 年 9 月 5 日于成州

2015 年 8 月入编《世界华人诗词艺术家年鉴》

烟雨崆峒山

一

黄土高原有奇观，西来崆峒第一山。

绿树成荫生烟雨，烟雾缥缈锁道观。

山下望山接云天，山上望山成平川。

莫道山高有险阻，攀越天梯自成仙。

二

烟雨蒙蒙雾笼山，参天古树飘云烟。

奇山秀水晴带雨，危崖悬梯人上天。

峰高常驻云天外，道远自有香火传。

晨钟暮鼓千年寺，东西南北人寻仙。

三

仙客身在彩云间，峰回路转洞连天。

丹崖高耸立天门，松柏绝顶摩斗参。

斜阳暮鼓鼓韵长，春露晨钟钟声远。

游兴未尽带月归，下山还比上山难。

四

烟雨崆峒山，高山撑道观。

绿树映庙宇，薄雾笼绝岩。

细雨润天梯，梵乐绕心间。

儒释道三教，万古佑平安。

五

雨中游崆峒，微雨洗轻尘。

绿树泛新光，幽径布苔痕。

殿宇缈云烟，佛道度众生。

香客来复去，历来是新人。

六

雾锁崆峒静，温润气清正。

山寺无尘嚣，天瀑有远声。

风蚀佛殿旧，心燃香火新。

恍惚仙境里，此时无俗人。

七

雨过林生烟，云起境虚幻。

灵塔驮古柏，悬崖坐佛殿。

微雨沐庙宇，香火延千年。

佛心即我心，我心向自然。

八

崆峒峰嵯峨，泾水卧虹波。

林深栖云鹤，道长兴仙阁。

皇帝问道处，春秋人迹多。

世事如烟云，不老是松柏。

九

擎天起一柱，万壑涌云涛。

问道上天梯，赐福下九霄。

十

丹崖万仞险，天梯入云端。

意欲登高处，相牵携索链。

隍城阔界眼，云涛卷海岸。

攀援三六九，更上一重天。

2011 年 8 月 26 日于平凉

同年 9 月发表于《平凉日报》

高楼山

一

攀上十二拐，人在云天外。

冬麦泛新绿，冰雪积阴台。

暖阳浴村庄，翠竹迎风摆。

远闻鸡犬声，炊烟徐徐来。

二

雪埋高楼山，苍柏入云端。

山高路盘盘，村落烟绵绵。

荒野牧牛羊，村庄满山湾。

驱车访农户，勤政心胸宽。

2011 年 12 月 24 日于阴平

2015 年 8 月入编《世界华人诗词艺术家年鉴》

白马人家

一

白马人农庄，紫竹秀庭房。

雪橙坠树梢，绿菜满院场。

静坐闻鸟语，独享沐暖阳。

听得敲门声，主人迎客忙。

二

暖锅一席人，藏歌几杯酒。

相祝龙年吉，互敬咂杆酒。

严冬无寒意，良言助应酬。

兴浓意未尽，醉语论春秋。

三

山高无捷径，沿河寻人踪。

深山出鹰鹞，冬阳耀晴空。

冰雪映苍柏，白马踏歌声。

醉步跳锅庄，篝火可悦人。

四

忙里去偷闲，独往农家园。

常饮咂杆酒，偶食老鸹扇。

熬得油茶香，细做臊子面。

万事不上心，赛过活神仙。

2011 年 12 月 25 日于阴平

2015 年 8 月入编《世界华人诗词艺术家年鉴》

鸡峰山

一

烟雨鸡峰山，春雨洒江天。

云飞如奔驹，崖高欲撑天。

洪涛千层浪，①云渡万里山。

胸怀日月长，不老是青山。

注：①洪涛指原甘肃省高级人民法院院长郝洪涛，陇南市成县小川人。

二

竹柏涌路边，路陡入云端。

微风吹征衣，细雨洗面颜。

顺势上阶梯，依山任攀援。

峰险路回转，人已在高天。

2012 年 4 月 19 日于成州

垂钓秦皇湖

垂钓秦皇湖，无鱼可上钩。

愿学太公钓，将使鱼钩直。

钩直不可钓，我欲钓君王。

再使风俗好，青山人不老。

2012 年 8 月 20 日于礼县秦皇湖畔

登白云山

一

登上白云山，心胸更广宽。
日月耀国邦，① 芙蓉伴圣贤。②
云台揽九霄，燕河接星汉。
岁月无尽时，黛青染群山。

注：①胡耀邦于1985年登临白云山，发出"种树种草，绿化荒山"的号召，有力地保护了水土流失，改善了生态环境。

②陇南中级人民法院院长钱芙贤在换届后到康县法院检查指导工作，提出"公正执法，司法为民，关心基层，爱护干警"的思路。

2011 年 9 月 17 日

二

一度重阳一度春，卅年追梦又一寻。
白云山上白云飞，燕子河畔燕飞回。
秋风秋雨秋雾浓，人情人意人缘重。
寻梦故乡千百度，甲子一轮又一春。①

注：①某老人在六十多年前跟随父母离开康县云台时，年仅十三四岁，六十多年过去了，这位老人领着自己的儿女又回到康县寻梦。钱芙贤院长和我接待了这位老人，遂有感而发。

2011 年 9 月 17 日

巴蜀即景·咏镇巴

一

日暮夜宿住镇巴，一夜风雨客思家。

早起预览溜山城，方知宜居是苗家。

春风秋雨润无声，冬暖夏凉喜万家。

问君何处有仙居，驻此无需走天涯。

二

叩扉借宿向苗家，清晨翠微尽入画。

青山绿水拥山城，秋雨晨雾润镇巴。

杨柳依依度秋霞，玉兰婷婷染霜花。

连天秋雨涨秋池，水不扬波静喧哗。

2011 年 11 月 8 日

秦巴村景

一

深山有村庄，路在白云上。

秋染枫叶红，雨润农家旺。

远山含青黛，河川种稻秧。

村落鸡犬声，巴蜀好地方。

二

山丘拥庭房，竹林浴暖阳。

白鹭上青霄，群鸭渡池塘。

炊烟平地起，农夫务农忙。

安逸好去处，江南有水乡。

2011 年 11 月 9 日

西江月·重庆之夜

雾都晴空明月，
江岸灯火通明。
不知天上似人间，
琼楼矗立江心。

山高树荫心清，
夜深风凉人静。
请问仙客何处来，
渝都景色宜人。

2011 年 11 月 10 日

与万生学战友聚

一

秋高气爽走蜀巴，雾都暖阳映菊花。

战友豪饮李太白①，乡亲细品胖秦妈②。

江河两岸无异客，巴山深处有朋家。

源远流长情谊深，甘渝原本是一家。

注：①指重庆美酒李太白。②指重庆秦妈火锅。

二

驱车德阳会亲朋，往事如烟昨如今。

大漠青春一杯酒，江南情谊二十春。

相聚豪饮丰谷酒，佐餐品味烧鸡公。

不怨天涯无知己，自有战友迎我情。

2011 年 11 月 12 日

冬日即景

万里江山万里雪，处处村落处处烟。

月映山川地凝脂，日照江河雪翠林。

登高庙山①

攀登高庙山，心胸更广宽。

波眠千里江，浪涌万重山。

红杏报春早，翠鸟鸣山间。

育树成森林，清凉满江天。

注：①高庙山在宕昌新城与旧城之间，与羊马城、曹家山、红河、岷江形成三山夹两水的山环水抱的格局。高庙山形似乌龟，上有泰山庙。法院每年在山顶植树造林，松柏郁郁葱葱，蔚然成林。

2004 年 3 月 12 日

致 君

青春回首情如梦①，放足山水总关情。

众里寻她千百度②，万里风烟接素秋③。

注：①延引宋代辛弃疾词句。②延引宋代柳永词句。③延引唐代杜甫诗句。

卜算子·春分

一

风吹杨柳青，
菜花布远馨。
暖阳耀身健步走，
怡醉笑春风。

河鸭满沙堤，
雨燕随风轻。
又是一年春归处，
万物竞青春。

二

绿草漫芳径，
百花满园春。
豆蔻年华学舞步，
春来勤用功。

桃花羞含苞，
李子花开浓。
儿童结伴放纸鹞，
老叟娱儿孙。

2017 年 3 月 20 日

春日偶得

一

春来绿意新，好景可撩人。

晨笛鸣晓曙，暮鸟啼月明。

绰绰树逸枝，灼灼心摇旌。

举目望千里，佳人相送迎。

2003 年 3 月 15 日

二

明月千里行，恋人共婵娟。

遥途自牵挂，冰心曾可见。

春深不解意，夜长更声短。

惊鸟啼不住，此情更可怜。

2003 年 3 月 20 日

春 意

一

人间四月天，新绿满荒原。

清风唤鸟语，樱花开满天。

暖阳照学堂，书声萦耳畔。

精神最佳处，信步走晨练。

二

宕昌天气晴，万里无纤尘。

千山新绿透，百园花正浓。

十户农家乐，一庭芳草幽。

亲朋围四座，举杯添酒稠。

2013 年 4 月 18 日

冰天雪地过龙年

冰

龙江两岸冬如春，山下杨柳山上冰。

人来人往拜年忙，各家春联映街红。

旷野少人闲散步，我携妻子迎春风。

人在他乡亲朋少，唯有健体走江滨。

天

阶州霓虹不夜天，桓水东流不复返。

天增岁月人增寿，春去春来又一年。

无有酒肉伴我醉，满地蔬菜绿江岸。

众人过年我独行，携妻散步两相欢。

雪

梅花喜迎漫天雪，消尽尘埃万里洁。

围坐火炉品香茶，点击网络看世界。

国泰民安中国地，邦乱序废外夷界。

太平盛世好光景，合家团聚度春节。

地

飞雪迎春罩大地，雾菘皑皑与天齐。

预知来年收成好，欢度春节农民喜。

惠民政策入人心，民生工程顺民意。

共产党的好领导，休养生息给民力。

2012 年 1 月 28 日于武都

2015 年 8 月入编《世界华人诗词艺术家年鉴》(2014 年卷)

雨中游西狭

一

西狭万仞山，沟壑湖光滟。

甬道竹生风，堤岸柳如烟。

脚踩一指桥，头顶一线天。

引领向前行，自然有芙贤。①

注：①陇南市中级人民法院院长钱芙贤，邀请甘肃"百名法学家百场报告会"专家相连生、陈永胜来陇南讲学，闲暇之余，我作陪共游成县西狭。

二

栈道浮壁岩，绿水绕青山。

悬崖生古树，碧天飞鸿雁。

高峰入云霄，飞瀑落九天。

邀得明月在，清辉照人间。

三

雨润竹林翠，水洗石阶新。

浮桥穿云过，深涧流水声。

攀崖凭索链，步履须当心。

峡谷生清幽，摩崖古人风。

四

平台望月

望月台上形似月，湖光山色云如雪。

峡谷深处虚空静，清风拂面与人悦。

五

绝壁飞瀑

壁高万仞雾锁峰，水落千尺气如虹。

修得高桥穿峡过，只缘身在此山中。

六

惠安西表

千仞水润千仞峰，万里沟壑万里云。

摩崖石刻惠安表，往事如昨醒人魂。

七

高山飞流水，珠帘听雨声。

平台赏秋月，深潭跃黄龙。

躬身栈道行，仰视西狭颂①。

天下第一书，汉代隶正宗。

注：①汉代成州百姓为颂扬太守李翕率吏民兴修西狭栈道，造福于民的德政，由当地著名文学家、书法家仇靖书丹并在鱼窍峡崖壁上镌刻了《惠安西表》摩崖颂碑，俗称《西狭颂》。碑刻书法奇绝，文图并茂，珠联璧合，堪称"天下隶书第一""汉隶的正宗"。

2011 年 9 月 4 日于成州

2015 年 8 月入编《世界华人诗词艺术家年鉴》

过秦岭

秦岭横天际，冬麦泛新绿。

南北自天成，景色各迥异。

南岭竹林翠，北原黄叶飞。

崎岖南山道，通衢北国地。

蜗居重山中，放眼山外奇。

快车舒胸怀，旷野托天低。

穿越隧道群，万山身后去。

跃马走莽原，秋风快我意。

时空任驰腾，往事如流水。

楚汉争雌雄，刀兵鏖战激。

无意翻秦岭，暗度陈仓袭。

挥剑灭大秦，兵临函谷急。

赴宴鸿门上，中原成定局。

垓下定乾坤，霸王悔恨遗。

威武成大汉，江山归统一。

大风云飞扬，百姓始安居。

九州卫皇权，千古成一理。

百家皆湮灭，儒术遂兴起。

孔孟是先师，三纲五常立。

炎黄多风雨，伦理终维系。

国强树威严，民富是真谛。

福祸本无常，水阔船稳立。

中国复兴梦，华夏人心齐。

霞光尚满天，春风遂人意。

2013 年 11 月 28 日

拉尕山

一

越上拉尕山，①心胸更广宽。

峰巅涌海浪，雪山映蓝天。

水润千山绿，山托云天远。

登高舒胸怀，甘南一柱天。

二

登临高山人未晚，杲阳尽染彩云间。

苍山如海放车舟，晨钟声响唤经幡。

望眼览尽千山翠，佛光普照众生暖。

人生几何登高处，世事沧桑渺云烟。

注：①拉尕山在甘肃省舟曲县，是甘肃高级法院梁明远院长的家乡。是日我陪钱芙贤院长一同前往，有感而记。

2013 年 5 月 3 日

拉尕山聚友

舟曲农家乐，果蔬生田园。

树木遮林荫，芳草蔓庭前。

樱桃坠玉珠，草莓赛朱丹。

堂前青杏小，院落核桃圆。

葡萄绽花蕊，哇果叶如钱。

结庐翠绿中，门无车马喧。

闹市寻静处，寄情山水间。

友朋邀相聚，盛请农家宴。

山野菜清香，龙江鱼肥鲜。

慢火炖鸡仔，老厨烹羊肝。

腊肉熏烟火，时蔬出农田。

旧曲填新词，老酒贮陈年。

识君才三载，狂饮有十年。

波涛起江龙，水林现奇观。

玉琴奏天乐，云鹤唤晓燕。

峰虎啸山谷，光明在眼前。

虎生威仪在，千山撑苍天。

人心思盛世，德林出圣贤。

农家人爱林，河畔鸟逐烟。

山川水润绿，红酥手把盏。

觥筹相交错，男女同饮欢。

藏歌助酒兴，杯干酒斟满。

弯月耀新辉，北斗星璀璨。

东风不识我，君呼不上船。

明月本无价，对饮酒十千。

将相贵为胄，粪土忆当年。

草芥虽卑微，豪气斗牛间。

饮尽三江水，酣畅不夜天。

坐看云和月，独抱明月眠。

天地无尽时，人生须臾短。

酒消万古愁，不论人与仙。

倦鸟已归林，羁旅思故园。

人说他乡好，欲辨已忘言。

心泰身安处，乐此不疲倦。

欢愉有尽时，人生悲聚散。

别离话珍重，重聚四月天。

2016 年 5 月 10 日于舟曲拉尕山

拉尕山拾遗

一

友朋相聚他乡中，问候寒暄庭院深。
垂钓江团鲜肥嫩，采摘山珍润泽青。
藏歌一曲抒情怀，浊酒几盅见真情。
豪饮从来为知己，同甘共苦能几人。

二

枝繁叶茂枇杷青，核桃浓密遮凉荫。
柿子迎风露花蕊，石榴逢春飞芳红。
龙江迥曲绕学府，飞燕蹁跹起雾云。
正是一年春光好，潜心研读启脑心。

三

芳草无涯柏撑天，山高数仞路盘旋。
溪水潺潺润山色，麋鹿呦呦唤良贤。
峰高自有众山拥，学富饱读诸子言。
欲穷千里登高处，阅遍奇峰不畏险。

四

风雷一声石门开，林深峡幽引客来。

千山万壑涌春潮，山花烂漫人自在。

2016 年 5 月 10 日于舟曲

神奇拉尕山

舟曲拉尕山，峰高欲撑天。

龙江飘玉带，青山渺云烟。

清凉满河谷，翠绿缀山川。

藏区风光好，神仙爱此山。

水草鲜美丰，牛羊奋蹄欢。

风情厚淳朴，人和百姓安。

占燃圣火苗，锅庄曲正酣。

畅饮青稞酒，舞步共月圆。

不为物尘累，流云唤高天。

与世隔绝久，脱俗去尘颜。

不为名利扰，为民苦也甘。

河川人宜居，始建法学院。

清静能读书，建树有明远。

法官云集地，法律荟萃园。

远离凡尘嚣，熏陶执法观。

东西法律人，蜂拥法学院。

南北执法者，洗心又革面。

法律奉天大，判案直利箭。

渴饮当地水，当守此法典。

中外法学魂，弥漫庭廊前。

五十六民族，风俗融藏汉。

双语培训班，甘南勇当先。

点亮燃灯者，蜡炬泪始干。

燃我亮他人，铺路我心甘。

公正出内心，法魂治国远。

胸怀家国情，护法不枉然。

长治与久安，执法保民安。

同为法律人，热血慰苍天。

2015 年 9 月发表于甘肃高级人民法院《法刊》

2016 年 6 月发表于国家法官学院舟曲民族法官培训基地《双语学苑》创刊号

诗意上黄

一

松涛夏日别样青，曲径连山芳草深。

山野清风爽人意，百鸟和鸣唤蝉声。

云峰山庄无酷暑，瑶池金寨有凉荫。

无边风物放眼量，不做人间是非人。

二

酷暑夏雨洒荒原，雾气蒸腾接云天。

风起云涌雷响声，云开日出霞满天。

满目青山换新妆，无限风光入眼帘。

自然还我真本性，清静无为赛神仙。

2013 年 8 月 12 日于阶州

秋 趣

秋分万事追，无意竞春晖。

荒原呈野趣，玉米抱谷穗。

酸枣遇秋熟，行人过路摘。

偶拾向日葵，快意我心扉。

2012 年 9 月 20 日

秋 意

几度秋意浓，暖阳初照身。

柿子映霜红，大枣坠枝青。

雏菊依竹笑，木瓜布远馨。

无事闲品茶，不做是非人。

2012 年 10 月 8 日

秋韵官鹅沟

一

官鹅秋意浓，景色迎故人。

雨洗千山碧，雾罩万里幽。

农家渺炊烟，林壑染赤丹。

琪林吐祥瑞，^①情谊赛高天。

二

细雨润青苔，迎得故人来。

湖畔留倩影，深山起雾霭。

瀑飞高山里，雪出云天外。

天人同一趣，山水共情怀。

注：①琪林是指甘肃高级人民法院副院长李琪林。

2013 年 10 月 30 日

柿子园

一

秋到柿子园，日映菊花艳。

树梢挂灯笼，绿菜满荒原。

动手疏油菜，信步入农田。

心闲浴朝阳，品茗倚窗轩。

2010 年 5 月 1 日

二

柿子园里风光好，春暖花开涌春潮。

油菜畦畦泛金黄，桃花灼灼竞妖娆。

邀朋静坐品香茶，踏青闲聊尝菜肴。

衣食无忧好光景，不负春光人未老。

2011 年 5 月 1 日

三

山水柿子园，四季渺云烟。

春花娇无语，秋月照庭院。

夏凉天共被，冬趣雪满天。

煮沸一壶茶，沉浮须臾间。

2013 年 10 月 27 日

文县天池吟

洋汤天池行，风和日丽景。

高山一湖水，云天共清新。

绿树绕堤岸，倒影山更青。

水染千山翠，日映百川明。

天河邀明珠，夏雨洗灰尘。

栈道桓水边，人随栈道行。

进林闻花香，倚轩听鸟音。

山色一池幽，天光共云影。

日暮鸟飞回，群山归隐静。

山拥一池水，苍穹几点星。

薄云烘明月，游人喧哗声。

夜风吹人衣，月光似水冷。

畅饮酒热身，酒欢兴正浓。

更深起水雾，微风动竹音。

乘醉听松涛，朦眼看浮云。

酒醉人酩酊，云烘月朦胧。

即兴吟古诗，意会唐宋人。

虽无济世才，却有山水情。

旷达不遁世，身安即吾心。

览尽云和月，不为身后名。

鸡鸣已三遍，犬吠更有声。

七星将西移，孤月独空明。

万籁俱静寂，唯闻流水声。

东方已熹微，风吹我酒醒。

莫道山岚重，已有早行人。

农家起炊烟，煮茶给我饮。

杂粮慰饥腹，行路更轻松。

他日图好景，天池招人魂。

2012 年 7 月 8 日于阴平

2015 年 8 月入编《世界华人诗词艺术家年鉴》

诗意晚霞湖

诗意晚霞湖，坠落满天星。

湖水吐龙涎，远山含黛青。

更深灯火稀，夜稠人声静。

风来波拍岸，不知湖幽深。

晨起下鱼竿，水鸭不厌人。

钩弯钓鱼鳖，钩直钓贤明。

日出耀金光，湖波起雾云。

绿叶荷田田，花开溢远馨。

起身闲散步，只做无事人。

野草晨露重，踏青湿鞋缨。

水草迎风斜，翠柳绕堤荫。

凉风爽人意，无事一身轻。

晨炊烟袅娜，渺茫听梵音。

巧娘立湖畔，山水一色青。

但使织女在，农夫蚕桑新。

耕读传世久，霞湖启新人。

2012 年 8 月 22 日于晚霞湖

2015 年 8 月入编《世界华人诗词艺术家年鉴》

咏高桥奇峡

高桥奇峡沟，锁钥葫芦口。

水奔飞翼虎，声响敲雷鼓。

古柳遮荫浓，翠竹映壁幽。

峡长燕子飞，谷深野鸽游。

沙柳生茂密，农家居清幽。

桥渡客南北，水润家春秋。

雨助江岸肥，风吹山石瘦。

绝壁栈道曲，凭栏念水忧。

百年患水疾，良田变荒丘。

滔滔洪波涌，滚滚泥石流。

沃土将淹没，农庄欲倾轧。

江河腾巨浪，水波倒洄流。

激流荡峡谷，天籁怒咽喉。

泄洪有锁钥，旱涝保平畴。

伯温定阶州，依赖此峡口。

虎踞涧门关，龙行浪潮头。

葫芦锁长龙，狂涛变涓流。

泥沙俱往矣，还将水清幽。

玉盆跃金鱼，龙江千年秀。

蜀中都江堰，陇南葫芦口。

鬼斧同工曲，人神共自由。

道法出自然，江河万古流。

2012 年 6 月 16 日于阶州高桥奇峡

2015 年 8 月入编《世界华人诗词艺术家年鉴》

金徽酒颂

徽成聚宝盆，季产万担粮。

伏镇有奇水，涓涓汇佳酿。

千年铸一窑，百代存芳香。

太白留遗风，醉卧青泥岗。

酒壮英雄胆，蜀道不漫长。

南走丝绸路，古道兴马帮。

销暑饮甜醅，驱寒品烧汤。

酒海永不沽，福运久远长。

白水筑路难，十天高速畅。

酒垆遗旧址，新坊窖酒香。

陇南春常在，时兴康庆坊。

酿得女儿红，美名传远方。

老酒浴火生，金徽万世强。

2015 年 3 月 12 日于伏镇

人民陪审员赞

初冬陇之南，千山层林染。

杲阳出山坳，辉光照人暖。

共商司改计，群贤聚陇南。

召开陪审会，法院史无前。

彰显人民性，首创是明远。

大厦平地起，基础夯实坚。

倍增陪审员，践行有芙贤。

全市齐努力，陇南创经验。

管理促成效，规范应超前。

彪鹏勤指导，几度忙蹲点。

调研取素材，典型出九县。

会议传精神，全省学模范。

法官是主导，陪审助威严。

法庭陪审埋，法外系情感。

调解做工作，不分忙与闲。

执行搞联络，化解执行难。

邻里讲法律，严把和谐关。

敬老传美德，自己做示范。

公正助司法，公开理当先。

助推民主性，首选陪审员。

权力受约束，监管不等闲。

裁判当析理，释明不偷懒。

桥梁与纽带，人民是苍天。

维护公信力，百姓在心间。

甘苦数十载，礼县虎炳斑。

跨区调纠纷，饮暑冒严寒。

干戈化玉帛，与民心相连。

法律为准绳，结案三百件。

辛苦我一人，百姓举家安。

奉献成常态，中国梦方园。

人人齐努力，治国法为天。

共铸里程碑，法魂遍陇原。

全省法院人民陪审员工作会议在陇南召开，有感而发，遂吟拙句一表祝贺。

2015 年 11 月 9 日于陇南

雷鼓山

一

兄弟情深不寻春，官鹅四季宜人心。

开怀畅饮有刘辉，会意作文是新平。

王军建华志高远，刘鑫树业在明春。

宕昌兴业胜小强，千秋伟业望唐兴。

二

遥望雷鼓山，风云多变幻。

疾风吹征衣，杜鹃啼荒原。

草甸起绿浪，鸣泉响耳畔。

攀登虽艰辛，快乐满心田。

三

雷鼓撑苍天，森林岫云烟。

栈道延远方，草原盼人还。

旷野觉天低，高山传声远。

云开见天日，胸阔眺天边。

四

芳草连天路径幽，山花烂漫鸟语啾。

山高自有路盘旋，林深当然云出岫。

登高望远碧空尽，凌云抒情千山秀。

鲲鹏展翅九万里，飞越山川志不休。

2014 年 7 月 12 日

象山湖

一

忙里去偷闲，信步登象山。

举手摘槐花，弯腰拾地软。

学语近鸟声，清心向自然。

天人共和谐，无事心泰安。

二

雨润千山翠，日照万里明。

鸟语鸣耳聪，花香扑鼻新。

绿树映农家，碧水绕幽村。

深山访前贤，中道遇贵仁。

2014 年 5 月 10 日

梅园沟

一

陇南山水任人游，平生邂逅梅园沟。

遥看群峰千层雾，近蹚溪水万涓流。

竹韵幽幽留人步，茶园青青润客喉。

清风明月本无价，绿水青山似画轴。

二

人人都说阳坝好，四季如春人不老。

水润山色无尘灰，地蕴青茶祛烦恼。

翠峰炮制女儿红，[①]苞谷佳酿满山跑。[②]

酒不醉人人自醉，醉眼蒙胧观山娇。

注：①阳坝盛产茶叶，品质优良，味纯香浓，最著名的有翠峰毛尖和女儿红茶。

②阳坝所产苞谷酒，醇香绵润，甘洌劲爽，饮后容易使人兴奋，不由人到处乱串，号称"满山跑"。

2015 年 7 月 16 日

天嘉抒怀

潘冢渺云烟，天嘉聚浩瀚。
龟蛇锁汉水，麒麟诱罗汉。
非子牧天马，卤水润盐官。
水草肥鲜美，良驹驰中原。
秦皇出故里，战马勇向前。
六合成一统，九州同心圆。
帝制从此成，千年不断弦。
烽火遍地起，诸葛走祁山。
六出天下计，人心归大汉。
唐宋繁荣景，福地升平年。
明清换朝代，贤人代代传。
民国狼烟起，布道居香山。
民众盼国强，驱寇出边关。
诞生新中国，幸福比蜜甜。
三江荟萃地，人脉更无前。
人文绵长久，不忘耕农田。
诗书传家久，子孙百代贤。
村野多善良，佛音延香山。
麒麟送贵子，槐荫慰庄园。
子孙承祖恩，持家更勤俭。
布衣连乡土，金玉不上眼。
无欲立千仞，吾心在高天。

2015 年 7 月 8 日于阶州

瑶池诗话

一

姚寨青龙山，坡陡路高远。

清凉一泓水，酷夏一季蝉。

溪流濯赤足，长风吹汗衫。

晴空舒远目，人已在高天。

二

瑶池三夏凉，农家可偷闲。

竹荫消暑气，蝉声静心烦。

野菜健肠胃，溪水洗尘眼。

清风扑面怀，人在山水间。

三

穿越北山上南山，避暑瑶寨云水间。

绿树环抱农家乐，清风送爽蝉声酣。

淡然世态人自凉，忘却炎凉心胸宽。

莫道夏长无去处，人间清凉青龙山。

四

阶州长夏无凉处，瑶池金寨可听蝉。

翠竹布荫幽庭堂，溪水绕村润庄园。

鸡鸣犬吠农家乐，驴吼马嘶瀑布喧。

独处乡村识野趣，几处村落几处烟。

五

长足健身三伏天，跃上东山橄榄园。

龙江衔山起波涛，千山吐翠秀云烟。

高楼拔地展新姿，飞桥腾空邈星瀚。

山风过处消炎暑，福天寿地可延年。

2015 年 8 月 15 日于阶州

六

观日

飞龙在高天，万众抬望眼。

龙行不见首，栖身彩云间。

祥云朵朵飞，鳞光熠熠闪。

龙眼如日月，光辉照人间。

2015 年 8 月 25 日 9 时在东江观天象有感记之

七

听蝉

静坐地震园，修竹绕身边。

幽兰花自香，夏蝉声正酣。

云翳遮日晒，清风佛人面。

山河万古在，寓意山水间。

八

望月

今夜望月明，云雾尚满天。

昨日邀相饮，今夕不相见。

人稠共擦肩，陌路不识面。

朗月清风日，清辉照人间。

2015 年 6 月 18 日晚望月有感

麒麟山

一

跃上麒麟十八盘，会当绝顶渺云烟。
远眺汉水接天际，近闻梵乐入心间。
松涛吐翠千山绿，罗汉护法万民安。
槐荫山村杨柳舞，秦风汉月照人寰。

二

思念故园麒麟山，云海波涛涌天边。
千山朝拱新气象，万壑叠翠岫云烟。
日浴山河景色秀，气贯长虹胸怀宽。
莫与众峰比天高，远近高低若等闲。

2015 年 7 月 4 日

沙湾正月十九

江岸古柳新绿条，薪火木炭铜火盆。
咂杆酒暖去春寒，酩馏微醺可宜人。
九天圣母从天降，十年大运迎面临。
火树银花连天炮，辉煌最是十九中。

2016 年 3 月 1 日

扶贫日记

一

金风重阳赛黄花，跋山涉水到农家。

问计于民盼农富，芙贤与民是一家。

二

满目松涛千山秀，晚霞丹阳夕照明。

农舍炊烟夜归人，晚风繁星月如钩。

峰回路转不识途，柳暗花明车掉头。

一路向前知往返，中道人生正风流。

2013 年 10 月 15 日

三

攀登鸡峰走长河，精准扶贫与民乐。

帮扶增收解民忧，芙贤亲为班子和。

脱贫致富接核桃，架桥铺路引天河。

胸怀理想接地气，人民幸福共高歌。

四

千山吐翠路盘旋，精准扶贫系心间。

赤日炎炎问民计，徒步漫漫顶严寒。

几度春秋盼民富，数载青春为众安。

干部担当为引路，铸就和谐佑陇南。

2015 年 7 月 14 日

五

鸡峰飞雪三九天，跋山涉水路盘旋。

叶木群立露真容，松柏常青不畏寒。

访寒问苦走农户，脱贫致富慰心田。

精准扶贫奔小康，顶风冒雪苦犹甜。

2017 年 1 月 17 日

剑门关

一

清江一曲润山碧，剑门百丈撑天立。

巨峰相拥锁咽峡，将相辅助护社稷。

巴蜀高山向北岳，汉唐臣心盼统一。

自古庙堂属孔孟，赤胆忠心与天齐。

二

剑门一阁云天外，翠云万里扑面怀。

栈道弯曲贯古今，高速连环通往来。

先贤入关忧国事，游客登台舒胸怀。

春风化雨润万木，人泰景明百花开。

三

蜀道难于上天梯，虎啸猿鸣杜鹃啼。

多少家国兴亡事，无数英雄泪痕迹。

有心策马射天狼，无力报国折剑戟。

胸怀苍生气如山，笔润翰墨光焰起。

四

万里峰峦向北开，千朵翠云随风来，

江山处处美如画，谁携天风卷剑台。

五

皇泽寺前利江流，凤凰台上凤凰游。

武曌本是农家女，女皇风采照千秋。

六

夕阳照晚晴，利江水盈盈。

杨柳正依依，海棠已垂青。

樱花落缤纷，藤蔓缀紫樱。

余晖布嘉陵，波涌满河金。

信步寻火锅，利江河畔行。

香味飘满街，火锅味正浓。

品尝麻油仔，耗鱼真鲜嫩。

八人成四对，豪饮惊友邻。

结伴出行远，春天去踏青。

独创 AA 制，游玩不分心。

诗酒趁年华，步履正青葱。

2016 年 4 月 2 日于广元

阳坝行

一

陇南有阳坝，何必走天涯。

竹林环秀水，天湖渡群鸭。

旱柳接云烟，休闲出农家。

清风随我意，依窗品茗茶。

二

信步海棠谷，遥看点点红。

凝视彩蝶飞，欲嗅花香无。

山姑见人羞，初阳映山红。

未到春深处，却有早行人。

2016 年 4 月 12 日

官鹅沟新韵

五月官鹅行，芳草绿林新。

春风度原野，心中无埃尘。

友朋邀相聚，旷远鹿呦鸣。

细雨润面颊，屈指鹿仁村。

同伴应声和，驱车辗雨痕。

道路曲盘旋，树木翠浓荫。

素湍腾细浪，微波聚黛青。

湖泊映山色，树影更翠青。

近观山花艳，远眺风雪景。

炊烟唤人喧，莽原虚空静。

寒山人罕至，暖村车随从。

羌寨扬经幡，庙宇绕梵音。

翠竹依道旁，深巷闻鸡鸣。

曲径通幽处，农舍庭院新。

人客未坐定，山肴已奉迎。

满桌农家菜，爽口味生津。

河鱼煨姜蒜，野鸡炖山参。

肉拌蕨麻籽，蛋炒羊肚菌。

筷箸尚未动，杯酒已干尽。

互敬三两杯，众友脸绯红。

刘辉不善饮，新诗押古韵。

田德真性情，煽情酒杯空。

新平羞遮面，数杯动芳容。

素花女豪杰，频饮不论斤。

贵山语诙谐，痛饮不赖人。

小强力劝酒，先饮励友朋。

建华不推辞，杯底酒无痕。

建平忙添酒，自己不独饮。

江龙眯眼笑，数劝不动容。

赵茗娇媚艳，豪放东北人。

德林赛诸葛，谨慎不乱饮。

聊发少年狂，我饮数十斤。

会饮苦时短，夜暮点华灯。

狂欢夜未央，豪饮酒箱空。

天地无尽时，人生应自珍。

诗酒趁年华，畏酒已老翁。

但有真情在，年老更惜情。

日月应常在，年年盼故人。

2016 年 5 月 15 日于官鹅沟

郝老回乡即兴

一

最美成州四月天，青山绿水柳如烟。

樱桃晶莹比翡翠，芍药妩媚赛牡丹。

高速联通九州路，鸡峰撑起陇南天。

走村入户问桑麻，郝老亲民胜先贤。①

注：①郝老指最高人民法院咨询委员会委员、甘肃省高级人民法院院长郝洪涛。

二

峰峦碧水绿作浪，成州四月正逢阳。

曲径通幽农舍新，果树成荫杏李黄。

广普恩泽盼民富，曾炼钢铁望国强。

郝老寻梦郎沟门，身居庙堂念故乡。

三

千山竞秀峰叠嶂，一线通幽透天光。

险峰自有通天道，荒野应当居人庄。

树木繁茂原生态，鸡犬相鸣性情爽。

炊烟弥漫人情味，天人合一自风光。

四

登高舒目望山川，峰峦叠嶂林生烟。

路入云端车如舟，村傍溪水燕呢喃。

农舍座座簇锦绣，青山处处入画卷。

郝老回乡问民计，美丽乡村是家园。

五

成州自古出圣贤，裴公始建荷花园。

西峡摹刻五瑞图，凤凰声吟万丈潭。

李祥联村百里游，芙贤扶贫农家欢。①

郝老拄杖访民疾，本是陇南一柱天。

注：①李祥是成县县委书记；芙贤是陇南市中级人民法院院长。

2016 年 5 月 19 日于成州

429

桂花庄行吟

康南有奇观，农家舒心闲。

水流激乱石，树生绝壁岩。

林壑云出岫，道路车盘旋。

青山涵碧水，清凉满荒原。

放松疲惫心，涉足桂花园。

棕树生院落，芭蕉摇蒲扇。

栈道绕村过，溪水流庭前。

千载桂花树，百年老青檀。

浓荫抱瓦舍，山路布苔藓。

古筝弹好韵，涧声入心田。

曲径通林深，百鸟飞屋檐。

原始古村落，独立生态园。

妇孺勤帮灶，厨房起炊烟。

邀朋四五人，品茗两三盏。

豪饮桂花酒，喜食桂蜜饯。

把盏是何人，丁慧女村官。

谁邀我前行，宁杰盼人还。

携友同行人，刘鑫伴后院。

发明延文脉，文化引路远。

学彤夺天功，建筑向自然。

怀国舞丹青，山水皆可染。

候猛研法律，护法在人间。

旭东并从海，明月照东山。

七星耀今夜，铅华惊无艳。

此处为嘉地，同乐共家园。

康南人幸福，正康功无限。

岁月无尽时，人人共长天。

2016 年 5 月 20 日于康县

咏樱桃园

一

三月天气新，樱桃别样红。

树树缀玛瑙，粒粒赛珍珠。

举手可触玉，笑口已尝新。

自然本为母，万物皆养人。

二

万亩樱桃园，果熟似火燃。

满树吐玑珠，绿叶映赤丹。

阳光生万物，清风爽心田。

天道酬勤人，心怡归自然。

2016 年 4 月 12 日

悼念友人

潘塚之滨，汉水泱泱。

春暖花开，杏李朝阳。

桃花灼灼，吾情独殇。

吾之友朋，身藏何方。

率滨之地，莫非王土。

普天之下，莫非王臣。

泥牛入海，无期无望。

命运多舛，令人神伤。

念其贤德，为人榜样。

念其品行，为人高岗。

念其能力，为人仰望。

汩罗江畔有其魂，

众生皆醉惟其醒。

五月艾叶黄，晨暮粽子香。

杜鹃泣饮血，孤鹤哀鸣长。

念去去千里烟波，

不尽龙江山外阔。

品其弱，不负责。

恨懦弱，不担当。

子弱小，不当扶，

妻无助，不敢帮。

愧对秦难称汉，一死了何为男？

但念一世一雄兮，

难以超越卓尔矣。

唯独心不明，彻夜不敢眠。

相忆性情中，举酒问苍天。

与尔长促膝，长空明月间，

你我心不宣，寄情山水间。

明月照，清风唤。

话正浓，酒正酣。

不求一时一事论功成，

但求今生今世遇佛缘。

事理明，懂进退。

玲珑心，达观人。

不惧自己处境之危难，

唯助朋友环境之安泰。

鼎力坦言，推心置腹。

不以重言加害于他人，

不求微词开脱于自身。

襟怀坦荡堪称君子，

做事低调为人楷模。

遇事心相许，化险谈笑间。

处事人称奇，财物不留恋。

朋友情谊重，不留名久远。

为其友而愉悦，与其朋者自豪。

松柏翠而无华，菡萏芳而无筋。

人品之所以有高洁，

尺寸之所以有长短。

人鬼称雄奇，何为事所绊。

亦不为事扰，何为寻短见。

一走百事了，存疑在人间。

为兄不智慧，世人为你难。

逝者已已矣，生者长戚戚。

你魂已归天，我辈不安然。

爱恨不复加，愿你遂意愿。

你若修成仙，吾辈何复言。

君去我彷徨，空留人惆怅。

滚滚龙江东逝水，光阴缕缕如白驹。

借问潮头击浪人，英姿勃发几时归？

君不归，肝胆摧。

哀伤顿时催白发，

泪珠化作倾盆雨。

号叹生死两茫茫，

千里烟波白鹤飞。

注：2014 年 4 月 19 日于陇南白龙江写成，修改于 2016 年 4 月 21 日

聚友小酌

一

醉眼蒙眬隔帘嗅，

脚踏台阶跟随后。

酥手欲卷帘，

明月白如昼。

剪烛把盏煮新茶，

清明河水碧无垢。

岁有冰心在，

君莫乱觥筹。

二

与君会饮三百筹，哪怕山间月如钩。

今生幸逢为知己，何惧百岁星月羞。

2016 年 5 月 22 日于阶州

最美裕河

一

裕河三月景清明，濡嫩鹅黄草色青。

山里桃花两三枝，坡上油菜五六分。

潭梁得水趁龙势，众人攀援上兰亭。

小勇巍巍请相邀，①情浓更比三潭②深。

注：①小勇指甘肃瀚海文化旅游公司经理石小勇；巍巍指武都区裕河乡党委书记李巍巍。②三潭指裕河潭梁下的三潭和水，水流湍急，清澈见底，河道曲折，栈道盘桓，景色清幽。

二

清风明月本无价，裕河山水总关情。

千山万水出云岫，一草一木吐青葱。

四方亲朋邀相聚，八方来客采茶新。

举杯邀月无人醉，我辈豪饮胜古人。

三

月上东山照无眠，星稀月明不夜天。

篝火正旺烹乳羔，友朋豪饮斗牛间。

人生相逢惟快意，裕河起涛波连天。

惠风浩荡万木春，呦呦鹿鸣唤良贤。

四

八福沟深景清幽，绿波素湍石上流。

杲阳初照催鸟语，草木欣荣绣画轴。

五阳铺路塑丰碑，河西来客寻商游。

春风大雅人勤早，敢为人先自风流。

五

四面青山如画卷，茶园就在农家院。

红袖提篮采茶青，酥手煮茗端玉盏。

少壮植树翻新土，儿童玩戏斗鸡犬。

踏雪寻梅无觅处，桃花源里可耕田。

六

放足山水人休闲，携友徒步黑龙潭。

溪流潺潺奔飞瀑，炊烟袅袅话人间。

万木争春沐暖阳，千山竞秀渺云烟。

心无烦事一身轻，神闲气静赛神仙。

七

友朋结伴去寻春，裕河山水任人亲。

龙潭起火炙野炊，淑女含笑焕新容。

豪饮黑啤向天歌，贪食荤腥不拘情。

从来腼腆不外露，今始聊放山水情。

游人忘却彬彬礼，率性活泼真性情。

莫道欢乐贪酒杯，难拒山水相聚情。

本是人间凡夫子，置身山水已忘形。

畅饮美酒三百杯，莫教烦事累我心。

相逢自有人缘在，人间真心倍相亲。

自然本是我家乡，你我不虚裕河行。

八

裕河千山碧，芬芳无尘埃。

山中有佳木，茱萸花自开。

山杏数几枝，花香随风来。

桃花招蜂蝶，摇曳惹人爱。

油菜洒谷坡，琉璃铸金台。

青冈葱茏枝，楠木泛青霭。

龙潭水清澈，水深聚青黛。

清泉石上流，水落沙金彩。

清水手可掬，洗尽面尘埃。

春风无寒意，清爽扑面怀。

赤足欲前行，青石布鲜苔。

无心污溪水，瞩目云天外。

自然是吾乡，处处心安泰。

2016 年 6 月 10 日

洮坪草原

一

景胜繁芜艳阳天，跃马驰腾大河边。

无边青草入眼底，数群牛羊奋蹄欢。

风吹云动太阳雨，水濡花艳绿锦毯。

平生寡欲无嗜好，坐拥清风伴月眠。

二

天高云流淌，地阔神情爽。

群山出鹰鹞，远景起苍茫。

微风入面怀，水草壮牛羊。

山河家国情，百业正兴旺。

2016 年 7 月 8 日

重　阳

一

今岁又重阳，携友走上黄。

树叶染霜红，柿子透金黄。

遥听瀑声喧，坐闻菊花香。

无事饮闲酒，千杯尽酒觞。

二

瑶寨秋意浓，秋高无纤云。

冷霜染红叶，昊阳暖人身。

心静无旁骛，菊花却偷春。

举酒饮清风，霜叶更醉人。

2016 年 10 月 28 日

食为天

民以食为天，生态聚仁贤。

酒诗趁年华，店面同乐天。

宾客接踵至，归朋颔首点。

如家好安逸，至尊情相牵。

2016 年 11 月 20 日

醉酒长歌

我自独狂饮，何惧太白星。

拾遗不酒饮，酩酊李翰林。

五柳趋田园，旷达是坡翁。

醉翁山水间，居易携酒红。

我辈无一处，总关陇南情。

地处虽偏远，忠诚望帝心。

山岳皆北向，礼仪孔孟吟。

仁义出贤达，我心系苍生。

富农求增效，共同为民生。

雪涛为民计，精准去扶贫。

陈青随其后，不忘陇南人。

芙贤入农家，扶贫系民心。

治国有法治，尧舜爱子民。

但愿风情淳，清官爱良民。

琪林曾携手，吾辈甚感恩。

国家法度在，朝令与夕同。

自古治国策，民重社稷轻。

不与民图财，万众出一心。

让利于万民，朝晖哺物青。

荣庆不忘我，邀我同步行。

雨露润禾苗，春染万物新。

子夜鹿呦呦，悠悠求子衿。

天道成大智，万古出圣人。

盛世育英才，周郎逊剑勇。

治世有良方，双翼起蛟龙。

梧桐栖凤凰，茅庐竹翠荫。

寒冬有三顾，兰芳已垂青。

陆翁虽爱国，细雨杂酒痕。

君若好渭水，丹心照汗青。

2016 年 12 月 20 日于阶州

陇南通火车

蜀道自古多艰险，

欲达平川难登天。

劈山开道寻出路，

遇河架桥觅新颜。

鸣笛唤醒致富梦，

长龙情牵陕甘川。

陇南儿女脱贫帽，

战天斗地志气酣。

2016 年 12 月 26 日

梅　花

一

早春不与四时同，梅开几枝笑春风。

杨柳不解游人意，秃枝萧瑟望江滨。

二

春风吹绽新柳痕，菜花才黄半未匀。

周遭景色皆沉睡，寻梅更有早行人。

三

一场春雪涤尘埃，玉宇澄清催梅开。

虽无瑞雪抗冬旱，却有惠风暖胸怀。

杨柳露头唤春归，桓水扬波向东海。

天润地酿万物苏，鸿雁鸣归云天外。

2017 年 2 月 21 日逢天降大雪偶得

四

惊雷一声荡阴霾，去年雨燕今又来。

山巅卧雪涵春水，杏李含苞羞未开。

菜花鎏金惹蜂蝶，火车高歌响天外。

修筑百年脱贫路，揽得春风入暖怀。

2017 年 3 月 5 日

浣溪沙·春游

一

春寒倒逼桃花闭，红肥绿瘦海棠语。

小雨淅沥游人去，春风催放红叶李。

火车鸣叫群山里，烟雨朦胧人趁意。

二

山上飞雪山下雨，河中云烟河畔柳。

携妻信步雨中游，两情相悦连襟肘。

一生相伴到白头，春风化雨万物秀。

2017 年 3 月 12 日

踏 青

一

杨柳露头绿染春，野鸭渡河水涵冰。

微风徐徐吹面怀，菜花萋萋醉游人。

只身漫步田埂虚，早阳辉映野草新。

岁月无痕如流水，世事沧桑又一春。

二

遥望日映山上冰，雁阵北归上青云。

鸟鸣新柳遂人意，江起波涛润草青。

耕耘沃土拓荒牛，播撒希望种田人。

正是一年好时节，劝君珍惜寸光阴。

三

杨柳抽芽随风摇，冬雪融水涨春潮。

灯火卧映溢流彩，落辉晚照映峰高。

华灯入暮夜未央，油菜含香花开早。

万物复苏人出户，全民群舞健身操。

2017 年 2 月 26 日

山 居

一

携友踏青步履远，暮归路遥栖山间。

山高云低天广阔，月明星稀夜阑珊。

谁家茅庐传玉笛，夜读青灯映少年。

山野清风伴我身，祛除烦恼自成仙。

二

细雨连绵笼山庄，燕子低飞聚檐窗。

农家即兴动炊烟，亲朋相邀烹羔羊。

十年脱贫议年丰，百年往事话未央。

日暮雨晴斜阳照，青堂瓦舍尽辉煌。

2017 年 5 月 24 日

蒲姓字辈颂

一

我祖出川北上甘，^①千难万险寻甘泉。

天设地造蒲陈村，风调雨顺麒麟山。

开荒种地仓廪实，传道授业私塾严。

秦地山脉皆北向，心系庙堂望长安。

注：①相传蒲氏祖先由四川大槐树下迁移到甘肃陇南山区，定居在先秦大地，繁衍生息。

二

钟灵毓秀三江汇，^①汉水环绕润翠微。

圣殿高筑诵国文，高山仰止浴恩德。

斗转星移拱北辰，日照月映同光辉。

耕读传世家道昌，文武兼修承天威。

注：①三江指西汉水、清水江、野马河，三条河流在传说中的武都海（大潭）汇合，在骑龙山下（麒麟山）由西向东奔腾而去。

三

蒲氏族谱拾遗

尚登辉仲毓国文，笃志树作佑宗人。①

滋润嘉禾三月雨，好风送暖裕后昆。②

注：①蒲氏族谱仅留下了"尚登辉仲毓国文，笃志树作佑宗人"两句诗文。我记得祖父们的名字有叫毓泽、润泽、润湖、润洪、蒲泽、毓奎、成奎的。父辈们的名字有叫国珍、国锡、国强、国甲、国明、国建、国武、国选等。我辈以文字立名，如文绍、文芳、文翰、文琳、文生、文凡、文红；也有跟随我大哥蒲阳生（文绍）立名的，如蒲文生、蒲黎生、蒲夫生、蒲巧生、蒲济生、蒲瑞生等。

②后两句是作者为了补缺和韵，让诗文成为四句诗，难免有点牵强附会，可以不作为蒲氏族人辈序立名之用。

读辛心田先生《足迹》有感

才俊自古多磨难，

孟母择邻盼儿贤。

含辛茹苦图远志，

玉汝于成慰心田。

五起为民埋头干，①

四一扶贫在人先。②

不图高官忧民疾，

万人簇拥上高天。

注：①辛心田系礼县龙鳞乡人，早年父殇遂成孤儿，与母相依为命，母严课儿，励志苦学，学成出仕，先后五次进县委大院，五次在礼县各乡镇任职。历任礼县革委会副主任，西和县副县长，武都县县长、县委书记，陇南地区行署副专员。

②"四个一"是1985年辛心田在西和县任副县长时提出的，指"每户种一亩产粮田，每户栽一亩经济林，每户养一头牲畜，每户输出一个劳动力"的扶贫模式，被国务院认可后推广全国。

2017年2月28日

悼念辛心田先生①

一

春风化雨润物新，江山多娇舞纶巾。

汉水丹心龙鳞意，秦皇骄子天下心。

陇南山水留足迹，②文昌阁里弄丹青。

诸葛一生唯忠孝，教诲犹在启后昆。

二

紫金巨峰映天高，汉水扬波锁二桥。

金轮学堂诵四书，天嘉福地练五韬。

四一工程盼民富，非公经济助国饶。

不叫名利遮望眼，但唤清风学舜尧。

三

陇南山川竞秀丽，平凡人生铸神奇。

整修梯田筑公路，植树造林兴水利。

千里彤云大红袍，万顷碧波橄榄绿。③

三苦精神奏凯歌，④凝聚人心泰山移。

注：①辛心田于 2017 年 5 月 6 日不幸去世。

②辛心田著有个人自传体《足迹》。

③辛心田在武都主抓花椒和油橄榄培育栽植，现已蔚然成林，成为武都的支柱产业。

④辛心田在任武都县县委书记时提出"领导苦抓，干部苦帮，群众苦干"的三苦精神。

悼念陶福胜同学①

一

端午欲悼屈子魂，惊闻噩耗哭陶君。

同学数载谊相笃，青春几度情如梦。

天妒英才人不寿，地蕴菁华林怀荫。

黄河东流不复返，驾鹤西归泣鬼神。

注:①陶福胜系西北师范大学政治系学生，后任西北工业大学教授。于 2017 年 5 月 29 日病故。

二

子规声噎唤人醒，泪眼朦胧送故人。

少年意气八方志，渔舟唱晚五味陈。

十里桃花遮望眼，百代风云渺烟尘。

安贫乐道吾辈老，酒醉花间一放翁。

2017 年 5 月 30 日

兰州行吟

一

丝绸古道金城关，烟锁白塔雾笼泉。①

山川造就塞北魂，天堑通衢铁桥牵。②

浊浪滔滔黄河水，沙尘漫漫阴霾天。③

退耕还林千秋计，秀美河山在眼前。

注：①即白塔山公园和五泉山的五眼泉。

②即黄河第一桥黄河铁桥，又名中山桥。

③春季的西北常起沙尘暴，轻者黄沙土雾，重者飞沙走石，空气浑浊，能见度低，古称阴霾天气。

二

金城夜晚琼瑶花，携友饮酒向船家。

谈论人生黄河畔，坐立船头论国家。

独自凭栏空惆怅，百年孤独是客家。

梵乐响起和涛声，抬头凝望夕阳霞。

2017 年 7 月 28 日

武都行吟

武都工作十五年，植树造林三月天。
双手提起龙江水，一心绿化南北山。
育人百年公仆心，种树千秋赤子胆。
青春造就山河秀，神州处处是家园。

赠友人

赠陈恒

欢天喜地雄鸡叫，迎春花开报春早。

陈年佳酿香浓浓，①恒源连天波滔滔。②

县域经济民为本，长效旅游韬略高。

来年豪饮庆功酒，宕昌再谱长征谣。

注：①陈年佳酿即宕昌九台春酒厂的锦绣中华酒。

②恒源即岷江，取意岷江水像天河一样滔滔不绝，有宕昌春雨绵绵、风调雨顺之意。

2005 年 3 月 30 日

赠苏正清①

一场春雨一层新，草绿山野风正清。

流连春光无绝期，话别晓月有冰心。

鲲鹏万里须奋翅，人生百年尚自珍。

山花烂漫莫留意，红杏出墙总关情。

注：①正清即苏正清，苏君即将离开宕昌去西和赴任，遂赋诗一首相送。

2005 年 3 月 28 日

赠张荣庆①

陇南六载问寒暑，亲力亲为清案牍。

八县一区化积案，两江一水留脚步。

精准扶贫连民心，抗震救灾不畏苦。

敢作敢为敢担当，人品高洁见风骨。

注:①张荣庆系陇南市中级人民法院院长。

2011 年 1 月 5 日

赠光平兄①

白鹤桥畔白云飞，桓水吐露润翠微。

云腾千里龙乘势，山行万代虎得威。

璞玉雕琢蕴天地，巨石夯基卫国基。

广普平安成大道，捍卫正义终不悔。

注:①李光平系陇南市人民检察院副检察长。

2014 年 8 月 10 日

访友

春染人间四月天，锦绣天嘉入画卷。

踏青寻友临汉水，登高浴风看南山。

式路拄杖学千岁，建平挥毫起万帆。

欲览世峰不畏险，福纳百祥同心欢。

2016 年 4 月 15 日于礼县

赠王钰①

昆仑驰腾万里山，蛟龙入海桓水边。

宏伟蓝图双手绘，忠诚道义一肩担。

修筑广厦千万座，校正谬误毫厘间。

不为名利铸华宇，但学少陵暖人间。

注:①王钰系陇南市诚信监理公司经理。

2016 年 8 月 8 日

赠马剑勇①

一马奔腾万马喧，宝剑在手志气酣。

骁勇善谋无难事，为民解忧若等闲。

忠心赤胆家国情，宇所澄清河海晏。

志向高远达咸宁，伟哉中华艳阳天。

注:①马剑勇系陇南市中级人民法院院长。

2016 年 10 月 8 月

赠石永星①

河汉璀璨耀永星，大漠无垠任驰腾。

架桥筑路求远达，引水发电起彩虹。

一心向善修佛道，双手扶贫助民生。

文武都修风雅颂，凤凰涅槃始成金。

注:①石永星系甘肃酒泉远达公司董事长。在酒泉修桥铺路,在甘南建水电站,事业辉煌,是一位儒商。

2016 年 12 月 28 日

赠王早林·浣溪沙

（一）

江河水润大地琴。

天地人和万物欣。

日月星耀阶州城。

早林龙虾慰我心，

雪花啤酒可醉人。

劝酒斜阳朋友情。

（二）

武都山城不夜天。

兰渝铁路汽笛喧。

男女老少舞蹁跹。

万象天成育早林，

百年梦圆盼民安。

世上高人在民间。

2017 年 6 月 12 日

龙 潭

一

峰高山起雾，林阔树布荫。

蝉噪酷夏凉，鸟鸣人心静。

核桃坠青果，包谷吐穗缨。

村廓绕绿水，炊烟唤归人。

二

人屋上树梢，龙潭出琼瑶。

鸡鸣日西斜，虎啸山峰高。

栅栏阻游人，狂犬吠声嚣。

有朋远方来，友人揖相邀。

三

清流一曲出山涧，一波三折聚三潭，

动静明暗各不同，高低远近自成天。

飞花溅玉呈异彩，乱石穿空露真颜。

深山有景人未知，待嫁闺中望来年。

四

虎啸群山立天边，龙吐华涎起仙潭。

揽得五彩铸胜景，遍布清凉在人间。

2017 年 8 月 13 日

蒲泽之歌①

香山雄立万重山，麒麟坐拥读书案。

秦风助长旺蒹葭，汉水润泽诵诗卷。

蒲氏源于耕与读，祖辈始信良与善。

熟读论语济天下，修炼胸怀望长安。

初出茅庐走碧口，运筹帷幄富东南。

一心为民安成州，十载立功塑鸡山。

两腿泥土进省府，百万农民种良田。

阶州多灾患水涝，率众筑堤龙江岸。

农民致富有抓手，东江盛植蜜橘园。

力推特色大红袍，倾心推广油橄榄。

山大沟深行路难，劈山架桥路接天。

临危受命林业厅，种草种树绿荒山。

引得清水源头来，退耕还林秀家园。

飞播造就香山林，千山万壑变容颜。

绿水青山家国梦，两袖清风天地宽。

德高望重称楷模，赤胆忠心慰前贤。

注：①蒲泽系作者堂爷，甘肃礼县雷坝镇麒麟山人。曾任文县副县长、成县县委书记、武都县委书记、甘肃省林业厅厅长职务，现已退休。虽已86岁高龄，但写字画画，身体健康，精神矍铄。

2017 年 10 月 10 日

写意桂林

漓江

水清一江流，碧螺千山幽。

心潮逐江波，竹筏水中游。

天光共云影，山峰倒影秀。

人走峡谷里，船行山巅头。

光耀万里金，鱼跃龙门口。

九马画山壁，瞩目将相侯。

群山生万象，处处是画轴。

众生朝佛祖，如来屈指手。

老庄论玄学，大道意未休。

孔孟叙仁义，天人共宇宙。

忠诚关公在，拂卷读春秋。

傲岸李太白，长歌溢九州。

学子忙赶考，研习夜永昼。

相思望夫峰，翘首盼春秋。

神仙爱此山，八仙携手游。

苍鹰振翅飞，引颈放歌喉。

鱼翔潜水底，河畔起沙鸥。

大象好戏水，吸水润田畴。

村落傍青山，翠竹映山幽。

炊烟唤归人，鸡犬喧声稠。

夕阳斜照里，暮色伴江流。

山水自成景，鬼神皆仰首。

南国有佳境，清风唤我留。

寄情山水间，但愿人长久。

桂林夜景

两江四湖游画船，歌舞笙箫不夜天。

一十八桥明月夜，天上彩虹江水间。

金银双塔护秀峰，万象叠翠拥江边。

人间天上何处是，桂林山水度华年。

世外桃源

始信陶公有田园，湖光波影山水间。

桂树成林花自香，原始生态人自然。

一江清流寻梦境，九曲回肠通洞天。

河清海晏万物宁，世外桃源可耕田。

2017 年 10 月 6 日

精准扶贫

春风拂人面，日映山花艳。

驱车攀山路，趁兴上西山。

精准去脱贫，帮扶点对点。

村落各分散，路遥地势偏。

隔山传人语，相见要一天。

叶李红花开，相迎彩云间。

野桃起彤云，冽石流清泉。

山林还萧索，耕牛犁春田。

扶贫入农户，促膝问苦甜。

吃穿不用愁，保障应有三。

一户有一策，致富政策宽。

拆倒茅草屋，砖砌农家院。

灶圈一起改，新修卫生间。

巷道齐硬化，行走不再难。

伺养育大户，起居闻鸡犬。

种植专业户，粮仓均已满。

家家有网络，户户创微店。

电商插翅翼，微信拓货源。

行走千里路，餐饮百家饭。

询问好年景，携手进田园。

松柏护山岗，翠竹荫堂前。

桃李秀山坡，杨柳绿渠岸。

广种中药材，致富有财源。

厚朴温中气，辛夷缀木莲。

山楂花初开，果实消食散。

青梅可止渴，樱桃舒心肝。

当归需行气，补血壮心源。

山桃安胃肠，蜜汁暖胃甜。

花椒长势好，去腥又散寒。

核桃优嫁接，品优果新鲜。

麦地换新绿，乡村阳光暖。

迎来满堂喜，送去万福安。

天下小康时，神舟共春天。

2018 年 3 月 20 日

兄嫂之歌

渭水出河图，伏羲演周天。

皇天佑厚土，民生大地湾。

渔猎傍水湄，农作靠肥田。

择地起民居，母族兴史前。

文明从此始，中华雏形现。

汉水向西流，兰仓起波澜。

莽原生嘉禾，犬丘建家园。

非子牧悍马，强秦势可观。

护周迁东都，秦侯勇当先。

江山成一统，帝国雄风展。

悠悠岁月情，上下五千年。

我辈承天恩，盛世遂人愿。

文章天下事，诗书传世远。

寒门出贵子，文绍进师范。

青春无一忌，研读已三年。

栽得梧桐树，引来凤凰还。

阳生展翅飞，月荷随梦圆。

永结秦晋好，恩爱手相牵。

晨辞羲皇里，暮归麒麟山。

并肩沐风雨，同耕幸福田。

长兄撑脊梁，兄嫂护庭院。

替父承家业，举家一重天。

妻贤夫祸少，家和母心宽。

旧屋起新火，喜迎艳阳天。

相夫觅前景，教子启新篇。

兄弟姐妹多，相处一室欢。

兄嫂担父责，护幼盼弟贤。

供读圣贤书，提携家教严。

常怀慈悲心，苛责不护短。

人前不逞强，遇事腰不弯。

致力家道兴，心态常乐观。

富贵如浮云，持家惟勤俭。

繁华随风去，奉献不抱怨。

克己扶贫弱，勤谨伴良善。

贤淑随夫君，初心永不变。

病魔久缠身，顽强意志坚。

兄为真君子，相扶不离散。

四海访名医，救治三十年。

冷暖两相知，病床真情见。

病虽无药治，情却有兄担。

岁月无尽时，真爱已连绵。

夫妻真性情，亲情无贵贱。

日日复日日，年年复年年。

年轻有承诺，几人能兑现。

本是双宿鸟，有难各分散。

患难见真情，爱情高于天。

相扶度日月，庸常换平安。

糟糠不可忘，互敬在心间。

点滴不遗爱，真情驻人间。

内心要强大，文化融楚汉。

仁义礼智信，千古理不变。

兄嫂是彪炳，明镜已高悬。

儿孙须努力，铸造价值观。

人生路漫漫，奋蹄要扬鞭。

常怀家国情，后昆敢为先。

2018 年 4 月 20 日

师生欢聚

一

七月兴隆山色新，风和日丽鸟鸣音。

师生共聚话未央，盛世相适情更浓。

青春师大无一忌，绚烂人生三十春。①

杏坛桃李同芬芳，俊宗本是引路人。②

二

开辟鸿蒙黄河滨，回眸百年不了情。

心系家园一孺子，胸怀肝胆两昆仑。

少壮曾追中国梦，老大常念师大魂。

陇原骄子师范人，浩然之气正乾坤。

注：①西北师大第 19 届学生会部分成员 30 年后相聚，何毅时任学生会主席，副主席王晶、王奕华，作者系学生思想政治研究室主任。

②张俊宗现任西北师大党委书记。1987 年任政治系本科班班主任，校团委书记。

2018 年 8 月 2 日

祭母文

　　慈母生于一九三零年三月二十一日，殁于二零零九年正月二十二日，享年七旬有九。出于肖良安子村王氏耕读之第，归于麒麟山蒲门清贫之家。秉性贤淑，温良俭让，知礼明仁，宽厚待人。慈母育五男二女，温公而敬奉高堂。兹因先父英年早逝，大厦倾而天柱折。母含悲痛，肩挑重担，赡老抚幼，含辛茹苦，历尽磨难，力挽家门。供儿课读，寒暑不怠，子铭母训，笃学敬业，各有所成，家道复兴。敬天奉人，广为慈善，乐济孤贫，积善怀德，德高望重，天赐嘉瑞。然慈母弥留之际，子未尽孝于膝前，痛失慈容，抱恨终生。饮水思源，草木知春。惟念慈母屡经忧患，备受艰辛，性情刚毅，处事果断。克己爱子，母爱如海，恩重如山，德配天地。今逢盛世，惠风和畅，盼母长寿，颐养天年，然天命至而寿正终，子欲孝而亲不待。呜呼，感恩泪流千行，忧思难报寸心。缅怀先慈，音容宛在，懿德长存，恩泽子孙。泣血书志，聊表儿诚，寒食奉衣，清明扫墓。坟前祭母，迷离我魂，儿孙成林，齐集坟茔，跪冢而拜，泪洒胸襟。伏祈慈母安息九泉，魂望子孙奉孝生前。慈母仙逝，呜呼痛哉，遗恨绵绵而慈母之大恩大德成故难以报矣。勒石铭志，以昭纪念。

不孝子：蒲阳生、蒲翰、蒲琳、蒲黎生、蒲怀勇
不孝媳：雒月荷、魏根会、董朝琴、石磊、张来会
不孝女：蒲福兴、蒲永兴

2010 年 3 月 1 日祭奠

陇南法院赋

陇南法院，深居中国内陆，位处甘肃南部，势挟秦岭岷山之险峻，地居秦陇巴蜀之要塞，两江一水河流汇聚长江之源头，八县一区法院撑起法律之脊梁，具北国之雄奇，涵江南之秀美。新建审判大楼，庄严屹立，秉承法律之威仪，兼具文武之张弛，彪炳法治之精神，彰显现代之前卫。铁肩担道义，明镜高悬昭日月；妙手执法锤，天平稳操烁古今。励精图治，碧血丹心，春秋司法，万代宏远。

建国初期，捍卫政权。仁人志士，奋勇向前。打击罪犯，维护稳定。保护土改成果，保障人民安全。人民当家做主，幸福生活呈现。经济建设写玉章，改革开放谱新篇。市场经济成绩卓著垒成峰，依法治国保驾护航奏凯歌。琪林开拓创新锐意改革，竞争上岗四室一委开先河，法院创建平安构建和谐，依法履职围绕中心奔小康。

借灾后重建东风，党助陇南法院。看新楼巍然屹立，更思创业维艰。汶川地震，天灾突袭，生灵涂炭，法院受损。人民法官，英勇顽强，荣庆携警，风雨同舟，抗震救灾，殚精竭虑。仁人志士，八方支援，抢抓机遇，浴火重生，废墟崛起，辉煌重现。芙贤接力，前往陇南，不畏艰险，一马当先，百废待兴，抢抓机缘。真可谓：抗震众志成城，救灾万众一心。灾后重建任务重，党组担当重任。界平携手勇军，晓滨并肩玮国。民主决策慰黎庶，干警壮志凌云。剑勇站位高远，司法改革先行。打造智慧法院，撑起鸟之双翼。科技信息助力，文化引领方向。员额法官履职尽责，辅助人员鼎力配合。增强法院软实力，塑造干警新形象。有道是：国徽彰示神圣，法袍更显庄严。公正执法责任重，世间息诉祈愿。事实自当重尊，法律即为准绳。证据锁链定乾坤，天平纹丝不动。陇南法院，司法之主力，审判之坚盾，公平之圣地，廉洁之堡垒，为民之摇篮。忆往昔，奉法为天，长治久安，惩恶扬善，反腐倡廉，保驾护航，执法如山，捍卫国泰民安，人民法院建奇功；看今朝，天网恢恢，疏而不漏，以人为本，公平正义，定纷止争，案结事了，促进政通人和，和谐司法谱新篇。

公者无私之谓也，平着无偏之谓也。公与平者，即国之基址也；正与义者，乃法官之魂也。审判法庭，巍峨挺拔，肃穆庄严，勒石录铭，以感党恩，以表民情，以励斗志，以鉴同仁。承前启后，铸就法魂护民众。继往开来，再谱新篇慰前贤。

2018 年 12 月 1 日

第五辑 诗歌曲谱

武都颂

词：蒲黎生
曲：王凤舞

1=D 4/4

```
6. 6 6.176 | 6 - - - | 3 1 2 1.276 | 6 - - - |
攀 登米 仓    越 五 凤,
人 间万 象    绘 胜 景,

6 1 1 7.176 5 6 3 - - - | 3 5 6 1.654 | 2 - - - |
龙 江金 鱼    跃 玉 盆。
天 上双 桥    飞 彩 虹。

2 2 3 1.21276 | 2 - - 3 | 3 5 6 1.632 | 2 - - - |
千 山 竞 秀   含 春 意,
阶 州 文 脉   融 楚 汉,

3 3 5 6 3 2 | 2 - - 3 | 5.356 1.276 | 6 - - - |
梅柳 隔 岸    渡 江 荫。
梦回 陇 南    启 后 昆。

6. 6 3 3 2 32 1 76 | 6 - - - :|
梅 柳隔岸渡 江 荫。
梦 回陇南启 后 昆。

5. 5 5 6 1. 21276 | 6 - - - ‖
梦 回陇南启 后 昆。
```

文县吟

词：蒲黎生
曲：王凤舞

歌咏西和

词：蒲黎生
曲：王凤舞

1=F 4/4

```
6·  6 5 6 5 5 3 5 | 6 - - - | 6 7  3 5 3 7 6 | 6 - - - |
景   胜 登    临        云 华  山，
仇   池 故    国        何 处  觅，

6 7  7 6·7 5 6 5 | ⁵3 - - 2 | 6 2  3 1 7 6 2 3 2 | 6· - - - |
伏   羲 演    易        八 峰  崖。
晚   霞 湖    畔        燕 归  来。

2 2  3 5 1·2 1 2 7 6 | 2 - - - | 6 5  6 1 6 5·4 | 3 - - - |
千年  漾  水       渺 云  烟，
雨露  滋  润       山 河  秀，

3 3  5 6 3  2 | 2 - - 3 | 5·3 5 6  1 2  1 2 7 6 | 6 - - - |
万世 巧  娘     织 锦  彩。
人文 荟  萃     花 盛  开。

3·  5 6 3  2 3 6  1 7 6 | 6  -  -  -  :|
万  世 巧 娘 织   锦 彩。
人  文 荟 萃 花   盛 开。

5·5 5 6  1·   2 | 1·2 1 2 7 6 6  -  | 6 - - - ‖
人文 荟萃花    盛   开。
```

479

天嘉颂（礼县）

词：蒲黎生
曲：王凤舞

1=D 4/4

6. i 5 6 i 7 6 | 6 − − − | 6. i 5. 6 4 5 | 3 − − − |

苍　山叠　秀　　　映　翠　峰，
北　望祁　山　　　秦　汉　月，

3. 6 5 6 3 2 3 | 1 − − 7 6 | 6 2 3 i 7 6 2 3 2 | 6 − − − |

赤　土揽　胜　　　染　丹　青。
放　马中　原　　　社　稷　新。

6 1 − 6 | 2 3 2 1 2 3 − | 3 5 6 i 6 3 2 | 2 − − 3 |

山河　　万　里　滔　西　汉，
追贤　　思　古　颂　天　嘉，

3 3 5 6 3 5 | 2 − − 3 | i. 2 i. 2 i 2 7 6 | 6 − − − |

江山　一　统　赖　大　秦。
历来　大　浪　淘　英　雄。

6. 6 2 3 | 1. 2 1 2 7 6 | 6 − − − − :|

江　山一统赖　大　秦。
历　来大浪淘英　雄。

3. 5 6 3 1. 2 | i. 2 7 6 6 − | 6 − − − ||

历来大浪淘　英　雄。

雷鼓山之一（宕昌）

词：蒲黎生
曲：王凤舞

1 = F 4/4

5. 5̲1 2̲3̲ 3 - | 3. 1̲ 2̲1̲2̲3̲ 5 - |
横 空出 世 雷 鼓 山，
山 高无 语 人 拜 膜，

5. 5̲1 2̲3̲2̲ 2 - | 3. 5̲ 6̲1̲2̲1̲ 1 - |
宕 昌故 风 延 千 年。
林 深自 有 树 撑 天。

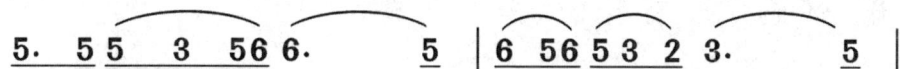

5. 5̲5̲ 3 5̲6̲ 6. 5 | 6 5̲6̲ 5̲3̲ 2 3. 5 |
云 涵岷 山 万 里 雪，
官 鹅含 情 胜 九 寨，

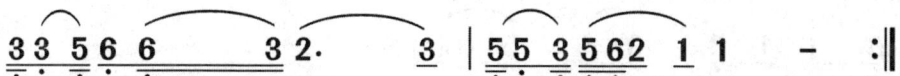

3̲3̲ 5̲6̲ 6 3̲2̲. 3 | 5̲5̲ 3̲5̲6̲2̲ 1 1 - :|
雨 润长 江 百 代 源。
独 领风 骚 数 千 年。

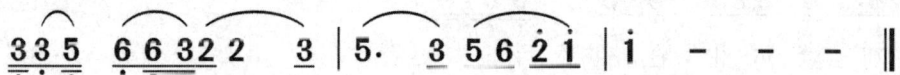

3̲3̲5̲ 6̲6̲3̲2̲ 2 3 | 5. 3̲ 5̲6̲2̲1̲ i - - - ‖
独 领 风 骚 数 千 年。

雷鼓山之二

词：蒲黎生
曲：王凤舞

1=ᵇE 4/4

```
3·  6   5 3   5 3   5356 | 6  -  -  -  |
兄  弟   情深  不    寻   春，

3·  5   6 1   5 2   5 65 | 3  -  -  -  |
官  鹅   四季  宜    人   心。

6·  1   3 5   1·6   3 53 | 2  -  -  3  |
开  怀   畅饮  有    刘   辉，

3·  5   6 3   1·6   5356 | 6  -  -  -  |
会  意   作文  是    新   平。

6·  1   1 6   3 5   5 32 | 3  -  -  -  |
王  军   建华  志    高   远，

6·  6   3 5   5 3   5676 | 6  -  -  -  |
刘  鑫   树业  在    明   春。

1·  1   1 6   3 5   5 32 | 3  -  -  5  |
宕  昌   兴业  胜    小   强，

3·3  2 1 1 3   5676 | 6  -  -  -  |
千秋  伟业望   唐    兴。

3·3  2 1  5·3 | 5·6 7 66  -  | 6  -  -  -  ‖
千秋  伟业望  唐       兴。
```

雷鼓山之三、四

词：蒲黎生
曲：王凤舞

1=F 4/4

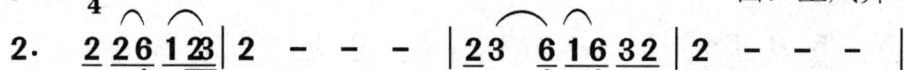

```
2.   2 2 6 1 2 3 | 2 - - - | 2 3  6 1 6 3 2 | 2 - - - |
遥   望 雷 鼓 山，      风 云  多 变 幻。
雷   鼓 撑 苍 天，      森 林  岫 云 烟。

2 5  6 5 6 5 3 2 | 1 - - 6 | 6 2  3 2 1 1 6 | 5 - - 6 |
疾 风  吹 征 衣，      杜 鹃  啼 荒 原。
栈 道  延 远 方，      草 原  盼 人 还。

2 6    6  5 6 5 3 2 | 2 - - - |
杜 鹃    啼 荒 原。
草 原    盼 人 还。

5 5  6 1 5 6 5 3 2 | 5 - - - | 2 2  2 6 2 | 1 - - - |
草 甸 起 绿 浪，      鸣 泉 响 耳 畔。
旷 野 觉 天 低，      高 山 传 声 远。

4.  5 6 1 | 2 6  5 4  3 2 | 5 3  2 1 2 6 1 | 2 - - - |
攀  登 虽 艰 辛，    快 乐 满 心 田。
云  开 见 天 日，    胸 阔 眺 天 边。

5 3 5 3 2 | 1 2  6 1 | 2 - - - ‖
快 乐 满 心 田。
胸 阔 眺 天 边。
```

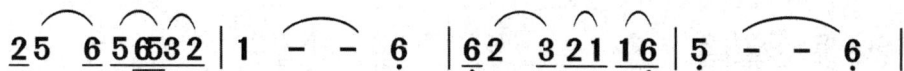

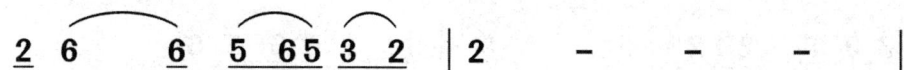

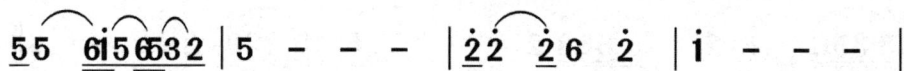

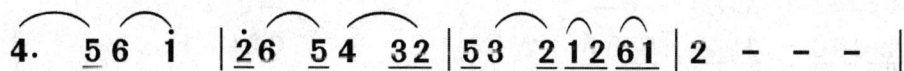

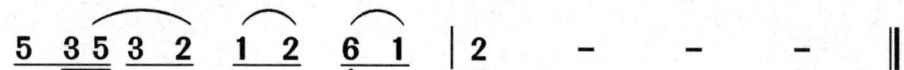

康 县

词：蒲黎生
曲：王凤舞

1=F 4/4

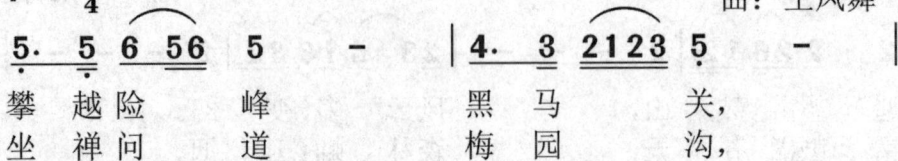

攀 越 险 峰　　黑 马　关，
坐 禅 问 道　　梅 园　沟，

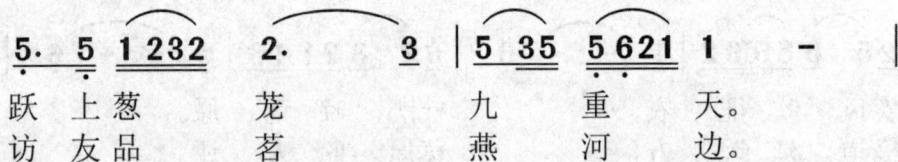

跃 上 葱 茏　　九 重　天。
访 友 品 茗　　燕 河　边。

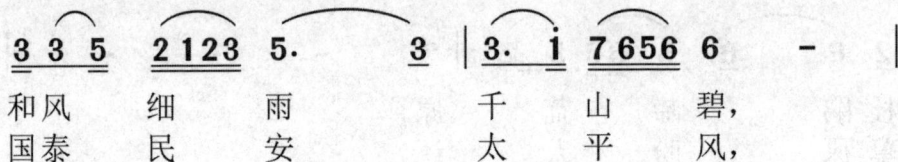

和 风 细 雨　　千 山　碧，
国 泰 民 安　　太 平　风，

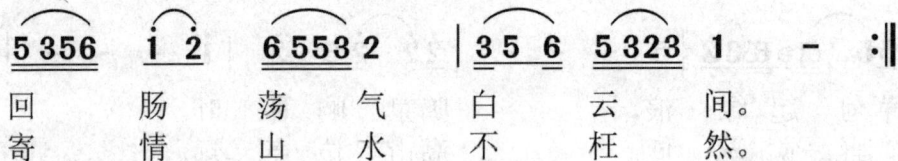

回 肠 荡 气 白 云　间。
寄 情 山 水 不 枉　然。

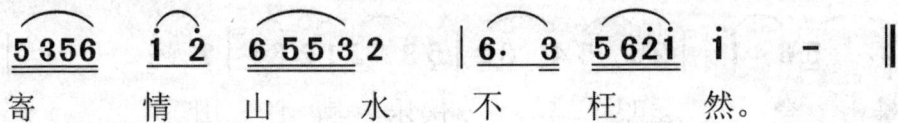

寄 情 山 水 不 枉　然。

鸡峰山之一（成县）

词：蒲黎生
曲：王凤舞

1=G 4/4

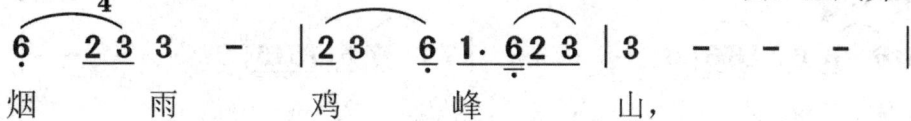

烟　雨　鸡　峰　山，

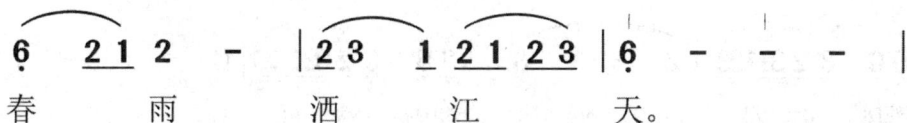

春　雨　洒　江　天。

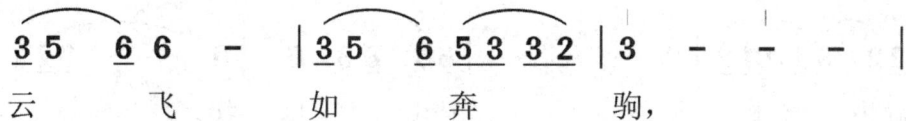

云　飞　如　奔　驹，

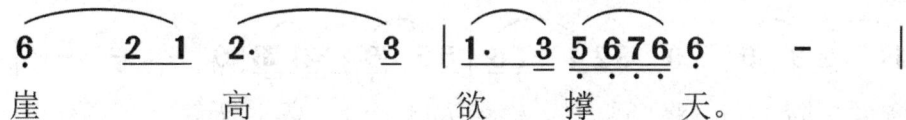

崖　高　欲　撑　天。

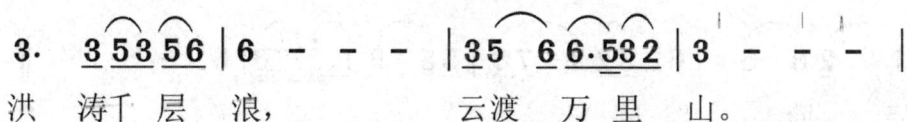

洪　涛丁层　浪，　云渡　万里　山。

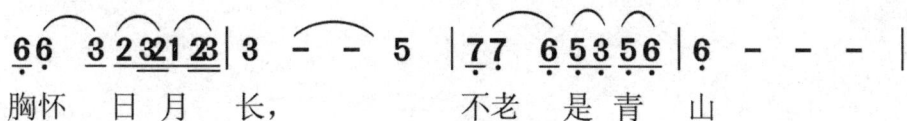

胸怀　日月　长，　不老　是青　山

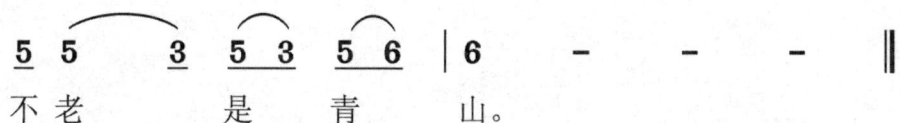

不老　是青　山。

鸡峰山之二

词：蒲黎生
曲：王凤舞

1=G 4/4

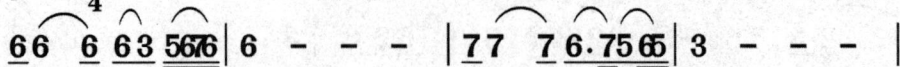

```
6 6  6 6 3 5 6 7 6 | 6 - - - | 7 7  7 6.7 5 6 5 | 3 - - - |
竹林    涌 路 边，          路陡  入 云  端。

6 6  3 2 3 2 1 2 3 | 2 - - 3 | 3 5  6 2 3 2 1 7 6 | 6 - - - |
微风    吹 征 衣，          细雨  洗 面  颜。

2 2  3 1.6 1 2 | 3 - - - | 6 6  6 3  6 | 5 - - 3 2 |
顺势    上 阶 梯，          依山  任 攀  援。

1. 2 3  5 | 6  3 2 1  7 6 | 5 5  6 2 3 2 1 7 6 | 6 - - - |
峰  险    路 回 转，     人已  上 高  天。

1. 2 3  5 | 6  3 2 1  7 6 | 5 5  6 1.2 1 2 7 6 | 6 - - - ‖
峰  险    路 回 转，     人已  上 高  天。
```

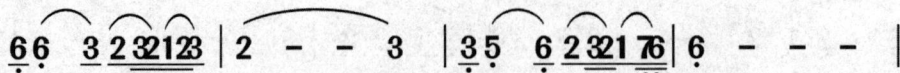

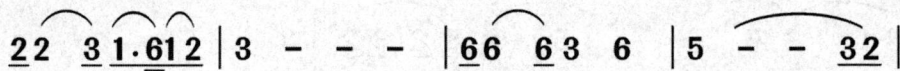

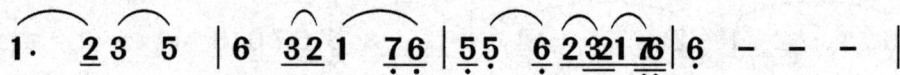

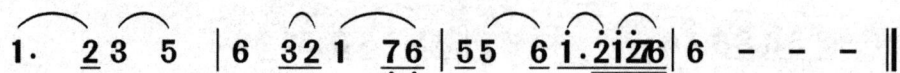

鸡峰山之三

词：蒲黎生
曲：王凤舞

1=♭E 4/4

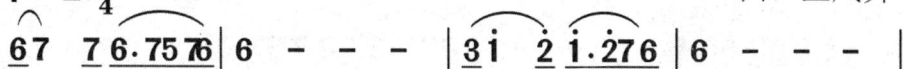

```
⌢
67  7 6·75 76 | 6 - - - | 3⌢i  2 1·276 | 6 - - - |
雾  起 云   涌      鸡  峰  山，
春  景 相   约      入  面  怀，

⌢
67  7 67 5 65 | 3 - - 2 | 62  3 1762 32 | 6 - - - |
风  荡 峡   谷     雷  鸣   天。
世  事 难   料     叹  云   烟。

⌢
6i  6 1·61 2 | 3 - - - | 35  6 1·632 | 2 - - 3 |
千  仞 高  崖     峰  独  秀，
莫  笑 君  痴     爱  风  雨，

66  63  6 | 1·61 232 - | 3·5 631 3  57 | 6 - - - |
万里 河山 胸 更 宽，   万里河山 胸  更 宽。
人间 胜景 赖 苍 天，   人间胜景 赖  苍 天。

⌢
33  563  2 | 2 - - 3 | 5·356 1·21 76 | 6 - - - :‖
万里 河 山     胸  更  宽。
人间 胜 景     赖  苍  天。
```

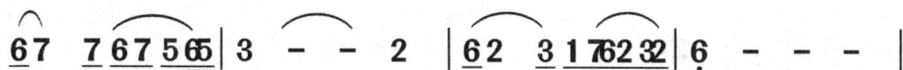

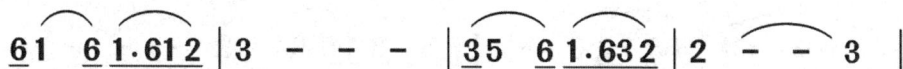

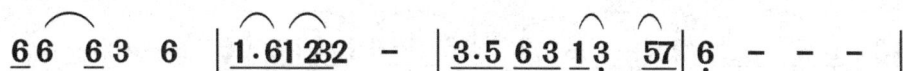

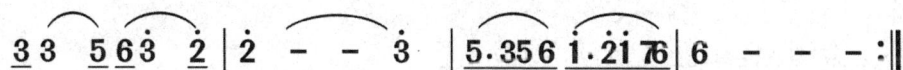

487

鸡峰山之四

词：蒲黎生
曲：王凤舞

1=♭E 4/4

6· 6 5 6 5 3 5 | 6 − − − | 6 7 3 5 6 7 6 | 6 − − − |

云　飞快　马　　　欲　加　　鞭，

放　声高　呼　　　响　千　　里，

6· 6 5 6 3 5 | 2 − − 3 | 5 3 5 1 6 2 3 2 | 6 − − − |

栉　风沐　雨　　　攀　鸡　　山。

挥　笔呼　应　　　见　晴　　天。

6 1 − 1 6 | 1 6 1 2 3 − | 3 5 6 1 6 3 2 | 2 − − − |

百　步　　浓　雾　觅　索　道，

化　却　　云　雾　知　高　处，

3 3 5 6 3 2 | 2 − − 3 | 5· 3 5 6 1· 2 7 6 | 6 − − − :‖

万丈　孤　峰　　欲　撑　　天。

不觉　人　己　　在　高　　天。

3· 5 6 3 | 1· 2 1 2 7 6 | 6 − − − |

不　觉人　己　在　高　　天。

3· 5 6 2 | 1· 2 1 2 7 6 | 6 − − − ‖

不　觉人　己　在　高　　天。

488

金徽酒颂

词：蒲黎生
曲：王凤舞

1=D 4/4

```
6·  6 5 6 5 3 5 6    6  -    | 6 7  3 5 6 7 6  6    6  -  |
```
青　泥岭　　上　　　觉　天　低，
物　华天　　宝　　　文　脉　长，

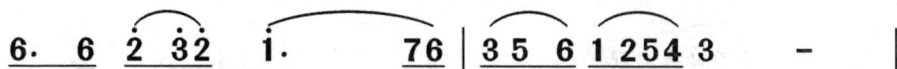

```
6·  6  2 32   1·   76 | 3 5  6 1 2 5 4  3    -  |
```
云　腾雾　　绕　　水　成　溪。
世　纪金　　徽　　天　下　奇。

```
6  1   1 6 2 3 2 1 2  3  | 3·  6 1 6 3 2  2·    3  |
```
沃　野　　孕　育　稻　谷　丰，
白　水　　古　道　遗　风　在，

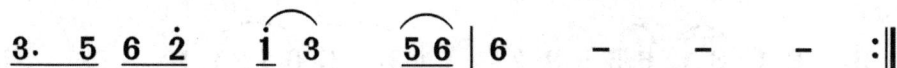

```
3·  5 6 2    1 3   5 6 | 6  -  -  -  :|
```
山　水润泽　人　宜　居。
徽　州儿女　今　胜　昔。

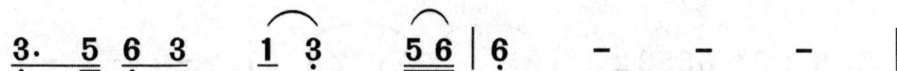

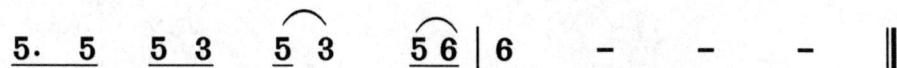

```
3·  5 6 3    1 3   5 6 | 6  -  -  -  |
```
徽　州儿女　今　胜　昔。

```
5·  5  5 3   5 3   5 6 | 6  -  -  -  ‖
```
徽　州　儿女　今　胜　昔。

两当吟

词：蒲黎生
曲：王凤舞

1=F 4/4

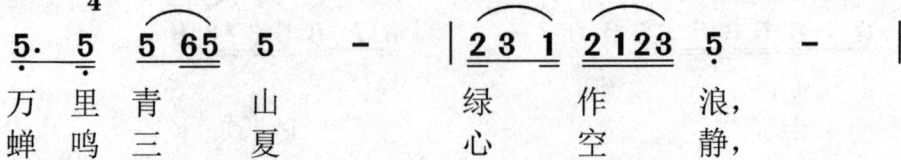

万 里 青 山　　　绿 作 浪，
蝉 鸣 三 夏　　　心 空 静，

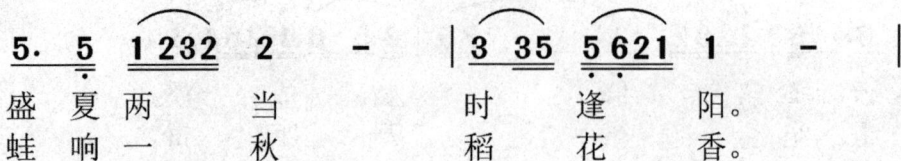

盛 夏 两 当　　　时 逢 阳。
蛙 响 一 秋　　　稻 花 香。

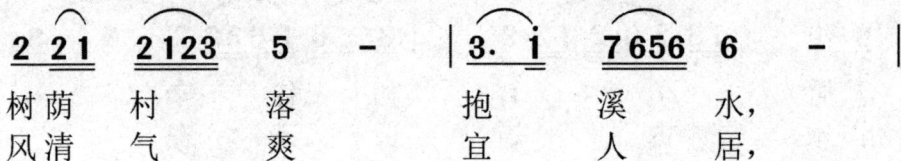

树 荫 村 落　　　抱 溪 水，
风 清 气 爽　　　宜 人 居，

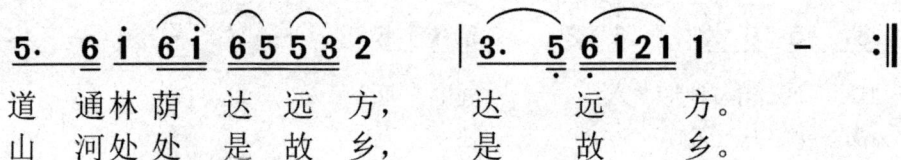

道 通 林 荫 达 远 方，　　达 远 方。
山 河 处 处 是 故 乡，　　是 故 乡。

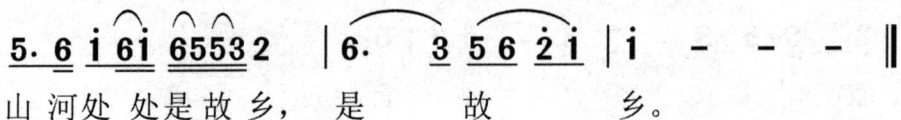

山 河 处 处 是 故 乡，　是 故 乡。

麒麟山

词：蒲黎生
曲：王凤舞

1=♭E 4/4

```
6·  66 3 5676 | 6 - - - | 67  35376 | 6 - - - |
跃  上麒  麟      十  八  盘，
松  涛吐  翠      千  山  绿，

67  767 565 | 3 - - 2 | 62  317623 2 | 6 - - - |
会  当绝  顶      渺  云  烟。
罗  汉护  法      万  民  安。

22  351·276 | 2 - - 3 | 35  61·632 | 2 - - - |
远眺 汉  水      接  天  际，
槐荫 山  村      杨  柳  舞，

33  56 32 | 2 - - 3 | 5·356 7·2776 | 6 - - - |
近闻 梵  乐      入  心  间。
秦风 汉  月      照  人  寰。

7·  73 3  2 32 1 76 | 6 - - - :|
近  闻梵乐 入  心  间。
秦  风汉月照 人  寰。

5·55 6  1· 2 | 1·212766 - | 6 - - - ||
秦风汉月照  人  寰。
```

秦皇湖吟之一

词：蒲黎生
曲：王凤舞

1=D 4/4

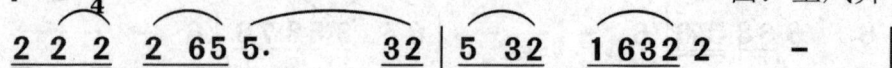

```
2  2  2   2 65  5.      32 | 5 32   1 6 3 2   2   -   |
风 和 日  丽         景 晴  明，
同 为 周  王         牧 悍  马，

6  6  1   2 32  1.      65 | 4.  6   5 6 4 3   2   -   |
湖 光 山  色         共 云  影。
共 扶 汉  室         两 臣  心。

5  6  5   2 5  6 1      6 | 2 32   6 2   1.      65 |
秦 皇 湖  畔         秦 皇  御，
构 建 和  谐         平 安  日，

4.  5   6 1   2 65  4 32 | 5 3 5 32   1 2 6 1   2  -  :|
天 嘉 福 地 天 嘉 人，天    嘉    人。
江 山 更 待 后 来 人，后    来    人。

4.  5   6 1   2 65 4 32 | 5 3 5 3 2   1 2 6 1 | 2  -  -  -  ||
江 山 更 待 后 来 人，后     来      人。
```

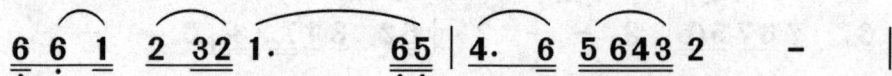

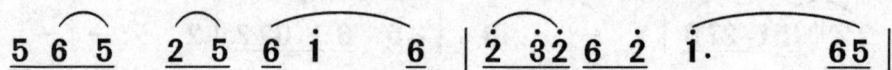

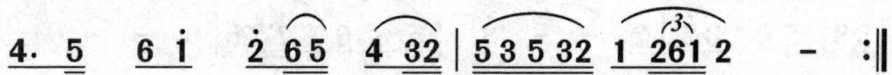

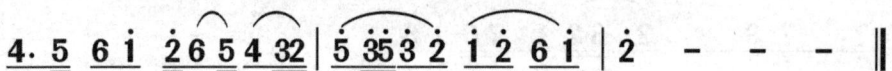

492

秦皇湖吟之二

词：蒲黎生
曲：王凤舞

1=G　4/4

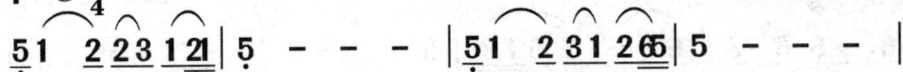

5̣1 2̇2̇3̇1̇2̇1̇ | 5̣ - - - | 5̣1 2̇3̇1̇2̇6̣6̣ | 5̣ - - - |
垂钓　秦 皇 湖，　　　无鱼 可 上 钩。

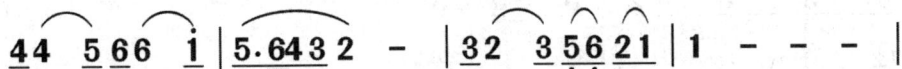

44 5̇6̇6̇ i̇ | 5̇·6̇4̇3̇2 - | 3̇2 3̇5̇6̇2̇1̇ | 1 - - - |
愿当　太公　钓，　　将使 鱼 钩 直。

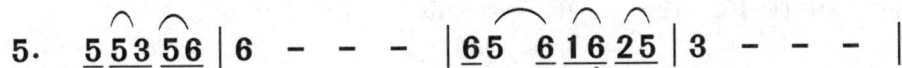

5̣· 5̇5̇3̇5̇6̇ | 6 - - - | 6̣5 6̣1̣6̣2̣5 | 3 - - - |
钩　直不 可 钓，　　我欲 钓 君 王。

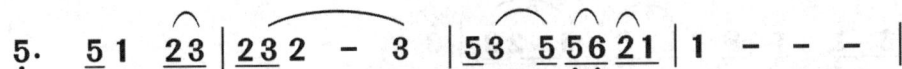

5̣· 5̣1 2̣3 | 2̇3̇2 - 3 | 5̇3 5̇5̇6̇2̇1̇ | 1 - - - |
再　使风 俗 好，　　青山　人 不 老。

6̣5 3 5̇·6̇2̇i̇ | i - - - ‖
青山　人 不 老。

赠友人

词：蒲黎生
曲：王凤舞

1=C 4/4

6· 6 6 3　6 3　5 6 7 6 | 6　−　−　−　|
欢　天喜地雄　鸡　　叫，

3· 3 6 6　5 2　5 6 5 | 3　−　−　−　|
迎　春花开报　春　　早。

6· 6 3 5　1 6　3 5 3 | 2　−　−　3　|
陈　年佳酿香　浓　　浓，

3· 5 6 3　1 3　0 5 6 | 6　−　−　−　|
恒　源连天波　滔　　滔。

6 1　1 6　1 6　1 2 3 | 3　−　−　−　|
县　城经济民　为　　本，

3· 3 2 3　5 3　5 6 7 6 | 6　−　−　−　|
长　效旅游韬　略　　高。

6· 1 3 5　1 6　3 5 3 | 2　−　−　3　|
来　年豪饮庆　功　　酒，

3· 3 2 3　5 6　1 7 6 | 6　−　−　−　:|
宕　昌再谱长　征　　谣。

3· 3 2　3 | 5· 3 5 6　1· 2 7 6 | 6　−　−　−　||
宕　昌再谱长　征　　谣。

494

与万生学战友聚之一

词：蒲黎生
曲：王凤舞

1 = F 4/4

6 6　6 6　3 │ 6· 3 5 67　6 － │
秋 高　气 爽　走　蜀 巴，

6·　6 6　3 │ 5 2　5 6　3 － │
雾　都 暖 阳　映　菊 花。

6 6　6 3　3 5 │ 1· 6 3 23　2· 3 │
战 友　豪 饮　李 太　白，

5 5　5 3　5 │ 5 3　5 67 6　－ │
乡 亲　细 品　胖　秦 妈。

6 1　6 16　1 2 │ 5 6　2 35　3 － │
江 河　两 岸　无 异　客，

6 6　6 3　5 │ 1 6　5 67　6 － │
巴 山　深 处　有　朋 家。

6 1　16 1 6　1 2 │ 3 56 2 35　3 － │
源 远　流 长　情 谊　深，

3 3　3 2　3 │ 5· 3 5 67 6　－ :│
甘 渝　原 本　是　一 家。

3· 5 6 3　1 3　5 67 │ 6 －　－　－ ‖
甘 渝 原 本 是　一　家。

与万生学战友聚之二

词：蒲黎生
曲：王凤舞

1=G 4/4

6. 6 5 6 5 3 5 | 6 - - - | 3 5 6 6 5 3 2 | 3 - - - |

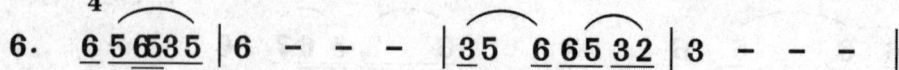

驱　车德　阳　　会　亲　朋，
相　聚豪　饮　　丰　谷　酒，

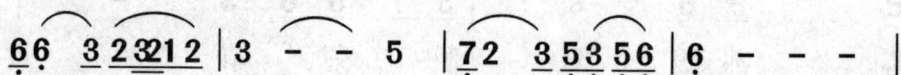

6. 6 3 2 3 2 1 2 | 3 - - 5 | 7 2 3 5 3 5 6 | 6. - - - |

往事　如　烟　　昨　如　今。
佐餐　品　味　　烧　鸡　公。

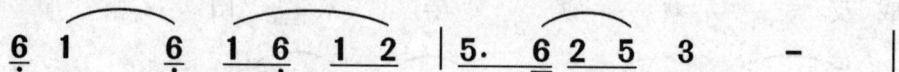

6 1 6 1 6 1 2 | 5. 6 2 5 | 3 - |

大　漠　青　春　一　杯　酒，
不　怨　天　涯　无　知　己，

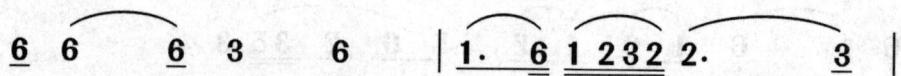

6 6 6 3 6 | 1. 6 1 2 3 2 2. 3 |

江　南　情　谊　二　十　春。
自　有　战　友　迎　我　情。

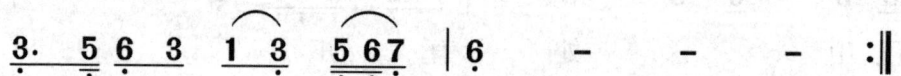

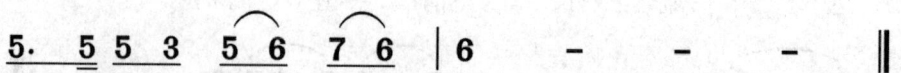

3. 5 6 3 1 3 5 6 7 | 6 - - - :|

江　南情谊二　十　春。
自　有战友迎　我　情。

5. 5 5 3 5 6 7 6 | 6 - - - ‖

自　有战友迎　我　情。

致 君

词：蒲黎生
曲：王凤舞

1=G 4/4

5̣· 5̣1 23 | 3 - - - | 3· 1 21 23 | 3 - - - |
青 春 回 首　　　情 如 梦，

5̣· 5̣1 23 2 | 2 - - - | 3· 5̣ 5̣·6 21 | 1 - - - |
放 足 山 水　　　总 关 情。

5̣· 5 5̣3 56 | 6 - - - | 65 65 1 23 | 3 - - 5 |
众 里 寻 她　　　千 百 度，

5̣· 5̣1 23 2 | 2 - - 3 | 5̣· 3 56 21 | 1 - - - |
万 里 风 烟　　　接 素 秋。

6· 65 3 | 5̣· 3 56 2̇1 | 1̇ - - - ‖
万 里 风 烟 接 素 秋。

赠光平兄

词：蒲黎生
曲：王凤舞

1 = ♭B 4/4

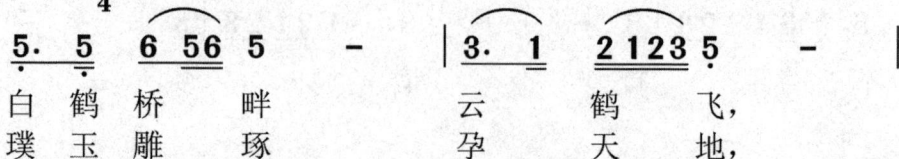

白鹤桥畔　云鹤飞，
璞玉雕琢　孕天地，

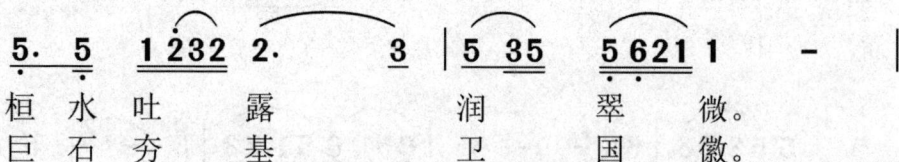

桓水吐露　润翠微。
巨石夯基　卫国徽。

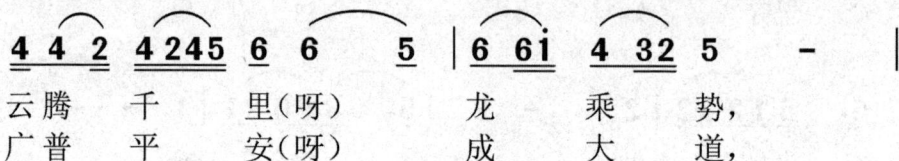

云腾千里（呀）龙乘势，
广普平安（呀）成大道，

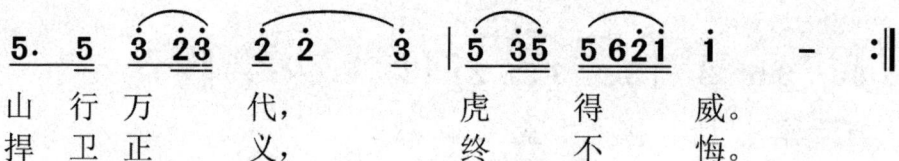

山行万代，虎得威。
捍卫正义，终不悔。

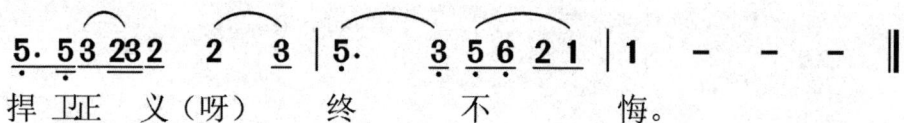

捍卫正义（呀）终不悔。

498

武都行吟

词：蒲黎生
曲：王凤舞

1 = C 4/4

```
6·    6  6    3   | 6  3   5 6 7 6   6   -  |
武    都 工    作    十  五   年，

3  6    6  6    5  3  | 5· 6  2 3 5   3   -  |
植 树    造 林    三  月   天。

6  1    6  1    2  3  | 3  5   2  5   3·    5 |
双 手    提 起    龙  江   水，

6·    6  3    5   | 1  7 6  2  3 2   6   -  |
一    心 绿    化    南  北   山。

6  1    1 6  1    2  3  | 5  6   2 3 5   3   -  |
育 人    百 年    公  仆   心，

3  3    3  2    1   | 7  6   5 6 7 6   6   -  |
种 树    千 秋    赤  子   胆。

6  6    1  1    7  6  | 1  6   1  2 3   3   -  |
青 春    造 就    山  河   秀，

3 3  5 6  3 2 | 2  -  -  3 | 5· 3 5 6  7 2 7 2 7 6  6  -  -  -  |
神州  处 处      是  家   园。

6·  6 3  3   1  2  1 2 7 6 | 6   -  -  -  ‖
神 州 处 处 是  家    园。
```

雨中游西狭之一

词：蒲黎生
曲：王凤舞

1=G 4/4

3· 2 3 — —	2 32 1 23 3 —
西 狭	万 仞 山，

2· 1 2 — 3	1 6 5 356 6 —
沟 壑	湖 光 潋。

3· 5 6 — —	5 65 5 32 3
甬 道	竹 生 风，

6· 1 2 — 3	7· 3 5 676 6 —
堤 岸	柳 如 烟。

5· 5 5 3 5 6	6 — — 5
脚 踩 一 指 桥，	

3 5 6 6 5 3 2	3 — — —
头 顶 一 线 天。	

3 3 5 6 3 5	2 — — 2 3
引 领 向 前 行，	

7 7 2 5· 3 5 6	6 — — —
自 然 有 先 贤。	

3 3 5 6 3 5	2 — — 3
引 领 向 前 行，	

7 7 6 5 3 5 6	6 — — —
自 然 有 先 贤。	

雨中游西狭之二

词：蒲黎生
曲：王凤舞

1=G 4/4

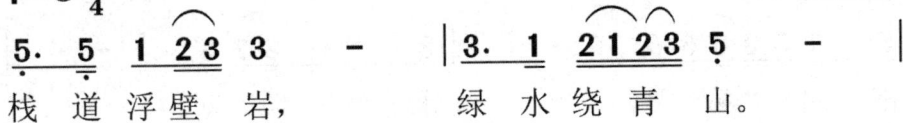

栈　道　浮壁　岩，　　绿　水　绕青　山。

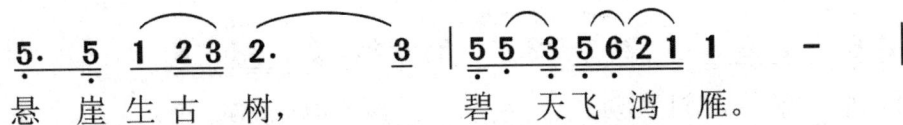

悬　崖　生古　树，　　碧　天飞鸿雁。

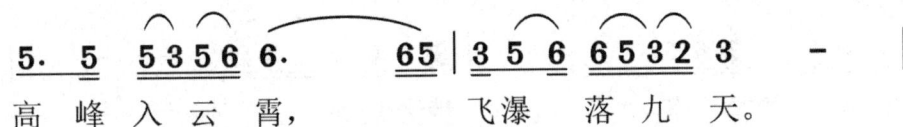

高　峰　入云　霄，　　飞瀑　落九　天。

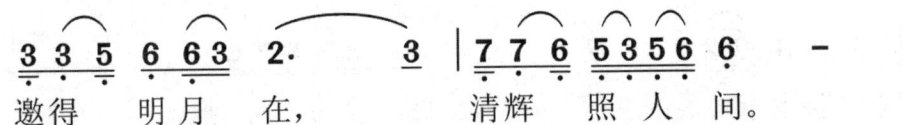

邀得　　明月　在，　　清辉　照人　间。

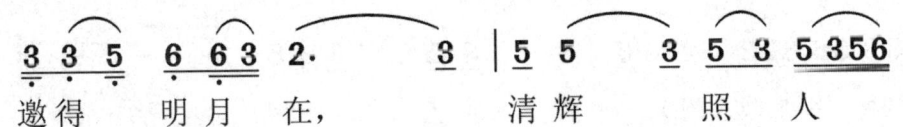

邀得　　明月　在，　　清辉　　照人

6　－　－　－　‖

间。

雨中游西狭之三

词：蒲黎生
曲：王凤舞

1=♭E 4/4

```
6.  6 5 3 5 6 6    -    | 3.  6 5 3 2 3    -    |
雨  润 竹 林 翠，        水  洗 石 阶 新。
```

```
6 6 3 1 6 1    2    3 2    3 | 3.  2 7 6 5  6    -    |
浮桥 穿云 过（呦）    深  涧 流 水 声。
```

```
6  6 1 1 7 6 3    -    | 3.  6 1 2 3 2 2    -    |
攀崖 凭 索 链，        步  履 须 当 心。
```

```
3 3 5 6 3 2 2    2    3 | 5.  3 5 6 7 6 6    -    |
峡  谷 生 清 幽 （呀）    摩  崖 古 人 风。
```

```
3 3 5 6 3 2 2    2    3 | 5.  3 5 6 7 6 | 6    -  -  -  ‖
峡谷 生 清 幽（呀）    摩  崖 古 人 风。
```

雨中游西狭之四

词：蒲黎生
曲：王凤舞

1 = G 4/4

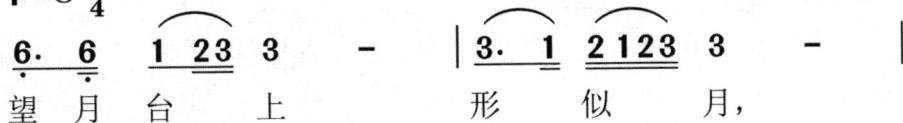
望月台　上　　形　似　月，

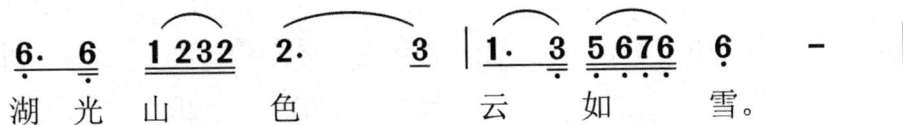
湖光山色　　　云　如　雪。

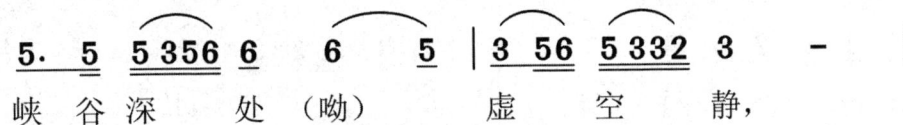
峡谷深处（呦）　虚　空　静，

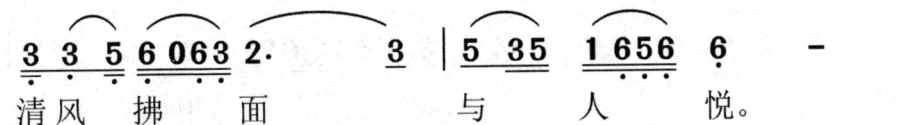
清风　拂面　　　与　人　悦。

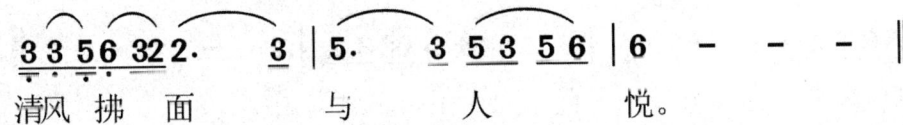
清风 拂 面　　　与　人　　悦。

雨中游西狭之五

词：蒲黎生
曲：王凤舞

1=G 4/4

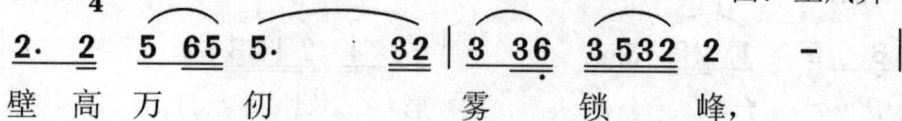

壁高万仞　雾锁峰，

水落千尺　气如虹。

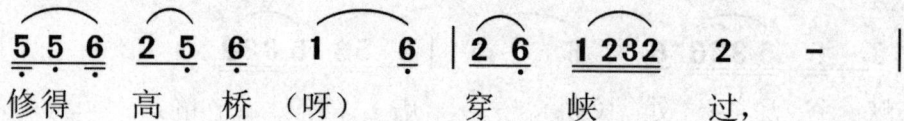

修得　高桥（呀）　穿峡　过，

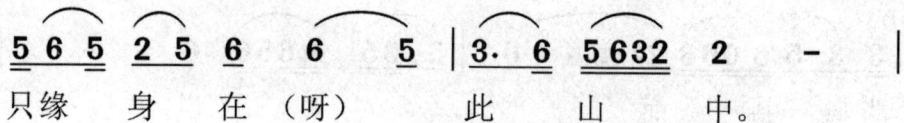

只缘　身在（呀）　此山　中。

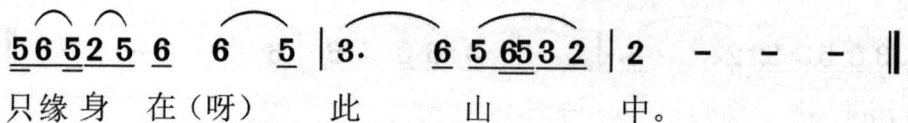

只缘身在（呀）　此山　中。

雨中游西狭之六

词：蒲黎生
曲：王凤舞

1=F 4/4

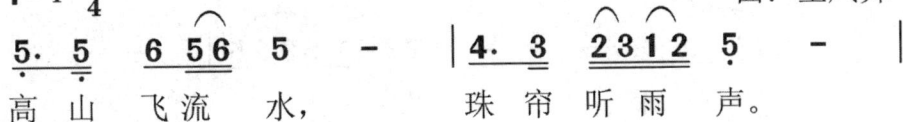

高山 飞流 水，　　珠帘 听雨 声。

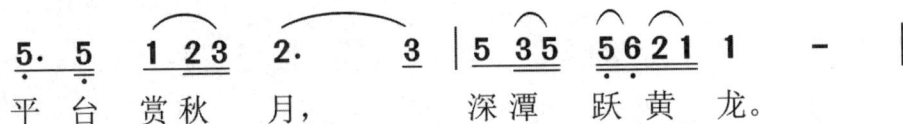

平台 赏秋 月，　　深潭 跃黄 龙。

躬身 栈道 行，　　仰视 西狭 颂。

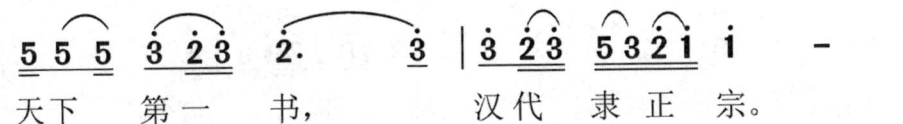

天下 第一 书，　　汉代 隶正 宗。

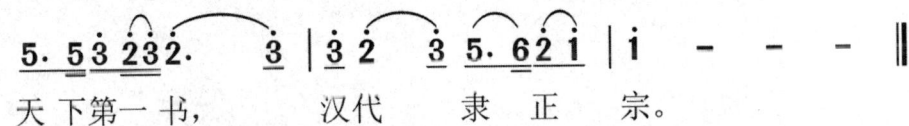

天下第一书，　　汉代 隶正 宗。

宕昌早春之一

词：蒲黎生
曲：王凤舞

1 = F 4/4

3. 3 676̲5̲7̲6̲ | 6 - - - | 7̲6̲ 7̲5̲3̲2̲5̲ | 3 - - - |

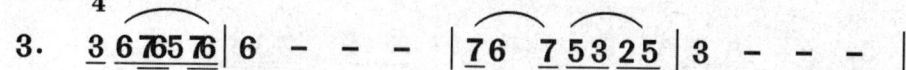

满　目萧　瑟　　草　木　凋，
虽　无田　鸭　　渡　河　堤，

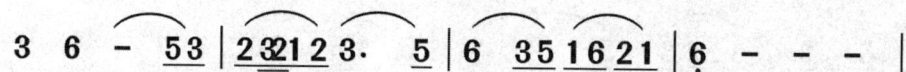

3 6 - 5̲3̲ | 2̲3̲2̲1̲2̲3̲ 3. 5 | 6 3̲5̲1̲6̲ 2̲1̲ | 6̣ - - - |

春寒　　幸　有　桃　花　闹。
却有　　河　岸　杨　柳　俏。

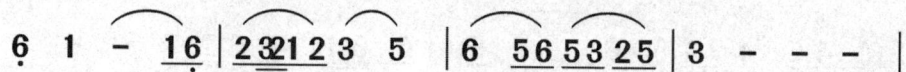

6̣ 1 - 1̲6̣ | 2̲3̲2̲1̲2̲3̲ 5 | 6 5̲6̲5̲3̲ 2̲5̲ | 3 - - - |

杏花　　虽　无　报　春　意，
骚客　　多　吟　春　浓　意，

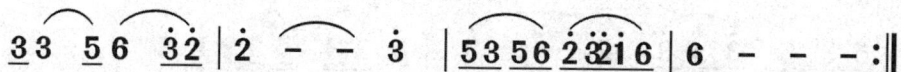

3̲3̲ 5̲6̲ 3̲2̲ | 2 - - 3 | 5̲3̲5̲6̲ 2̲3̲2̲1̲6̲ | 6 - - - :||

迎春　早　就　随　风　笑。
唯我　惜　情　早　春　娇。

宕昌早春之二

词：蒲黎生
曲：王凤舞

1=G 4/4

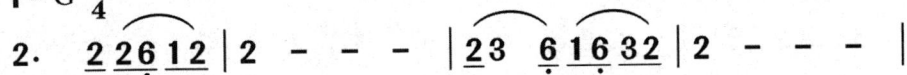

2. 2 2 6 1 2 | 2 - - - | 2 3 6 1 6 3 2 | 2 - - - |
新　月初　照　　　高　庙　山，
数　桥连　江　　　江　环　山，

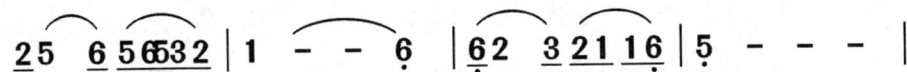

2 5　6 5 6 5 3 2 | 1 - - 6 | 6 2　3 2 1 1 6 | 5 - - - |
暮霭　似　纱　　　接　青　天。
众星　捧　月　　　月　照　关。

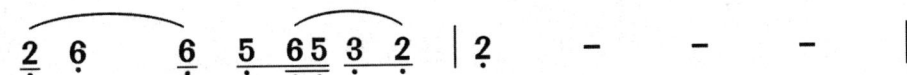

2　6　6 | 5　6 5 3　2 | 2 - - - |
接　青　天。
月　照　关。

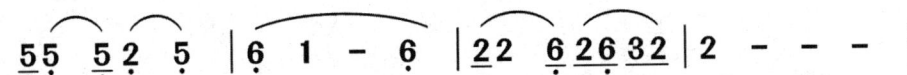

5 5　5 2　5 | 6　1 - 6 | 2 2　6 2 6 3 2 | 2 - - - |
山川　点　亮　　　千　家　灯，
古时　明　月　　　照　今　人，

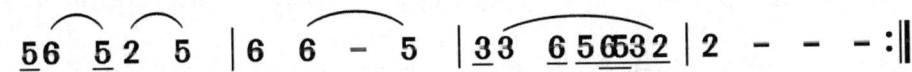

5 6　5 2　5 | 6　6 - 5 | 3 3　6 5 6 5 3 2 | 2 - - - :||
江河　可　行（呀）　万里　船。
今人　更　胜（呀）　古人　贤。

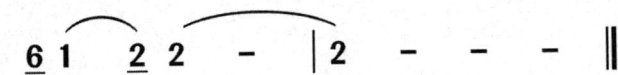

6 1　2　2 - | 2 - - - ||
古人　　　　贤。

惠安西表

词：蒲黎生
曲：王凤舞

1=C 4/4

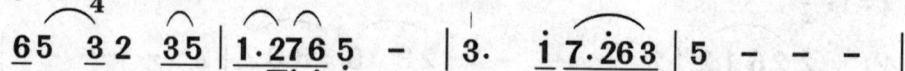

6̲5 3̲2 3̲5 | 1·2̲7̲6̲5̲ - | 3· 1̲7̲·2̲6̲3 | 5 - - - |
千仞　水润　千仞峰，　千仞　峰。

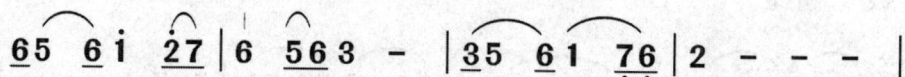

6̲5 6̲1 2̲7 | 6 5̲6̲3 - | 3̲5 6̲1 7̲6̲ | 2 - - - |
万里　沟壑　万里云，　万里　云。

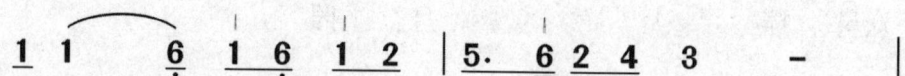

1 1 6̲ 1̲6̲ 1 2 | 5· 6̲ 2 4 3 - |
摩崖　石　刻　惠　安　表，

6̲6̲ 5̲6̲ 3̲1̲ | 2 - - 3 | 5̲3̲5̲6̲ 1̲·2̲7̲6̲ | 6 - - - |
往事　如昨　醒　人　魂。

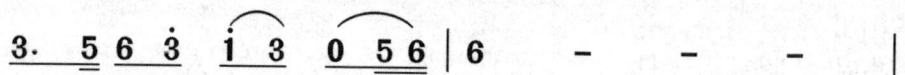

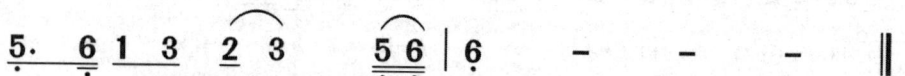

3· 5̲6̲3̲ 1̲3̲ 0 5̲6̲ | 6 - - - |
往　事如昨醒　人　魂。

5̲·6̲1̲3̲ 2 3 5̲6̲ | 6 - - - ‖
往　事如昨醒　人　魂。

508

咏宕昌之一、二

词：蒲黎生
曲：王凤舞

1=F 4/4

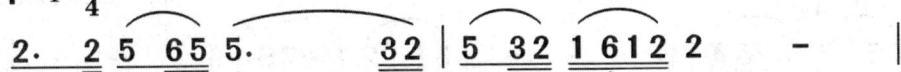

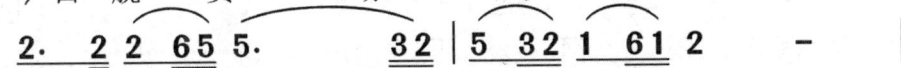

```
2·  2 5 65 5·      32 | 5 32 1 612 2   -      |
山  花 烂  漫      山  林  中，
春  风 一  缕      山  色  新，

2·  2 5 65 1·      6  | 6· 2 2 1 65 5   -      |
正  是 入  夏      天  色  晴。
深  山 远  处      早  行  人。

5  65 2  5  6·     1  16 | 3 35 1 632 2   -    |
友  人 相  邀（啊） 怀  揣  酒，
早  年 致  富（啊） 谋  砍  树，

5  55 2  5  6 1 65  3   2 | 3 36 6 532 2   -   |
清  风 扑  面（呦） 鸟  鸣  音。
今  日 脱  贫（呦） 寻  山  珍。

2·  2 2 65 5·      32 | 5 32 1 61 2   -       |
芳  草 铺  呈      人  未  醉，
阳  光 灿  烂      绽  华  明，

6·  6 6 2  1·      65 | 6· 2 4 565 5   -      |
白  云 深  处      情  更  浓。
青  风 万  里      渡  陈  恒。

5  55 2  5  6 1 65 6 | 2· 2 6 2 1 765 6      |
踏  遍 青  山 人 未 老，此 山 有 朋 总 关 情。
旅  游 牵  动 百 业 旺，宕 昌 儿 女 享 太 平。

5· 5 2 5 6  6   5 | 3 6 5 632 2  - :| 6 1 2 2  - -  |
此 山 有 朋（呀） 总 关 情。    享 太 平。
宕 昌 儿 女（呀） 享 太 平。
```

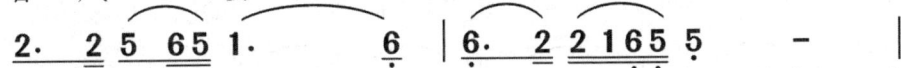

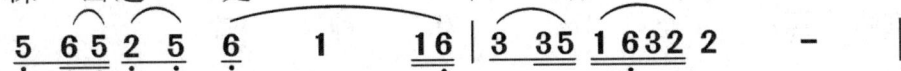

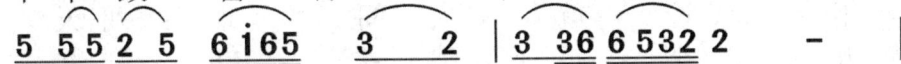

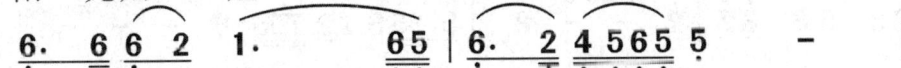

509

咏宕昌之三

词：蒲黎生
曲：王凤舞

1 = C 4/4

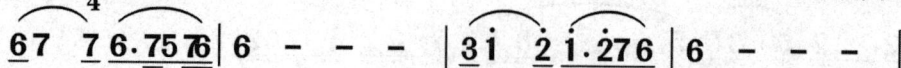

泉 涌山 巅　　水 飞 激，
五 瀑峡 谷　　似 仙 景，

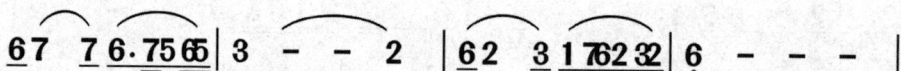

日照 飞 瀑　　彩 虹 起。
官鹅 深 处　　有 神 奇。

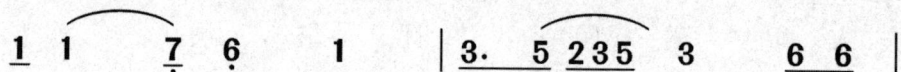

千年 造 就 人 间 景，九 天
游人 举 指 他 乡 好，到 此

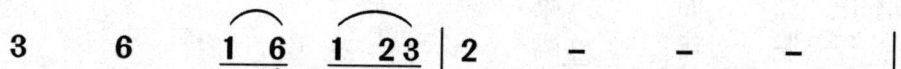

坠 落 银 河 玉。
一 游 久 驻 足。

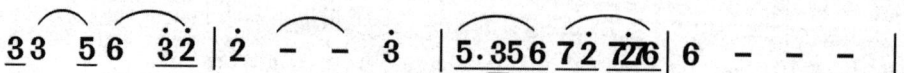

九天 坠 落　　银 河 玉。
到此 一 游　　久 驻 足。

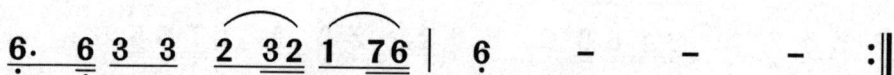

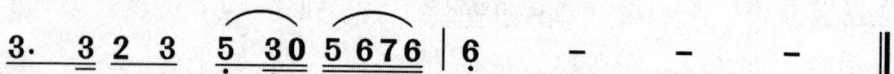

九 天坠落 银 河 玉。
到 此一游 久 驻 足。

到 此一游 久 驻 足。

咏宕昌之四

词：蒲黎生
曲：王凤舞

1=C 4/4

2. 2 5 65 5 — | 4. 3 2312 5 — |
羌 氏 立 国 三 百 年，
小 溪 浪 逐 涛 声 远，

5. 5 1232 2 — | 3 23 5621 1 — |
深 山 坐 落 羌 寨 园。
百 鸟 和 鸣 艳 阳 天。

2 21 2123 5 — | 3. 1 7656 6. 5 |
诗 仙 醉 酒 遗 金 樽，
林 源 涛 涛 涌 绿 海，

2 23 5 53 2 23 2 1 | 6. 2 2165 5 — |
女 娲 炼 石 欲 补 天， 欲 补 天。
羌 藏 儿 女 胜 先 贤， 胜 先 贤。

2 23 5 53 2 23 2 10 | 6. 2 2165 5 — ‖:
女 娲 炼 石 欲 补 天， 欲 补 天。
羌 藏 儿 女 胜 先 贤， 胜 先 贤。

6 2 2 1 21 6 5 | 5 — — — ‖
胜 先 贤。

咏宕昌之五

词：蒲黎生
曲：王凤舞

1=G 4/4

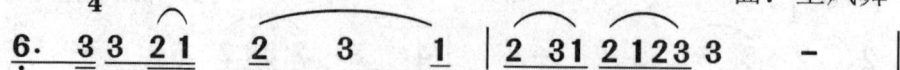

6· 3 3 21 | 2 3 1 | 2 31 21 23 3 — |
雨 笼山野 （哟） 雾 锁 峰，
诗 意不达 （呦） 吃 闷 酒，

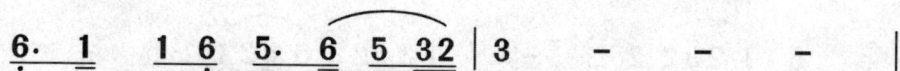

6· 1 1 6 5· 6 5 32 | 3 — — — |
向晚 客居五棵 松。
心有 灵犀点烛 灯。

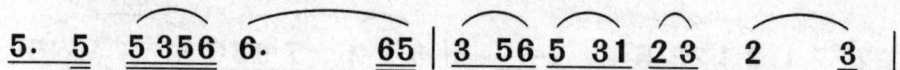

5· 5 5 356 6· 65 | 3 56 5 31 23 2 3 |
有心 促膝 话 长 夜（呦）
松涛 阵阵 不 经 意（呦）

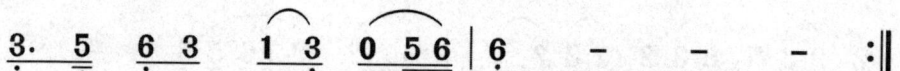

3· 5 63 1 3 0 56 | 6· — — — :‖
无 意 推窗 风 满 门。
羌 笛 声声 入 耳 心。

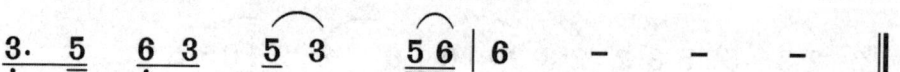

3· 5 63 5 3 56 | 6· — — — ‖
羌 笛 声声 入 耳 心。

咏宕昌之六

词：蒲黎生
曲：王凤舞

1=G 4/4

```
2·  2   5    5 32 1 6 | 3 32 1 61 2   -   |
青 山（呦） 绿    水   孕  清    风，
美 酒（呦） 滴    滴   醉  无    语，

2·  2   5    5 32 1 6 | 6·  2  2165 5   -   |
高 天（呦） 流    云   伴  此    生。
羌 韵（呦） 声    声   催  人    魂。

5 6 5     2    5 45 6 | 3 35 1 632 2   -   |
身 居（呦） 名   山   无  绝    意，
清 风（呦） 初   照   山  色    好，

5 65 2 5   6    6    5 | 3· 6 1 232 2   -   :|
心 存 高 远 （呀）    渺  无    音。
秋 染 杨 柳 （呀）    满  天    红。

5 65 2 5   6    6    5 | 3·    6  5 65 3 2  |
秋 染 杨 柳 （呀）    满        天
```

```
2   -   -   -  ‖
红。
```

513

咏宕昌之七、八

词：蒲黎生
曲：王凤舞

1=G 4/4

$\widehat{6 \cdot 6} 1 \widehat{2 3} 3$ — $| 3 \cdot \widehat{1 2} 1 \widehat{2 3} 3$ — $| \widehat{6 \cdot 6} 1 \widehat{2 3} 2 2 \cdot 3 |$

忙　里　偷　闲　　大　河　坝，　　烟　笼　山　庄
雍　西　人　家　　情　可　掬，　　新　朋　老　友

$7 \cdot \widehat{2 5} \widehat{3 5} 6 6$ — $| 3 \cdot \widehat{3 5} \widehat{3 5} 6 6 \cdot$ $5 | \widehat{6 5} \widehat{6 5} \widehat{3 1} \widehat{2 3} 2$ $3 |$

雾　锁　峡。　　远　山　含　黛　　近　凝　脂，
歌　如　华。　　浊　酒　一　杯　　和　新　曲，

$3 \cdot \underline{5} \underline{6} 3$ $1 \widehat{6}$ $\widehat{5} \widehat{3 5} 6 | 6$ — — — :||

秋　雨　连　绵　似　青　　纱。
你　我　正　当　好　年　　华。

$3 \cdot \underline{5} \underline{6} 3$ 1 3 $\widehat{5 6} | 6$ — — — $|$

$5 \cdot \widehat{5 5} \widehat{3 5} 6 6 \cdot$ $5 | 3 \widehat{5 6} 5 \widehat{3 1} \widehat{2 3} 2$ $3 | 5 \cdot \widehat{5 3} 5$ $1 \widehat{6}$ $\widehat{5} \widehat{3 5} 6 |$

酒　如　甘　露　　歌　如　潮，　　情　同　手　足　气　冲
百　年　人　生　　须　自　珍，　　千　年　芳　名　尚　衔

6 — — — $| \widehat{6 \cdot 1} 1 \widehat{6 2} 3 3 \cdot$ $5 | \widehat{6} \widehat{5 6} 5 \widehat{3 2} 3$ — $|$

霄。　　　今　朝　风　雨　　同　饮　酒，
娇。　　　山　水　常　不　　人　与　共，

$3 \cdot \underline{5} \underline{6} 3$ $1 \widehat{6} \widehat{5} \widehat{3 5} 6 | \widehat{6}$ — — — :||

明　日　清　风　志　气　　豪。
青　山　永　驻　人　不　　老。

$5 \cdot \widehat{5} 5 3$ $\widehat{5} 3$ $\widehat{5} \widehat{3 5} 6 | \widehat{6}$ — — — ||

青　山　永　驻　人　不　　老。

咏宕昌之九、十

词：蒲黎生
曲：王凤舞

1 = F 4/4

6. 66 3 63 5676 | 6 − − − | 3. 56 i 52 565 |
雨 帘如织雾 似 纱，　　　孤 客驱车 走 山
牧 人赤足唤 牛 犊，　　　山 客蒙头 洗 面

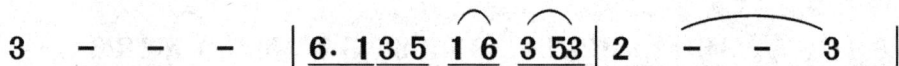

3 − − − | 6. 13 5 16 3 53 | 2 − − 3 |
涯。　　　　溪 水逢雨涨 波 涛，
颊。　　　　田 园胜似都 市 好，

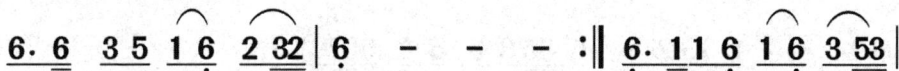

6. 6 3 5 16 2 32 | 6 − − − ‖ 6. 11 6 16 3 53 |
草 木临秋披 绿 袈。　　　炊 烟起处是 农
归 来山水是 我 家。　　　羌 寨风情农 家

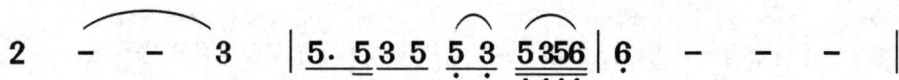

2 − − 3 | 5. 53 5 53 5356 | 6 − − − |
家，　　　　牧 归人畜共 喧 哗。
乐，　　　　山 珍野味菜 肴 佳。

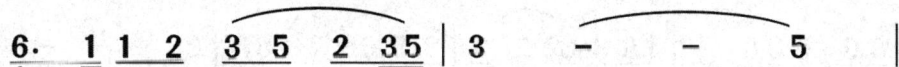

6. 1 1 2 3 5 2 35 | 3 − − 5 |
泥 泞道旁踏 板 房，
杨 菜芝莲女 能 人，

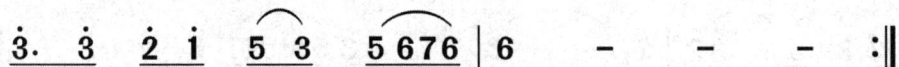

3. 3 2 i 53 5676 | 6 − − − ‖
雍 西人家百 合 花。
宕 州儿女仇 晓 华。

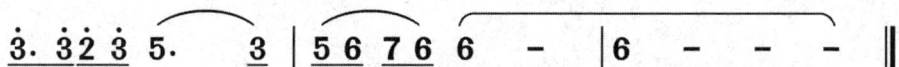

3. 32 3 5. 3 | 5676 6 − | 6 − − − ‖
宕 州儿女仇 晓 华。

515

咏宕昌之十一

词：蒲黎生
曲：王凤舞

1 = ♭B 4/4

```
6· 66 3 | 6356 76 - | 6· 66 3 | 56235 3 - |
千 里草场 千里 烟，  星 罗棋布 牛羊 欢。

66 63 35 | 16 1232 2· 3 | 55 53 5 | 17623 26 - |
山环 水抱 接远景，  峰回 路转 地连 天。

6 66 3 5 | 1 76 2 3 | 5 55 3 5 | 5· 3 5676 | 6 - - - |
举 首向天 揽日 月，  胸怀 黎庶 度人 间。

66 63 3 5 | 16 3232· 3 | 3·5 627 656 | 6 - - - |
风清 气爽 情未 央，  山河 跃马可 扬 鞭。

33 56 32 | 2 - - 3 | 5· 353 536 | 6 - - - ‖
山河 跃 马   可 扬 鞭。
```

516

瑶池诗话之一、二

词：蒲黎生
曲：王凤舞

1=C 4/4

$\dot{3}.$ $\underline{\dot{3}}$ $\dot{2}$ $\widehat{\dot{3}\dot{2}}$ $\dot{1}.$　　$\underline{76}$ | $\dot{3}$ $\dot{2}$ $\underline{72}$ $\underline{6}$　5　－ |

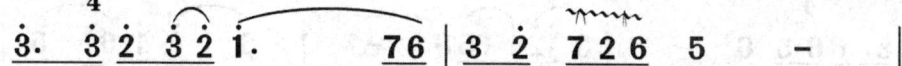

姚　寨青龙　山，　　坡陡路高　远。
姚　池三夏　凉，　　农家可偷　闲。

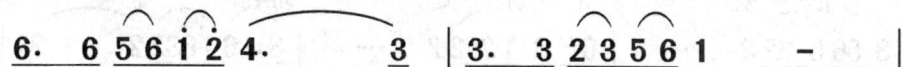

6. $\underline{6}$ $\underline{561}$ $\dot{2}$ 4.　　3 | $\dot{3}.$ $\underline{\dot{3}}$ $\underline{2356}$ $\dot{1}$　－ |

清　凉一泓　水，　　酷夏一季　蝉。
竹　荫消暑　气，　　蝉声静心　烦。

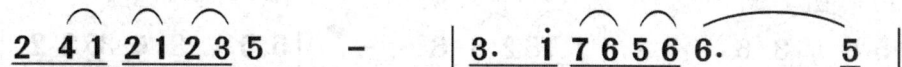

2 $\underline{41}$ $\underline{2123}$ 5　　　－ | $\dot{3}.$ $\underline{\dot{1}}$ $\underline{765}$ $\underline{6}$ 6.　　5 |

溪　流濯赤　足，　　长风吹汗　衫。
野　菜健肠　胃，　　溪水洗尘　眼。

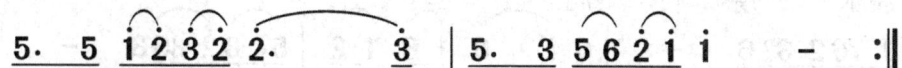

5. $\underline{5}$ $\underline{\dot{1}232}$ 2.　　3 | 5. $\underline{3}$ $\underline{562}$ $\underline{\dot{1}}$ $\dot{1}$　－ :‖

晴　空舒远　目，　　人已在高　天。
清　风扑面　怀，　　人在山水　间。

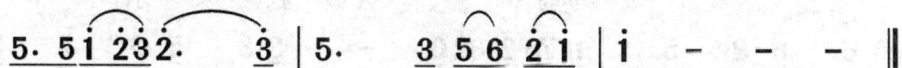

5. $\underline{51}$ $\underline{23}$ 2.　　3 | 5. $\underline{356}$ $\underline{2\dot{1}}$ | $\dot{1}$　－　－　－ ‖

清　风扑面　怀，　　人　在山水　间。

517

瑶池诗话之三、四、五

词：蒲黎生
曲：王凤舞

1=C 4/4

```
3.  66 5 6    -   | 3 1̇2̇1̇ 65 6    -   | 3 6   1̇ 1̇ 6   5 |
```

走 过 北　山　　上　南　山，　　避暑　　瑶寨
长 足 健 身　　三　伏　天，　　跃上　　东山
阶 州 长 夏　　无　凉　处，　　瑶池　　金寨

```
3 56 5 32 3    -   | 6. 6 1 2 3 2 2    -   | 3. 6 1 6 3 2 2.    3 |
```

云　水　间。　　绿 树 环 抱　　农　家　乐，
橄 榄　园。　　龙 江 衔 山　　起　波　涛，
可　听　蝉。　　翠 竹 布 荫　　幽　庭　堂，

```
5 5    3 6    3 2 | 1 76 2 3 6̣    -   | 5 5    3 6 35 3 2 |
```

清 风　　送 爽　蝉 声 酣。　　千 山　吐 翠 秀 云 烟。
千 山　　吐 翠　秀 云 烟。　　溪 水　绕 村 润 庄 园。
溪 水　　绕 村　润 庄 园。

```
1 76 2 32 6̣    -   | 6̣ 1    6̣ 1 6 1 2 | 5. 6 2 35 3    -   |
```

　　　　　　　　　淡然　　世 态　人 自 凉，
　　　　　　　　　高楼　　拔 地　展 新 姿，
　　　　　　　　　鸡鸣　　犬 吠　农 家 乐，

```
6 6    6 3    5 | 1 76 2 32 6̣    -   | 3 3    5 6    1̇ |
```

忘 却　炎 凉　心 胸 宽。　　莫道　　夏　长
飞 桥　腾 空　渺 星 瀚。　　山风　　过　处
驴 吼　马 嘶　瀑 布 喧。　　独处　　乡　村

```
1̇ 6 1̇ 23 3    -   | 3. 5 6 2 1 6    5 356 | 6    -    -    - :|
```

无　去　处，　　人 间 清 凉 清　龙　山。
消　暑　炎，　　福 天 寿 地 可　延　年。
识　野　趣，　　几 处 村 落 几　处　烟。

```
3. 56 1̇ 2 3    -   | 7. 3 5 6 76 6    -   | 6    -    -    - |
```

几　处 村　落　　几　处　烟。

瑶池诗话（重阳）

词：蒲黎生
曲：王凤舞

1=C 4/4

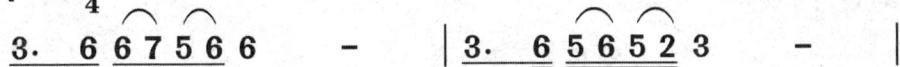

今 岁又 重 阳，　　携 友走 上 黄。
瑶 寨秋 意 浓，　　秋 高无 纤 云。

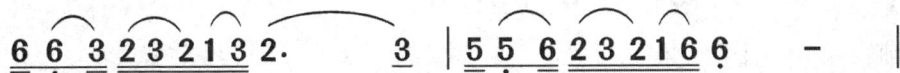

树叶 渡 霜 红，　　柿子 透 金 黄。
冷霜 染 红 叶，　　早阳 暖 人 身。

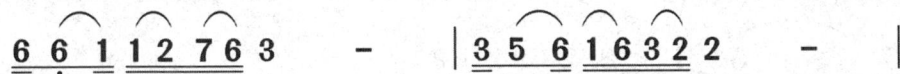

遥听 瀑 声 喧，　　坐闻 菊 花 香。
心静 无 旁 骛，　　菊花 却 偷 春。

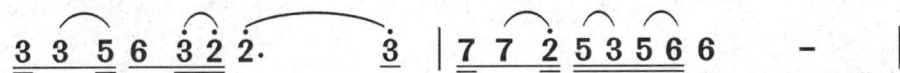

无事 饮 闲 酒，　　千杯 尽 酒 觞。
举酒 饮 清 风，　　霜叶 更 醉 人。

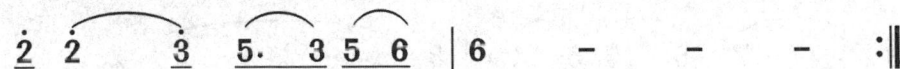

千杯 尽 酒 觞。
霜叶 更 醉 人。

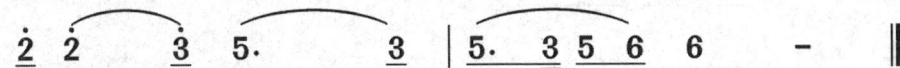

霜叶 更 醉 人。

题武都奇峡

词：蒲黎生
曲：王凤舞

1 = C 4/4

（曲谱）

6.　　6 5. 3 5 6 7 6 | 6 － － － |
高　　桥 奇　峡　沟，

7.　　7 6. 7 5 6 5 | 3 － － － |
锁　　钥 葫　芦　口。

6 6　3　2 3 2 1 2 3 | 2 － － 3 |
虎踞　　涧　门　关，

5 3　5　1. 6 2 3 2 | 6 － － － |
龙行　　浪　潮　头。

6 1　1　1. 2 7 6 | 2 － － 3 |
雨助　　江　岸　肥，

3 3　2　1. 2 7 6 | 6 － － － |
风吹　　山　石　瘦。

3 3　7　6. 7 5 #4 | 3 － － 2 |
道法　　出　自　然，

6 6　3　2 3 2 1 7 6 | 6 － － － |
龙江　　千　年　秀。

3 3　7　6. 7 5 #4 | 3 － － 2 |
道法　　出　自　然，

6 6　2 1.　2 | 1. 2 1 2 7 6 6 － | 6 － － － ‖
龙江　千　年　秀。

桓水诗意之一

词：蒲黎生
曲：王凤舞

1 = C 4/4

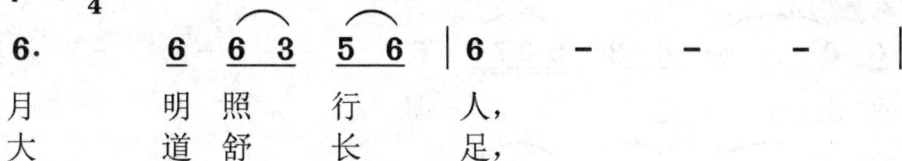

月　　明　照　行　人，
大　　道　舒　长　足，

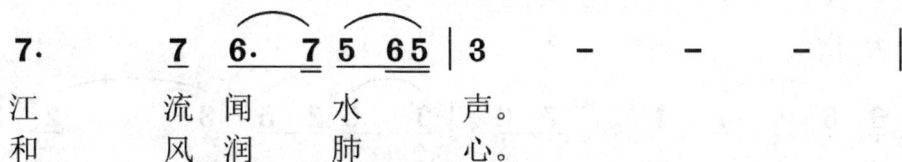

江　　流　闻　水　　声。
和　　风　润　肺　　心。

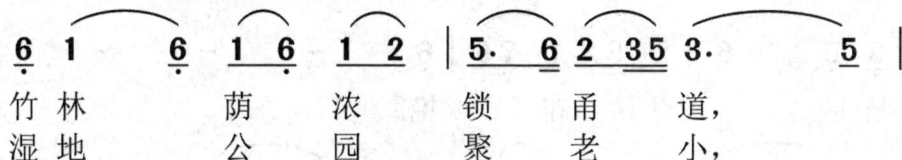

竹　林　　荫　浓　锁　甬　道，
湿　地　　公　园　聚　老　小，

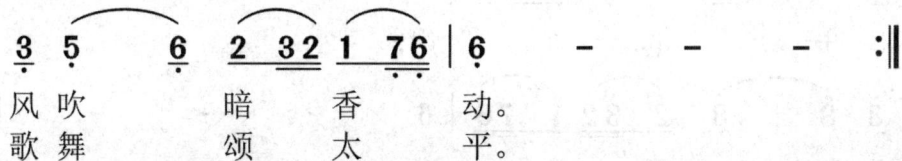

风　吹　　暗　香　动。
歌　舞　　颂　太　平。

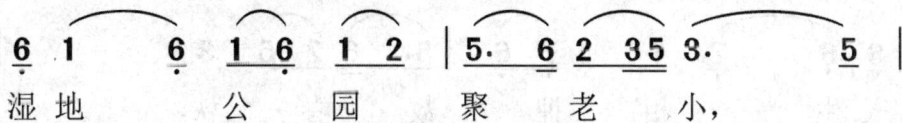

湿　地　　公　园　聚　老　小，

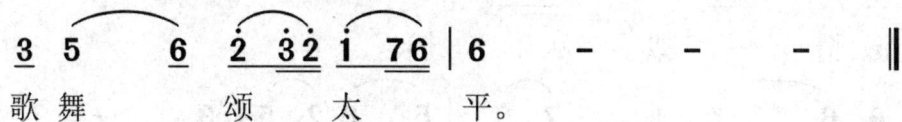

歌　舞　　颂　太　平。

桓水诗意之二

词：蒲黎生
曲：王凤舞

1=♭B 4/4

6 6　6 6 3　5 6 7 6｜6 －　－　－｜
两山　起云　烟，

7 7　7 6. 7 5 6 5｜3 －　－　－｜
大道　通江　边。

6 6　1 1　7 6｜3. 5 2 5　3. 2｜
竹林　相依　护河　堤，

3 5　6 2 3 2 1 7 6｜6 －　－　－｜
日映　百花　艳。

6 1　1 1　7 6｜2 －　－　3｜
信步　走江　岸，

3 3　3 2 3 2 1 7 6｜6 －　－　－｜
与子　手相　牵。

6 6　7 1　7 6｜5. 6 2 5　3 －｜
人生　相拥　数春　秋，

5 5　6 1　7 6｜6 －　－　－｜
激情　似火　燃。

6 6　7 1　7 6｜5. 6 2 5　3 －｜
人生　相拥　数春　秋，

2 2　3 1. 2 1 2 7 6｜6 －　－　－‖
激情　似火　燃。

桓水诗意之三、四

词：蒲黎生
曲：王凤舞

1 = G 4/4

```
6̲ 6   6̲ 6   5̲ 3 | 6̇·̲ 3 5̲ 6̲ 7̲ 6̲ 6   -  |
```

寒 风 　 拂 面 　 冻 手 　 脚，
华 灯 　 初 上 　 不 夜 　 城，

```
6̲ 6   6̲ 6   5̲ 3 | 5̇·̲ 6 2̲ 3̲ 5̲ 6̲ 3   -  |
```

与 妻 　 冬 练 　 走 江 　 郊。
桓 水 　 两 岸 　 灯 如 　 虹。

```
6̣̲ 6̣   6̣̲ 3̲ 2̲   3̲ 5 | 1̲ 6   1̲ 2̲ 3̲ 2̲ 2·   3 |
```

日 映 　 桓 水 　 呈 碧 　 练，
霓 虹 　 倒 影 　 桥 浮 　 动，

```
6̣̲ 6̣   6̣̲ 3   5 | 1̲ 6   2̲ 3̲ 2̲ 6·   -  |
```

冬 播 　 蔬 菜 　 绿 城 　 郊。
细 雨 　 随 风 　 水 洗 　 尘。

```
6̣·   1̲ 1   6̣ | 1̲·̲ 6̲   3̲ 5̲ 3̲ 2·   3 |
```

喷 泉 　 吐 珠 　 东 江 　 水，
初 冬 　 风 寒 　 人 闭 　 户，

```
6̣·   6̣̲ 3   5 | 5̇·̲ 3̲ 5̲ 6̲ 7̲ 6   -  |
```

竹 林 　 叠 翠 　 迎 风 　 娇。
夜 暮 　 有 人 　 步 急 　 行。

```
1̣·   7̣̲ 6̣   1 | 1̲ 6   3̲ 5̲ 2̲ 3·   5 |
```

人 有 　 闲 情 　 晨 练 　 步，
虽 无 　 高 朋 　 酩 酊 　 醉，

```
3̲·̲ 5̲ 6̲ 2̲   1̲ 6   5̲ 6̲ 2̲ 1̲ | 6   -   -   - :|
```

鹳 归 越 冬 上 青 　 霄。
独 走 江 滨 一 放 　 翁。

桓水诗意之五

词：蒲黎生
曲：王凤舞

冰天雪地过龙年

词：蒲黎生
曲：王凤舞

1=G 4/4

6. 6 5 3 5 6 6　－｜ 3 5 6 5 3 2 3　－｜

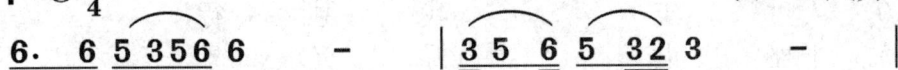

龙　江两　岸　　　　　冬　　如　春，
阶　州霓　虹　　　　　不　夜　天，
梅　花喜　迎　　　　　漫　天　雪，
飞　雪迎　春　　　　　罩　大　地，

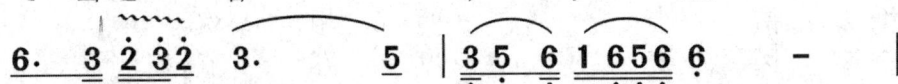

6. 3 2 3 2 3.　5 ｜ 3 5 6 1 6 5 6 6　－｜

山　下杨　柳　　　　　山　上　冰。
桓　水东　流　　　　　不　复　还。
消　尽尘　埃　　　　　万　里　洁。
雾　淞皑　皑　　　　　与　天　齐。

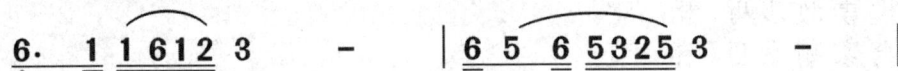

6. 1 1 6 1 2 3　－｜ 6 5 6 5 3 2 5 3　－｜

人　来人　往　　　　　拜年　　忙，
天　增岁　月　　　　　人增　　寿，
围　坐火　炉　　　　　品香　　茶，
预　知来　年　　　　　收成　　好，

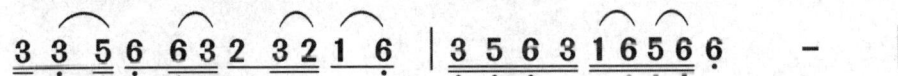

3 3 5 6 6 3 2 3 2 1 6 ｜ 3 5 6 3 1 6 5 6 6　－｜

各家　春联　映街　红，　　各家春联映　街　红。
冬去　春来　又一　年，　　冬去春来又　一　年。
点击　网络　看世　界，　　点击网络看　世　界。
欢度　春节　农民　喜，　　欢度春节农　民　喜。

6. 1 1 6 1 2 3 6 2 3 3｜ 6. 6 3 5 1 6 2 3 6｜

旷　野少　人　闲　散步，　我　携妻　子迎　春风。
无　有酒　肉　伴　我醉，　满　地蔬　菜绿　江岸。
国　泰民　安　中　国地，　邦　乱序　废外　夷界。
惠　民政　策　入　人心，　民　生工　程顺　民意。

525

6̣· 1 1̂ 6̂1̂ 2̂ 3 — | 3̂ 5̂ 6̂ 1̂ 2̂3̂2̂ 2· 3 |

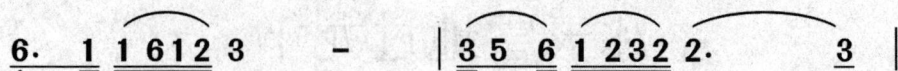

人 在他 乡 亲 朋 少，
众 人过 年 我 独 行，
太 平盛 世 好 光 景，
共 产党 的 好 领 导，

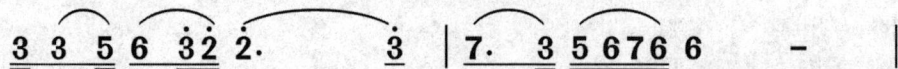

3 3 5̂ 6̂ 3̂2̂ 2· 3 | 7̣· 3 5 6̂7̂6̂ 6̇ — |

唯 有 健 体 走 江 滨。
携 妻 散 步 两 相 欢。
合 家 团 聚 度 春 节。
休 养 生 息 给 民 力。

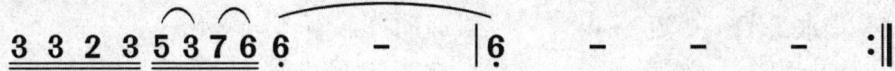

3 3 2 3 5̂3̂ 7̂6̂ 6̣ — | 6̣ — — — :||

唯 有健体走 江 滨。
携 妻散步两 相 欢。
合 家团聚度 春 节。
休 养生息给 民 力。

526

走笔花儿坡之一

词：蒲黎生
曲：王凤舞

1 = C 4/4

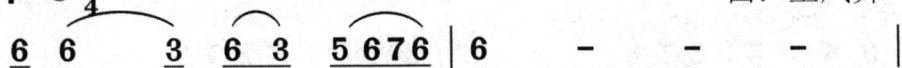

南 河　　花 儿　　坡，

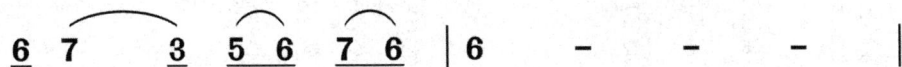

沟 深　　草 莓　　多。

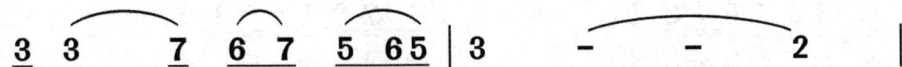

山 花　　呈 野　　趣，

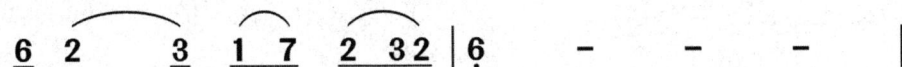

溪 流　　逐 清　　波。

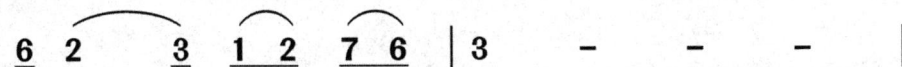

云 过　　布 阵　　雨，

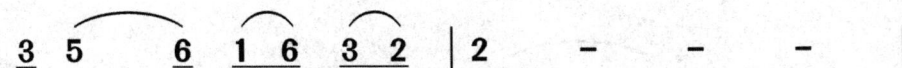

风 吹　　香 满　　坡。

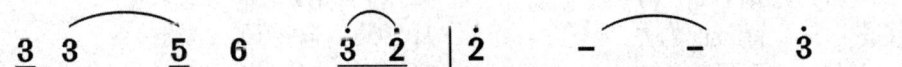

携 友　　拾 草　　莓，

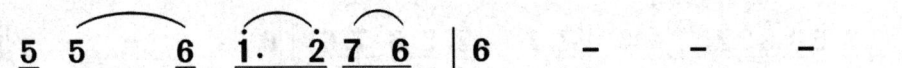

清 香　　溢 心　　窝。

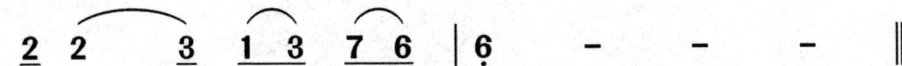

清 香　　溢 心　　窝。

走笔花儿坡之二、三、四

词：蒲黎生
曲：王凤舞

1=C 4/4

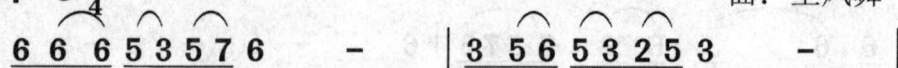

徒步 上 山 岗，　　　绿荫 依 身 旁。
山色 润 肺 肠，　　　迎风 更 清 爽。
深山 有 佳 肴，　　　信手 拈 苦 荞。

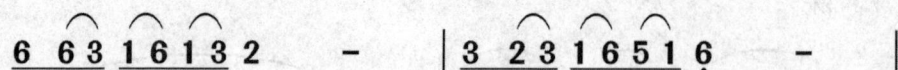

曲径 通 田 间，　　　遍地 豆 花 香。
江流 山 影 动，　　　云清 雨 脚 忙。
未见 农 家 乐，　　　却有 山 花 俏。

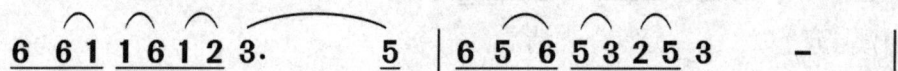

信手 摘 蚕 豆，　　　野味 满 口 香。
风动 燕 子 斜，　　　林密 百 鸟 唱。
坐地 食 野 味，　　　起身 观 山 娇。

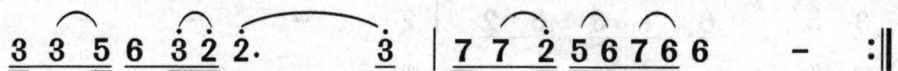

荤腥 腻 我 胃，　　　山珍 韵 味 长。
景胜 有 仙 桥，　　　万物 自 风 光。
日月 无 尽 时，　　　群山 皆 自 高。

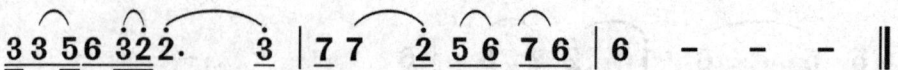

日月 无 尽 时，　　　群山 节 自 高。

走笔花儿坡之五

词：蒲黎生
曲：王凤舞

1=G 4/4

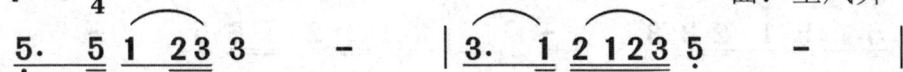

```
5· 5 1 23 3  -  | 3· 1 2 1 2 3 5  -  |
满 目 青  山     风 送 爽,
蝶 飞 蜂  舞     山 花 闹,

5· 5 1 23 2 2   2   3 | 3· 5 6 1 2 1 1  -  |
花 香 鸟 语（呀） 正 逢 阳。
云 飞 雾 起（呀） 山 巅 狂。

3· 3 5 35 6 6·   5 | 3 5 6 5 32 3  -  |
翠 绿 欲 滴     空 气 好,
自 然 万 物     泰 和 处,

3 3 5 6 35 2  2   3 | 5 3 5 1 6 5 6 6  -  :|
金 黄 铺 成（呀） 油 菜 香。
亲 和 自 然（呀） 血 脉 长。

3· 5 6 35 2  2   3 | 5· 3 5 35 6 6  -  ‖
亲 和 白 然（呀） 血 脉 长。
```

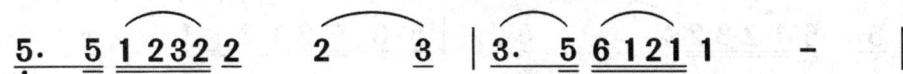

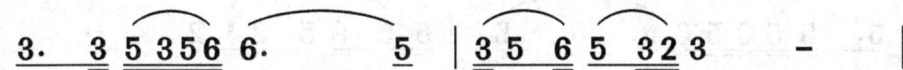

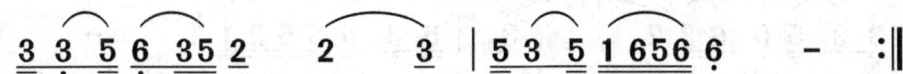

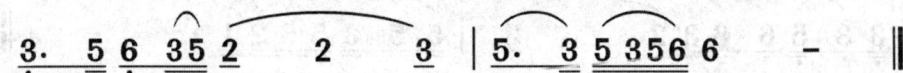

走笔大河坝之一

词：蒲黎生
曲：王凤舞

1 = G 4/4

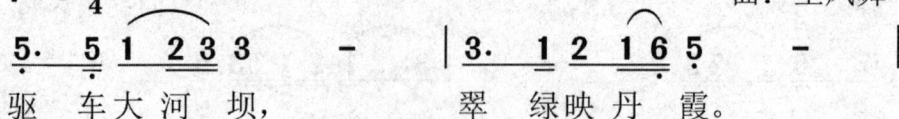

驱 车大河 坝， 翠 绿映丹 霞。

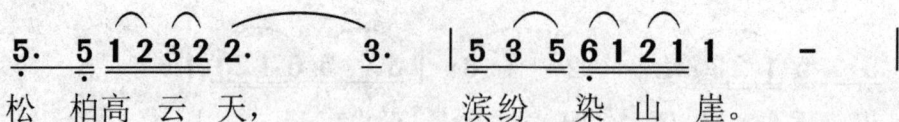

松 柏高云 天， 滨纷 染山 崖。

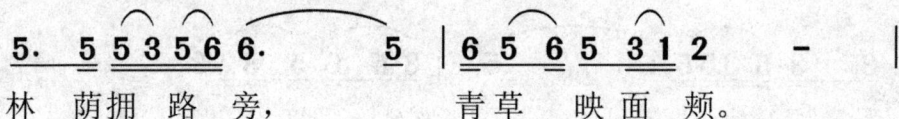

林 荫拥路 旁， 青草 映面 颊。

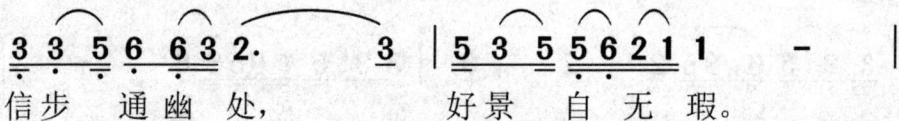

信步 通幽 处， 好景 自无 瑕。

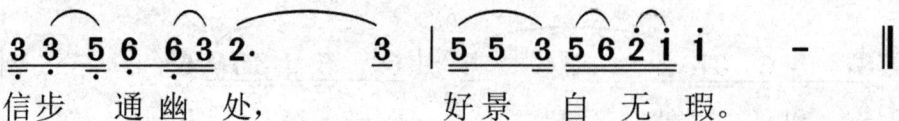

信步 通幽 处， 好景 自无 瑕。

走笔大河坝之二

词：蒲黎生
曲：王凤舞

1=♭B 4/4

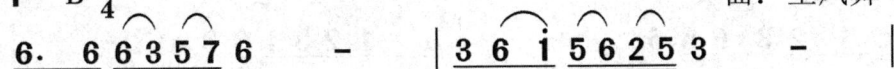

酷　暑七月天，　　清凉　出莽源。

秀林绿融　融，　　雪山　雾绵绵。

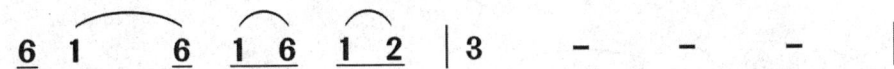

携妻　　过　沟　壑，

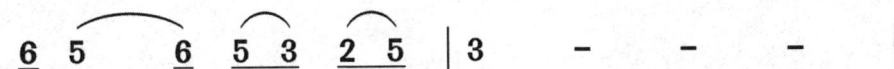

搭木　　走　溪　涧。

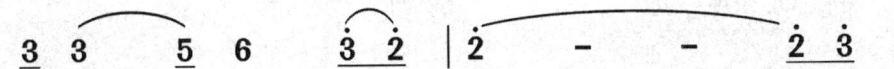

留得　　好　心　情，

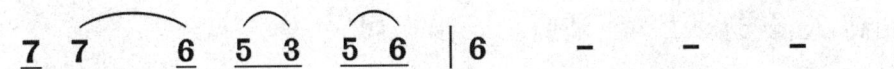

福祉　　赖　苍　天。

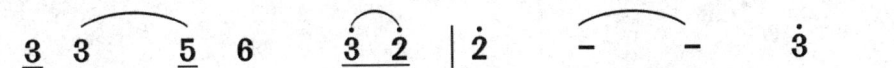

留得　　好　心　情，

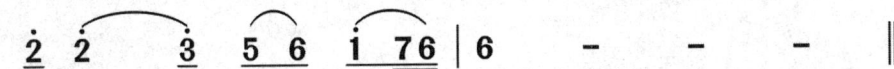

福祉　　赖　苍　天。

走笔大河坝之三

词：蒲黎生
曲：王凤舞

1=G 4/4

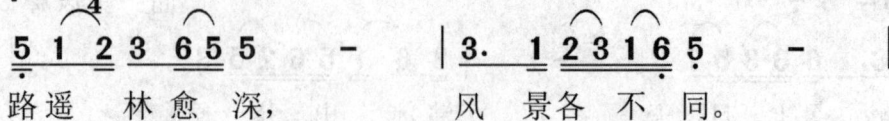

路遥 林愈深， 风 景各 不 同。

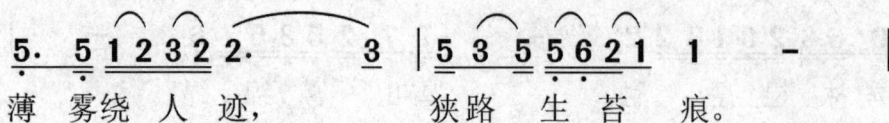

薄 雾绕 人 迹， 狭路 生苔 痕。

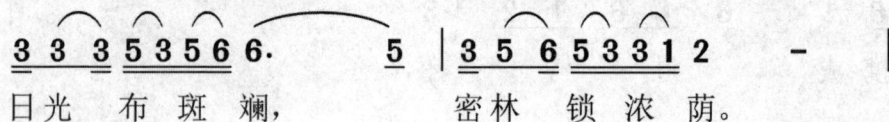

日光 布 斑 斓， 密林 锁 浓 荫。

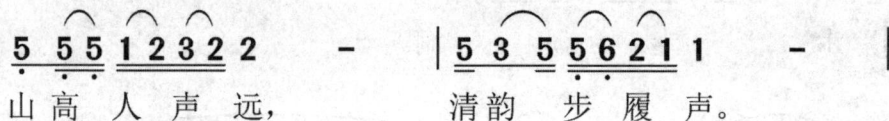

山高 人 声 远， 清韵 步 履 声。

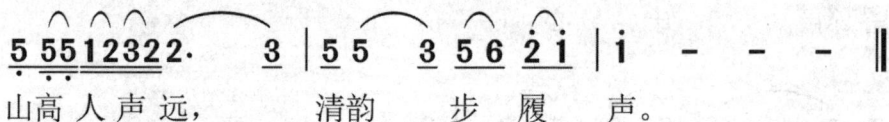

山高人声远， 清韵 步 履 声。

走笔大河坝之四

词：蒲黎生
曲：王凤舞

1 = F 4/4

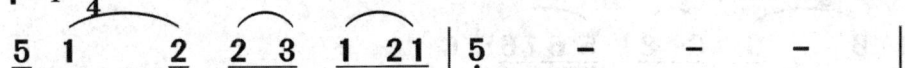

安步　　走林　源，

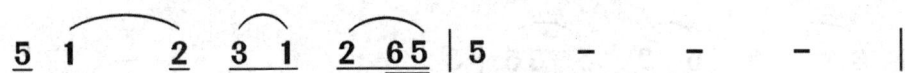

桥横　　路弯　转。

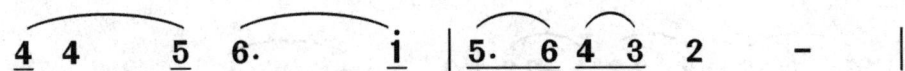

林　　深　　人罕　至，

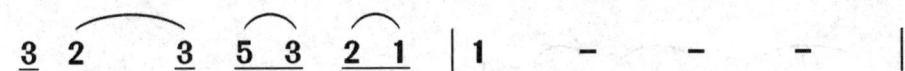

寂寥　　妻陪　伴。

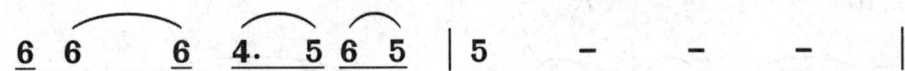

风雨　　数十　年，

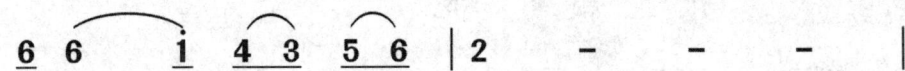

夫妻　　手相　牵。

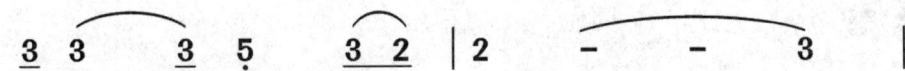

浮华　　随风　去，

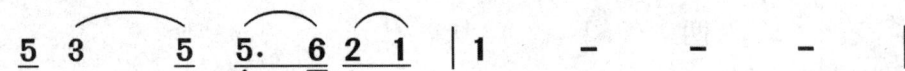

真情　伴无　眠。

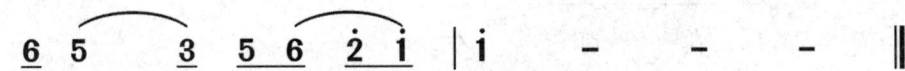

真情　伴无　眠。

走笔大河坝之五

词：蒲黎生
曲：王凤舞

1=♭B 4/4

6 6 6 6 3 5 6 7 6 | 6 - - - |
坐 石 观 飞 溪，

6 6 3 5 2 5 6 5 | 3 - - - |
与 妻 常 促 膝。

6 6 3 2 3 2 1 2 3 | 2 - - 3 |
翠 屏 依 山 势，

3 5 6 2 3 2 1 6 | 6 - - - |
雪 山 与 天 齐。

6 2 3 1 6 1 2 | 3 - - 5 |
云 雾 飞 飘 带，

3 5 6 1 6 3 2 3 | 2 - - - |
林 壑 出 练 玉。

3 3 5 6 3 2 | 2 - - 3 5 |
心 交 两 不 厌。

5 5 6 2 3 2 1 6 | 6 - - - ‖
天 人 共 朝 夕。

走笔大河坝之六

词：蒲黎生
曲：王凤舞

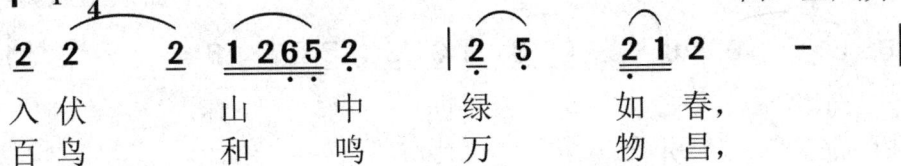

入伏　山中　绿如春，
百鸟　和鸣　万物昌，

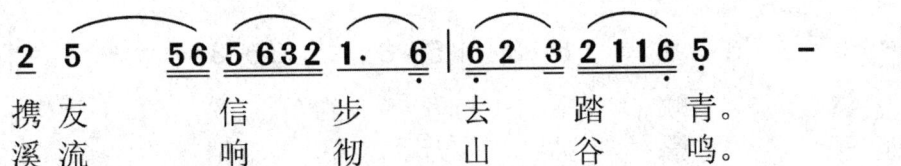

携友　信步　去踏青。
溪流　响彻　山谷鸣。

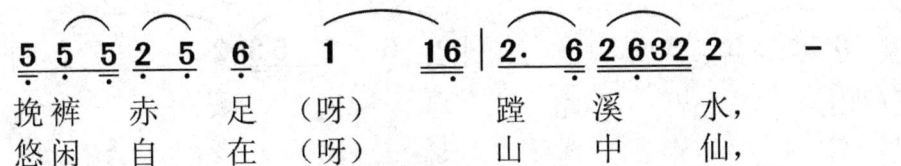

挽裤　赤足（呀）　蹚溪水，
悠闲　自在（呀）　山中仙，

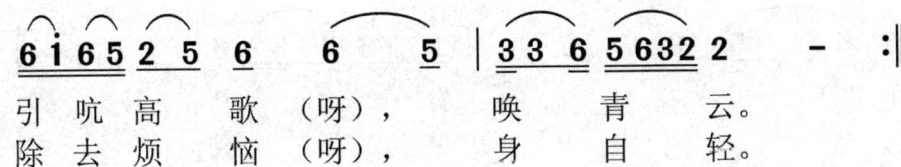

引吭　高歌（呀），　唤青云。
除去　烦恼（呀），　身自轻。

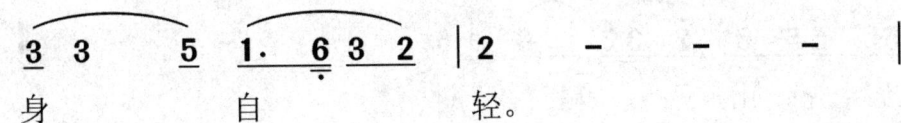

身　自　轻。

走笔大河坝之七

词：蒲黎生
曲：王凤舞

1=F 4/4

6 6 6 6 5 3 | 6 3 5 67 6 — |
四 面 青 山 四 季 春，
招 商 引 资 当 今 计，

6 6 6 6 5 3 | 5 6 2 35 3 — |
五 瀑 峡 孕 五 棵 松。
荫 子 翳 孙 万 古 情。

6 6 6 3 3 5 | 1 6 3 53 2. 3 |
劈 山 开 路 自 通 天，
自 然 本 是 我 家 乡，

5 5 5 3 5 | 1 76 2 32 6 — :|
退 耕 还 林 有 兴 林。
改 造 河 山 见 精 神。

5. 55 5 6 2 32 1 6 | 6 — — — — ‖
改 造 河 山 见 精 神。

重游官鹅沟之一

词：蒲黎生
曲：王凤舞

1=D 4/4

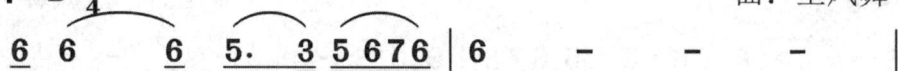

夏 走　　官 鹅 沟，
溪 流　　响 山 谷，

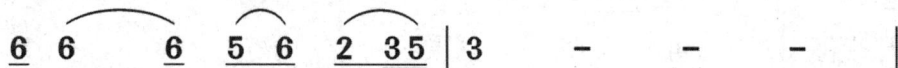

景 色　　更 清 幽。
新 绿　　染 林 秀。

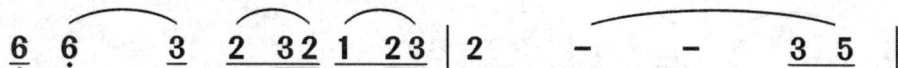

飞 泉　　溅 玉 珠，
林 泉　　去 凡 心，

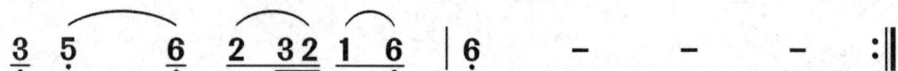

百 鸟　　鸣 金 喉。
王 孙　　自 可 留。

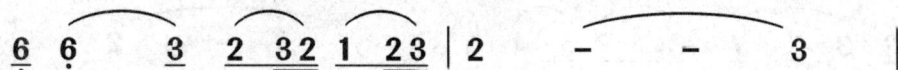

林 泉　　去 凡 心，

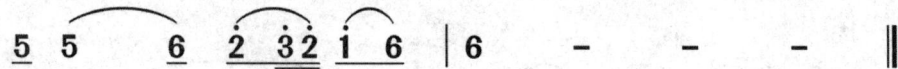

王 孙　　自 可 留。

重游官鹅沟之二

词：蒲黎生
曲：王凤舞

1=F 4/4

```
6·      6  6 3  5 6 7 6 | 6  -   -   -  |
官      鹅  一 线  天，

3 6   7  5 65 2 35 | 3  -   -   -  |
天路   可 攀  援。

6· 6·   3  2 32 1 23 | 2  -   -   3  |
悬崖    涌 飞  瀑，

5 3   5  1· 6 2 32 | 6·  -   -   -  |
云梯   可 接  天。

6 1   1  1   7 6 | 2  -   -   -  |
投足   寻 前  路，

6 2   3  1· 2 7 6 | 6  -   -   -  |
叩首   问 苍  天。

3 3   7  6· 7 5 4 | 3  -   -   2  |
山水   是 归  处，

3 5   6  2 32 1 6 | 6·  -   -   -  |
尘埃   不 可  恋。

3 3   7  6· 7 5 4 | 3  -   -   2  |
山水   是 归  处，

3 5   6  2 32 1 6 | 6  -   -   -  ‖
尘埃   不 可  恋。
```

重游官鹅沟之三

词：蒲黎生
曲：王凤舞

1 = F 4/4

5.   5 3   2 32 | i − − − |
高   山 奔 飞   瀑，

2.   6 7 2 6 76 | 5 − − − |
随   风 化 雾   云。

6 5   6 i.   7 | 6. 5 5 3   2 − |
浪   涌   千 堆 雪，

3 5   6 5 3 2 32 | 1 − − − |
日 照   万 朵   虹。

2 2   1 2 1 2 3 | 5 − − − |
泉 清   手 可   掬，

3 3   i 7 6 5 6 | 6 − − − |
凉 爽   身 自   润。

5 3 5 6 i.   7 | 6 5 5 3   2 − |
丹   心   化 碧   血，

3.   6 5 3 2 3 | 1 − − − |
铸   就 青 山   魂。

5 3 5 6 i.   7 | 6. i 4 3   2 − |
丹   心   化 碧   血，

5 5   3 2 32 i 2 | i − − − ‖
铸 就   青 山   魂。

539

重游官鹅沟之四

词：蒲黎生
曲：王凤舞

1=♭E 4/4

坐 地稍 休 息 （呀）， 仰 头欢 飞 溪。

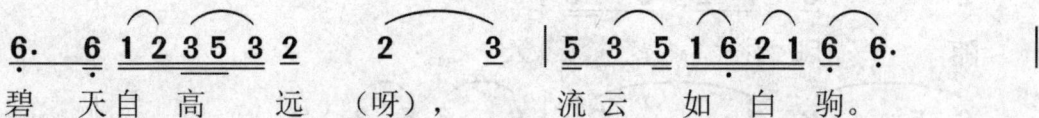

碧 天自 高 远 （呀）， 流云 如 白 驹。

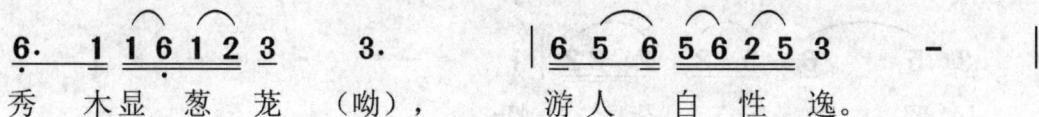

秀 木显 葱 茏 （呦）， 游人 自 性 逸。

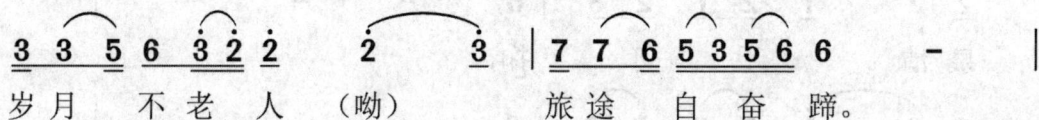

岁月 不老 人 （呦） 旅途 自 奋 蹄。

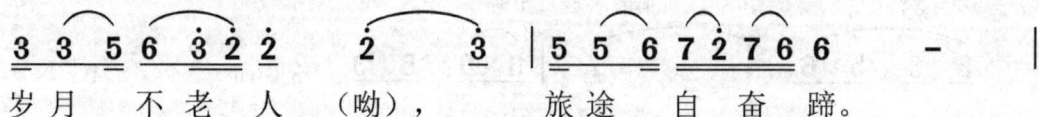

岁月 不老 人 （呦）， 旅途 自 奋 蹄。

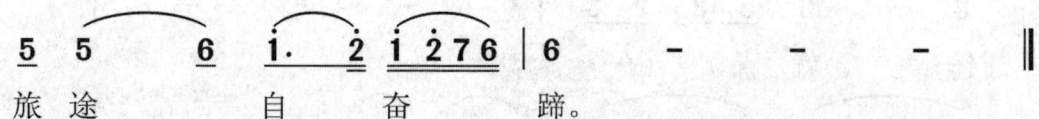

旅 途 自 奋 蹄。

重游官鹅沟之五

词：蒲黎生
曲：王凤舞

1=♭E 4/4

6 6　6 5· 3 5676｜6 － － － ｜

景色　初 夏 好，

3 3　6 5 6 2 5｜3 － － － ｜

宜人　好 天 气。

6 6　3 2 32 1 23｜2 － － 3 ｜

林间　不 知 处，

7 7　2 5 3 5676｜6 － － － ｜

立木　当 云 梯。

6 6　1 1 2 7 6｜3 － － － ｜

潭水　深 不 知，

3 5　6 1 6 3 2｜2 － － － ｜

投石　问 涧 溪。

3 3　5 6 1 2｜3 － － 2 3 ｜

心静　若 止 水，

5 5　6 1· 2 7 6｜6 － － － ｜

人生　当 珍 惜。

7 7　2 5 3 5676｜6 － － － ‖

人生　当 珍 惜。

541

重游官鹅沟之六

词：蒲黎生
曲：王凤舞

1=C 4/4

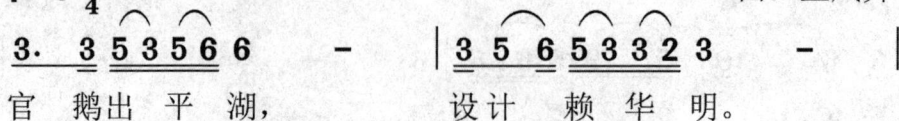

官 鹅出 平湖，　　　设计 赖华 明。

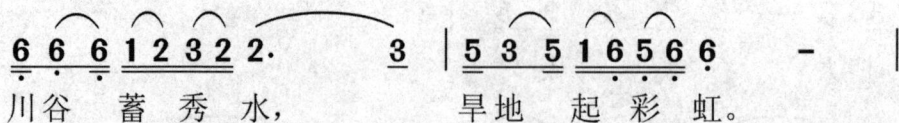

川谷 蓄秀 水，　　　旱地 起彩 虹。

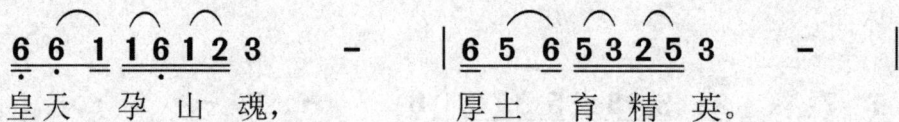

皇天 孕 山魂，　　　厚土 育精 英。

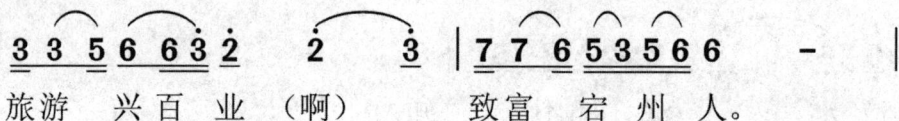

旅游 兴百 业（啊）　　　致富 宕州 人。

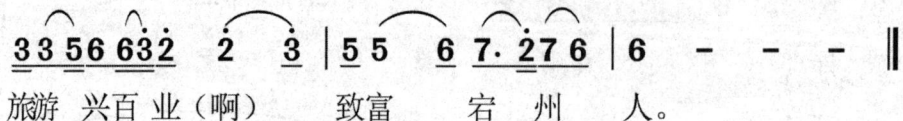

旅游 兴百 业（啊）　　　致富 宕州 人。

拾贝羌水河之一、三

词：蒲黎生
曲：王凤舞

1 = G 4/4

```
3.  3 6 7 6 5 7 6   -   │ 3.  7 6 7 5 7 6 6   -   │
暖  阳 初      照         官  鹅      风，
斜  坐 竹      藤         享  树      荫，

3.  7 6 7 5 6 5  3      2   │ 6 2  3 1 7 2 3 6   -   │
斜  卧 草   地            鸟 鸣   音。
手  执 诗   书            桃 花   云。

6 6 1 1 6 1 2  3   -   │ 3 5  6 1 6 3 2  2   -   │
隐 形 溪  流          水  声   响，
心 领 神  会          自  心   乐，

3 3 5 6 3 2 2.      3   │ 7.  2 5 6 7 6 6   -   │
隔 岸 佳 人          诵  书   声。
鸟 语 花 香          不  闻   听。

6.  1 1 6 1 2  3   -   │ 3 5  6 1 6 3 2  2.      3 │
老  妪 扶 杖          问  饥  食，
隔  岸 品 茗          有  志  摩，

3 3 5 6 3 5 1 6 5 6   │ 1.  7 6 1  3 5 5 3 2 3 │
年少 抚泪 给碎 银。      自  然 容 物 本 无  量，
忘情 知音 是 徽 因。      灵  山 秀 水 天 嘉  地，

6.  6 3 6  1 6 1 3 2   │ 7 7 7 2 5 3 5 6 6   :│
人  间 正 道 祈 公 平。    人 间 正 道 祈 公  平。
不  忘官 山 水 情。       不 忘官 鹅 山 水 情。

7.  7 7 2  5.  3 5 6   │ 6   -   -   -   ‖
不  忘官 山 水          情。
```

拾贝羌水河之二、四

词：蒲黎生
曲：王凤舞

1=G 4/4

山 林方晴 方是 雨，
桃 红柳绿 江水 清，

烟 雨空濛 光映 玉。
流 水人家 瓦舍 新。

藏包 对坐 饮红 酒，
嘉禾 旺长 绿如 涛，

溪边 风起 吹羽 衣。
远山 含烟 树含 荫。

雨露 蔷薇 花正 艳，
恬闲 饮茶 农家 乐，

冰乳 三山 江水 溢。
狂欢 酩酊 山野 风。

正是 初夏 风光 好，
杲阳 西下 风吹 衣，

和风细雨共 凡 尘。
醉眼蒙眬望 伊 人。

拾贝羌水河之五、七

词：蒲黎生
曲：王凤舞

1=G 4/4

2 2 3 2 32 1 6 | 5 32 1 26 1 2 — | 2 5 56 56 32 1 6 |
山雨 朦胧 山色 青，　　老树 新枝
斜卧 金辉 绿草 地，　　明眸 相凝

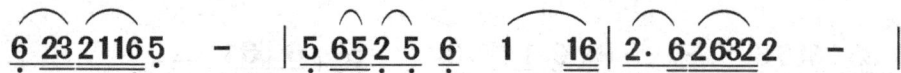

6 23 21 1 6 5 — | 5 65 25 6 1 16 | 2. 6 26 32 2 — |
换 新 容。　　雨帘如 织（点）　水 飘 窗，
两 情 宜。　　灵犀一 点（点）　意 相 通，

6 16 52 5 6 6 5 | 3 6 56 32 2 — | 6 1 2 2 — — |
轻车急 驶（呦）　雨 洗 程。　　雨洗 程。
憨态十 足（呦）　情 可 掬。　　情可 掬。

5 65 25 6 1 6 | 3 53 21 26 1 2 — | 6 61 2 3 1 16 5 |
倩妹试 驾（呀）　走 新 路。　　须眉 指点 步旧 尘。
把盏问 酒（呀）　知 心 话。　　挥鞭 跃马 飘羽 衣。

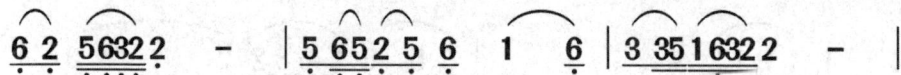

6 2 56 32 2 — | 5 65 25 6 1 6 | 3 35 16 32 2 — |
步 旧 尘。　　心生快 意（呀）　不 须 马，
飘 羽 衣。　　放牧青 春（呀）　四 月 天，

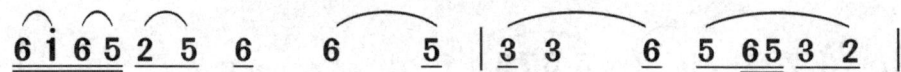

6 16 5 2 5 6 6 5 | 3 3 6 5 65 3 2 |
身 在 青 山 （呀）　已 　　忘
天 赐 草 原 （呀）　人 　　遂

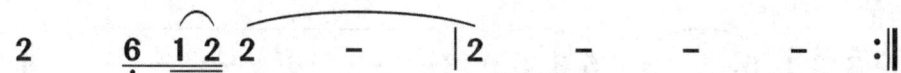

2 6 1 2 2 — | 2 — — — :||
情。　已忘 情。
意。　人遂 意。

拾贝羌水河之六、十

词：蒲黎生
曲：王凤舞

1 = C 4/4

```
3. 6 5 6 5 3 5 6   -  | 3 5 6 5 3 3 2 3   -  | 6. 3 1 6 1 2 3 2      3 |
天下奇  峰      在官鹅，          悬崖百  丈
微风细  雨      洗青苔，          老树新  枝

5 3 5 1 6 5 6 6   -  | 6. 6 1 2 3 5 3.   5 | 6 5 6 1 6 3 2 2   -  |
鹰隼  落。      群山翘 首      问青 天，
扑面  怀。      尘嚣繁 芜      远遁 去，

3. 5 6 2 7. 3 5 6 7 6 | 6   -   -   -  | 6. 6 1 2 3 3 |
溪水出涧震 万  壑。              无路赤 脚
山野清风虚 无  束。              坐笑花 间

2 3 6 1 6 2 3 3   -  | 3. 5 6 3 1 3 5 6 7 6 | 6   -   -   -  |
趟河 水，      曲径通幽现村  廓。
一壶 酒，      醉倚轩窗燕归  来。

6. 1 1 6 1 2 3   -  | 3 5 6 1 6 3 2 2.      3 |
激情涌 动      观地 书，
漫卷诗 书      两相 悦，

3. 3 2 1 5 3 5 6 7 6 | 6   -   -   -  |
放牧青春莫  蹉  跎。
点烛西窗映  案  台。

3. 3 2 1 5. 3 | 5 3 5 6 6   -  | 6   -   -   - :||
放牧青春莫  蹉  跎。
点烛西窗映  案  台。
```

拾贝羌水河之九、十一

词：蒲黎生
曲：王凤舞

1=C 4/4

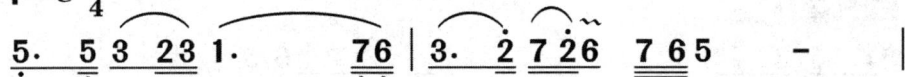

```
5·  5 3 23 1·      76 | 3· 2 726  7 6 5   -  |
醉  卧 山 林        枕 地   眠，
树  木 参 天        遮 浓   荫，

6· 6 56124 352 | 3 5653231  -  | 3 3521235· 53 |
松 涛 呼 啸   溪 水 喧。  梦 里 观 花
阳 光 斑 驳   映 苔 痕。  弄 枝 折 腰

3 127 2566   -  | 5356 1  1    6553 2 | 3 5652321  -  |
鸟 呓 语，   绿 枝（呀）拂 面 光 照 暖。
寻 前 路，   矫 步（呀）悄 声 逐 倩 影。

3· 3 23132 1  6 | 3· 2 6 7566 5  -  | 6· 6 5 614 352 |
倚 肩 水 湄   窃 私 语，    采 花 山林 性情 闲，
静 若 处 子   掬 憨 态，    动 如 脱兔 蹿林 荫，

3 5561211   -  | 2 21 21235  -  | 3· 1 76566   5 |
性 情 闲。    官 鹅 夏 凉   好 去 处，
蹿 林 荫。    快 步 如 意   踩 山 花，

5· 5 1 23 2·  3 | 5 35 5621 1   -  :|
河 坝 清 幽    是 嘉  园。
静 坐 溪 边    听 水  声。

5· 5 1 23 2·  3 | 5· 35 62 1 | 1  -  -  -  ‖
静 坐 溪 边    听 水  声。
```

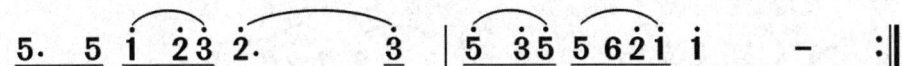

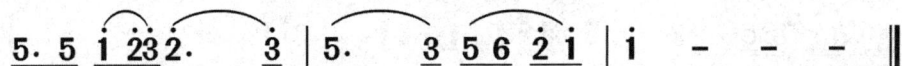

拾贝羌水河

词：蒲黎生
曲：王凤舞

1 = C 4/4

```
5.  5  3 23 1   -  | 3.  2 7 26 5    -  |
醉  依 夜  色     满  天 星，

谁  人 识  得     相  思 苦，

5 356 1  2  6 143 2  | 35  6 5 323 1   -  |
相  依  无  眠  听  涛  声。

新  月  如  眉  照  山  谷。

2  21 2 123 5   -  | 3 1  2 7 656 6   -  |
冷  风 飕  飕     耳  边  过，

松  涛 不  解     人  烦  意，

5.  6 1  1  6 53 2  | 3.  5 6 121 1   -  |
暖  意 融 融 呢 喃 声， 呢  喃  声。

羌  河 如 诉 水 声 沽， 水  声  沽。

3.  5 2 123 5   -  | 3.  1 7 656 6   -  |
虽  无 华  堂     横  旷  野，

繁  星 天  涯     空  寂  寞，

5.  6 1 6 1 56 3 5 2  | 3 56  5 232 1   -  |
却  有 真 情 献 爱 心， 献  爱  心。

伊  人 咫 尺 难 相 逢， 难  相  逢。

3.  3 2 31 3 2  1.  | 3.  2 7 26  5   -  |
人  生 相  约     终  不  悔，

愁  丝 铺  成     天  桥  路，

5 356 1 276 5 635 2  | 5 35 232 1 1.  | 1  -  -  - :||
任  尔 东 南 西 北 风（哎！）

邀  得 佳 人 鹊 桥 渡（哎！）
```

548

拾贝羌水河之十四、十六

词：蒲黎生
曲：王凤舞

1=G 4/4

```
5̣ 1    2 3    1   | 2· 1 2 3   5  -  |
草 色   初 上   八   马  梁，
山 水   出 涌   暗   门  开，

5̣ 1    2 3    1   | 2· 1 2 6̇ 5̣ 5  |
黑 土   绿 芽   透   鹅  黄。
涛 声   雷 鸣   响   天  外。

4 4    5 6    6̇ 1̇  | 5· 6̇ 4 3   2· 3 |
春 回   大 地   山   色  青，
手 扶   梨 杖   寻   小  径，

3 3    3 2    3   | 2̣ 5̣   2 1 1  -  |
人 逢   喜 事   精   神  爽。
瀑 池   玉 球   扑   面  怀。

1 1    1 5̣   1   | 3 1 2 6̇   5  -  |
牲 畜   出 圈   啃   青  草，
峰 高   万 仞   生   绿  树，

6̇ 6̇   6̇ 4    6   | 4 3 5 6   2  -  |
草 肥   长 膘   壮   牛  羊。
草 木   千 秋   映   苍  苔。

5̣ 1    2 3    1   | 4· 2̣ 4 5   6· 5̣ |
牛 辕   荷 犁   翻   新  土，
水 乳   幽 谷   生   凉  荫，

5̣ 3    3 2    3   | 2̇· 5̣ 2 1  1  :|
农 妇   结 队   锄   豆  秧。
高 山   流 水   唤   客  来。

6̣· 6̣ 5 3   5   | 6̇ 1̇   1̇  -  -  ‖
高 山 流 水  唤   客  来。
```

549

拾贝羌水河之十五

词：蒲黎生
曲：王凤舞

1=C 4/4

恨己 无有 回天 力，

横刀 立马 撼 山 壁。

赤胆 忠心 卷风 云，

傲 骨豪 气 唤 龙 驹。

乘 风破 浪 济 苍 海，

救 世扶 民 动 天 地。

人 生拼 搏 几 百 年，

肝 胆相照 奋 翅 翼。

肝胆 相照 奋 翅 翼。

拾贝羌水河之十七

词：蒲黎生
曲：王凤舞

1 = F 4/4

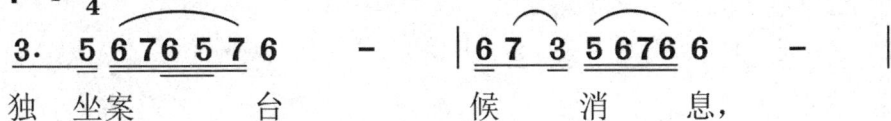

独 坐案 台 候 消 息，

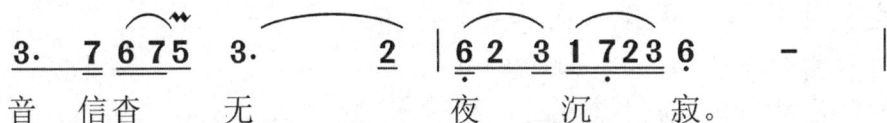

音 信杳 无 夜 沉 寂。

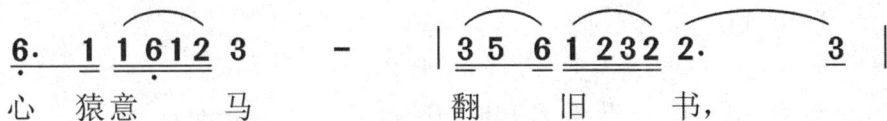

心 猿意 马 翻 旧 书，

吞 云吐雾扔 烟 蒂。

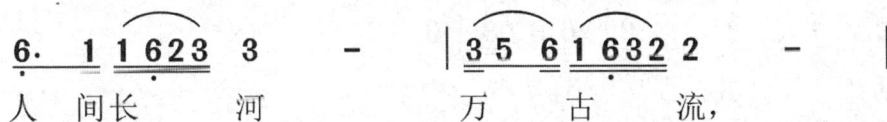

人 间长 河 万 古 流，

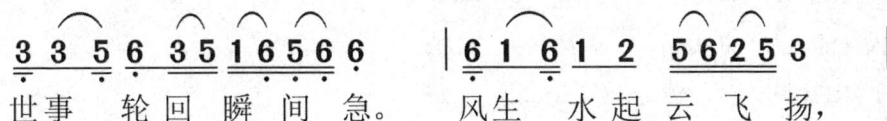

世事 轮回 瞬间 急。 风生 水起 云 飞 扬，

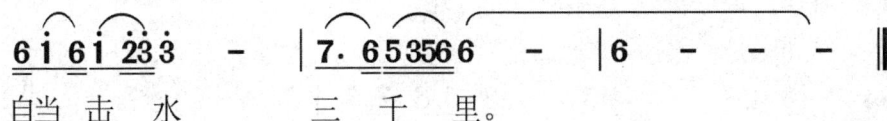

自当 击 水 三 千 里。

拾贝羌水河之十八、十九

词：蒲黎生
曲：王凤舞

1=♭E 4/4

杨　树秋叶光　照　金，
树　叶斑斓映　秋　阳，

携　友踏秋枫　树　林。
柏　绿枫红杨　树　黄。

倚　身野草寻　暖　阳，
蓝　天白云南　飞　雁，

随　风木叶落　无　声。
青　山绿水雪　映　岗。

韶　华　易　逝　时　光　短，
暖　阳　照　身　前　胸　暖，

两　心相知已　无　声。
冷　风吹面颈　背　凉。

坐　地静观山　川　美，
青　山四季皆　可　游，

人　生自然共　长　生。
怜　人最是秋　风　爽。

怜　人最是秋　风　爽。

拾贝羌水河之二十一

词：蒲黎生
曲：王凤舞

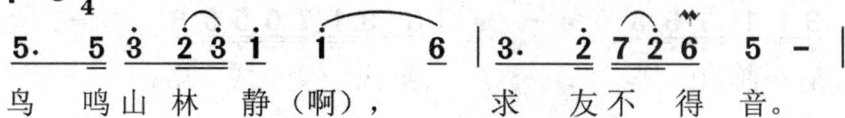

鸟　鸣山林　静（啊），　　求　友不　得　音。

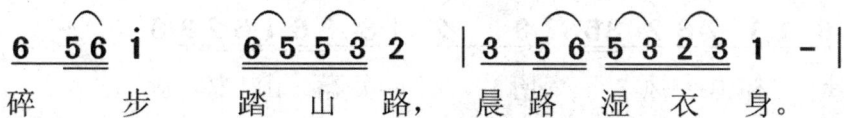

碎　步　踏山　路，晨路湿衣　身。

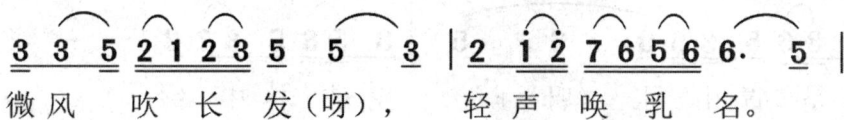

微风　吹长　发（呀），　轻声　唤乳　名。

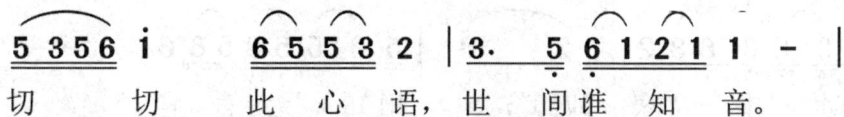

切　切　此　心语，世　间谁　知　音。

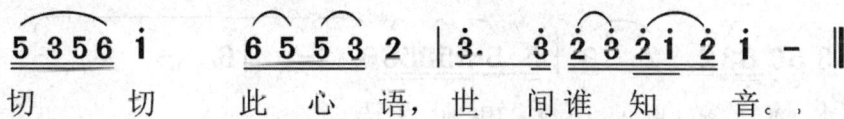

切　切　此　心语，世　间谁　知　音。

拾贝羌水河之二十二

词：蒲黎生
曲：王凤舞

1 = G 4/4

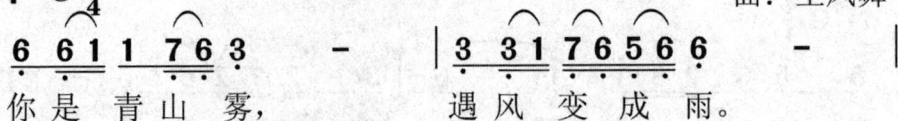

你是 青山 雾， 遇风 变 成 雨。

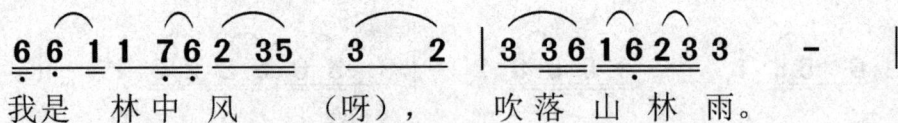

我是 林中 风 （呀）， 吹落 山 林 雨。

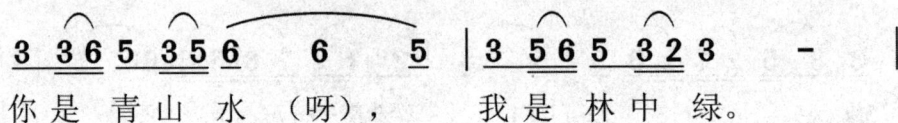

你是 青山 水 （呀）， 我是 林中 绿。

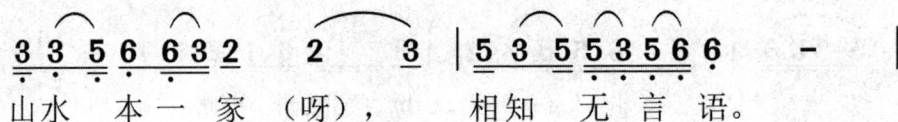

山水 本一 家 （呀）， 相知 无 言 语。

山水 本一家（呀）， 相知 无言语。

拾贝羌水河之二十三、二十五

词：蒲黎生
曲：王凤舞

1=C 4/4

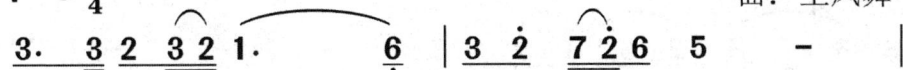

```
3· 33 2 32 1·      6  | 3 2  7 2 6  5   —  |
```
寒　露大河　坝，　　缤纷满　山　涯。
水　乳山林　翠，　　日照溪　水　清。

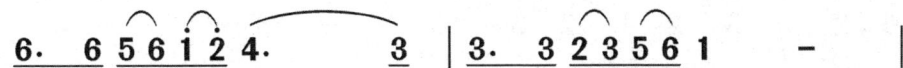

```
6· 6 5 6 1 2 4·    3  | 3· 3 2 3 5 6 1    —  |
```
阳　光布金　辉，　　雷　鼓映雪　霞。
百　鸟鸣旷　野，　　游　人戏语　声。

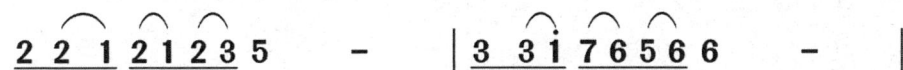

```
2 2  1 2 1 2 3 5    —  | 3 3 1 7 6 5 6 6   —  |
```
鸟鸣　和溪　水，　　暮炊　到农　家。
飞泉　落玑　玉，　　幽谷　生凉　荫。

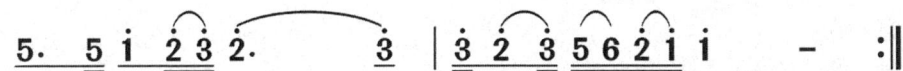

```
5· 5 1 2 3 2·      3  | 3 2 3 5 6 2 1 1   —  :|
```
孤　旅他乡　里，　　仿佛　是我　家。
陇　上小江　南，　　官鹅　羌寨　风。

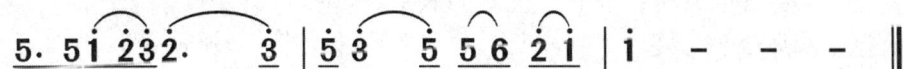

```
5· 5 1 2 3 2·   3 | 5 3  5 5 6 2 1 | 1  —  —  —  ‖
```
陇上小江　南，　　官鹅　　羌寨　风。

拾贝羌水河之二十四、二十六

词：蒲黎生
曲：王凤舞

1=G 4/4

秋阳　　光　照　　人，
狭道　　水　长　　草，

曲径　　逐　倩　　影。
无语　　人　寂　　寥。

投足　　摇　树　　枝，
相约　　进　松　　林，

惊鸟　　飞　丛　　林。
弯腰　　拣　松　　子。

风吹　松油　香，　　籽落　地有　声。
松籽　满口　袋，　　相呼　拾蘑　菇。

弯腰　　拣　松　子　（呀），
蘑菇　　鲜　嫩　美　（呀），

嗑仁　香　宜　人。
此情　你　我　知。

此情　你　我　知。

拾贝羌水河之二十七

词：蒲黎生
曲：王凤舞

1=F 4/4

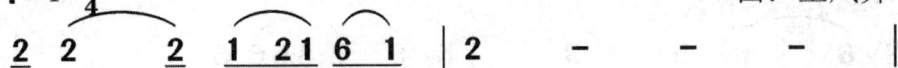

草场　　绿如　茵，

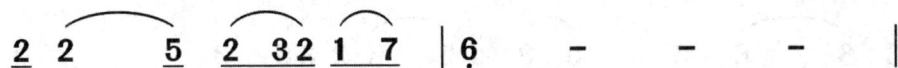

醉卧　　斜阳　辉。

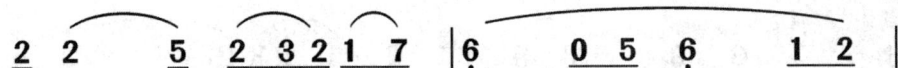

黄菊　　正开　放，

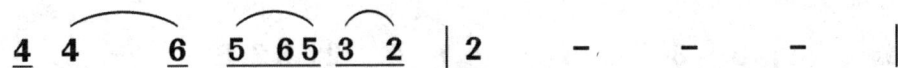

孤蜂　采花　蜜。

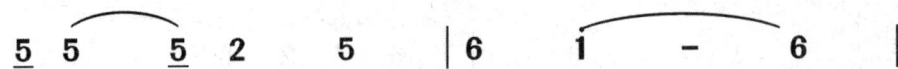

牛羊　围人　转（啊），

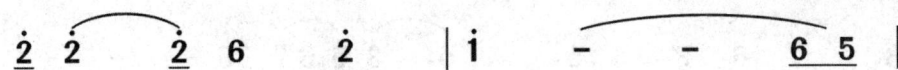

亲朋　酒醉　语。

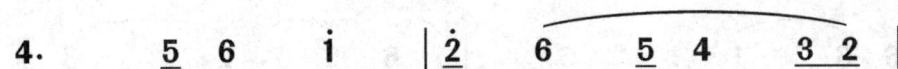

日　暮山　川静（啊），

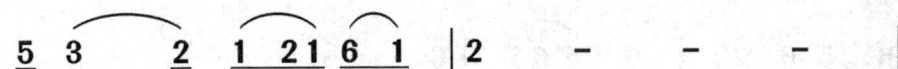

村廓　青烟　里。

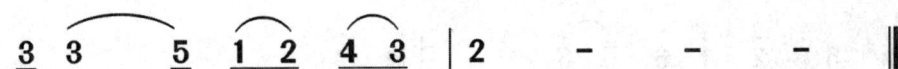

村廓　青烟　里。

拾贝羌水河之二十八

词：蒲黎生
曲：王凤舞

1 = C 4/4

| 3 6 6 5 3 | 5 3 5 3 5 6 6 - |
狼渡 滩 上 野炊 欢，

3 6 6 6 5 3 | 5. 6 2 3 5 3 - |
振臂 高 呼 喊团 拳。

6. 6 3 3 5 | 1 6 1 2 3 2. 3 |
酣 醉坐 倚 绿草 地，

5. 5 3 5 | 1 6 2 3 2 6. - |
狂 欢舞 蹈 野地 边。

6. 1 1 6. | 1 6 1 2 3. 5 |
牛 羊满 川 食水 草，

6. 6 3 5 | 5. 3 5 6 7 6. - |
山 花遍 地 迎风 艳。

6. 6. 1 1 6. | 1 6 3 5 3 2. 3 |
日暮 山 川 天方 晴，

3. 5 6 2 1 6 5 6 1 | 6 - - - |
牛 羊闻酒围 人 转。

3. 5 6 2 1 6 5 3. | 6 - - - |
牛 羊闻酒围 人 转。

拾贝羌水河之二十、十三

词：蒲黎生
曲：王凤舞

1 = G 4/4

春寒　　夏暑　冬冷　清，
盛夏　　激起　官鹅　风，

还是　　秋景　可宜　人。
游人　　如织　赖树　荫。

繁华　　除却　简约　树，
流泉　　飞泻　疑是　雨，

喧闹　　消隐　江水　清。
溪流　　如涛　响雷　声。

山　　野静　寂独　自幽，
山　　中方　晴方　是雨，

孤　　客浪　迹静　身心。
艳　　阳高　照起　彩虹。

拄杖　　回眸　寻归　路，刚，
奇峰　　座座　赛金　金，

斜阳　　洒落　满天　金。
湖泊　　处处　蓝精　灵

湖泊　　处处　蓝精　灵。

秋游八力草原之一、二

词：蒲黎生
曲：王凤舞

1=C 4/4

6· 6 56 76 | 6 — — — |
路　走八　里　川，
草　场绿　如　毯，

3· 7 67 5 65 | 3 — — — |
山　势可　登　攀。
远　山似　画　卷。

6 6 3 2 32 1 32 | 2 — — 3 |
丘陵　腾细　浪，
大豆　正欢　笑，

5 5 6 2 32 1 6 | 6 — — — |
野花　绽烂　漫。
青稞　尚开　镰。

6 6 1 1 2 7 6 | 3 — — — |
水草　秋长　高，
燕麦　随风　舞，

3 5 6 1 6 3 2 | 2 — — — |
牛羊　肥满　圈。
牛羊　奋蹄　欢。

3 3 5 6 3 2 | 2 — — 3 |
幸福　生活　美，
蜂匠　邀我　坐，

5 5 6 2 32 1 6 | 6 — — — :||
牧民　笑开　颜。
席地　尝蜜　饯。

3 3 5 6 3 2 | 2 — — 3 | 5 5 6 2· 3 | 1 6 5 66 — ||
蜂匠　邀我　坐，　　席地　尝　蜜　饯。

560

秋游八力草原之三、四

词：蒲黎生
曲：王凤舞

1=C 4/4

```
2 2 3 6· 6 1 | 2 3  2  1 2 | 1 1 2 5 6 5 3 2 | 2 — |
```

晴空　碧草　地　（呀），　　秋爽　好　心　情。
驱车　狼渡　滩　（呀），　　一马　走　平　川。

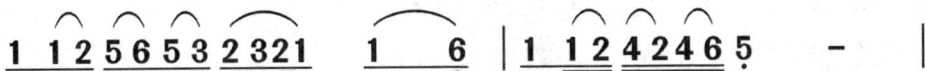

```
1 1 2 5 6 5 3 2 3 2 1 | 1  6· | 1 1 2 4 2 4 6 5· | 2 — |
```

景色　随人　愿　　　（呀），　高阳　暖　我　身。
九曲　回肠　水　　　（呀），　芳草　碧　连　天。

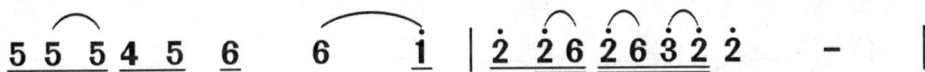

```
5 5 5 4 5  6    6  1 | 2  2 6 2 6 3 2 2 | 2 — |
```

芳草　浸野　味　（呀），　　山花　溢　温　馨。
牛羊　缀草　地　（呀），　　村暮　绕　炊　烟。

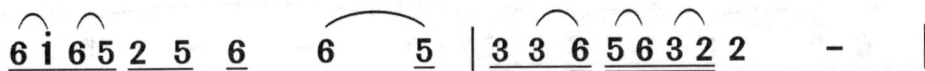

```
6 1 6 5 2 5  6    6  5 | 3 3 6 5 6 3 2 2 | 2 — |
```

牧场　主好　客　（呀），　　鹿龟　酒　醉　人。
烹羔　待友　人　（呀），　　酒醉　胜　新　年。

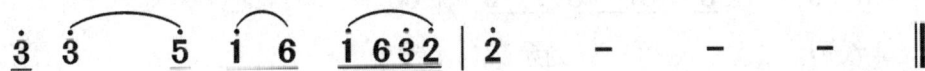

```
3· 3  5  1 6  1 6 3 2 | 2 — — — |
```

酒醉　　胜新　　年。

秋游八力草原之五、六

词：蒲黎生
曲：王凤舞

1=♭E 4/4

秋游八力草原之七、八、九

词：蒲黎生
曲：王凤舞

1=♭B 4/4

6. 6̲ 5̲3̲ 5̲6̲7̲6̲ | 6 - - - | 6̲7̲ 3̲5̲6̲7̲6̲ | 6 - - - ‖

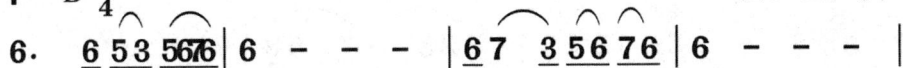

雨　中官　鹅　沟，　　　　风景　似画　轴。
云　开见　青　天，　　　　浪激　涌素　湍。
雨　过林　起　雾，　　　　日照　映村　明。

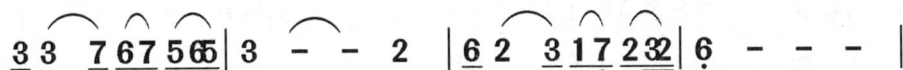

3̲3̲ 7̲6̲7̲ 5̲6̲6̲ | 3 - - 2 | 6̲2̲ 3̲1̲7̲2̲3̲2̲ | 6̣ - - - ‖

云雾　山间　绕，　　　　天水　悬崖　流。
高树　生绝　壁，　　　　悬瀑　涌峭　岩。
田鸭　渡秋　水，　　　　飞鹤　步群　舞。

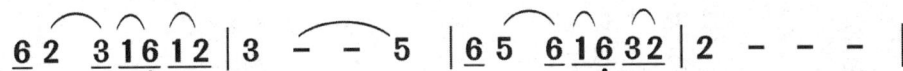

6̣̲2̲ 3̲1̲6̣̲1̲2̲ | 3 - - 5 | 6̲5̲ 6̲1̲6̣̲3̲2̲ | 2 - - - ‖

狭道　生苔　藓，　　　　细雨　湿衣　袖。
朽木　无人　渡，　　　　陡壁　可攀　援。
农夫　山歌　起，　　　　牧童　笛声　无。

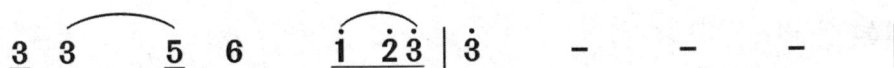

3̲3̲ 5 6 | 1̇ 2̇3̇ | 3̇ - - - ‖

林深　　无　人　语，
险奇　　生　俊　秀，
向晚　　欲　思　归，

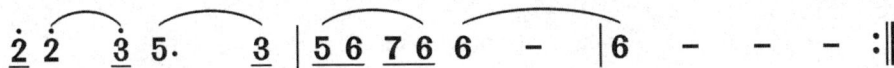

2̲2̲ 3̲ 5. 3̲ | 5̲6̲7̲6̲ 6 - | 6 - - - :‖

步韵　更　清　幽。
路遥　景　可　观。
家人　可　盼　吾。

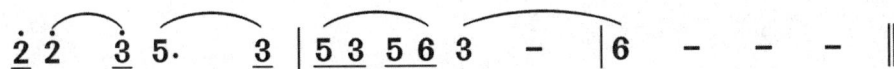

2̲2̲ 3̲ 5. 3̲ | 5̲3̲5̲6̲ 3 - | 6 - - - ‖

家人　可　盼　吾。

秋游八力草原之十

词：蒲黎生
曲：王凤舞

1=♭E 4/4

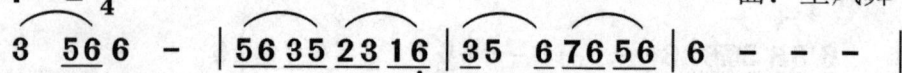

3　5̲6̲　6　-　|　5̲6̲　3̲5̲　2̲3̲　1̲6̲　|　3̲5̲　6̲7̲　5̲6̲　|　6　-　-　-　|
春　　明　　景　和　　天　　气　　晴，
湖　　光　　倒　影　　山　　色　　青，

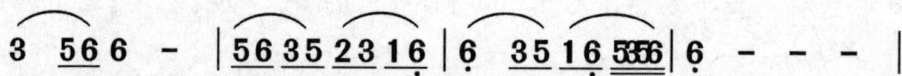

3　5̲6̲　6　-　|　5̲6̲　3̲5̲　2̲3̲　1̲6̲　|　6̣　3̲5̲　1̲6̲　5̲3̲5̲6̲　|　6̣　-　-　-　|
官　　鹅　　山　水　　待　友　　人。
晚　　霞　　更　胜　　夕　阳　　红。

6̣　1　-　1̲6̲　|　3̲6̲　2̲3̲　3　-　|　3̲5̲　6̲1̲　6̲3̲2̲　|　2　-　-　-　|
峡　谷　　瀑　飞　　浪　涌　　激，
景　色　　醉　人　　不　知　　返，

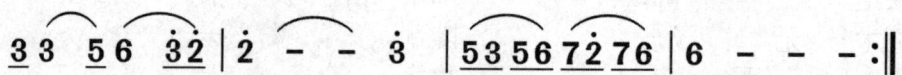

3̲3̲　5̲6̲　3̲2̲　|　2　-　-　3　|　5̲3̲　5̲6̲　7̲2̲　7̲6̲　|　6　-　-　-　:‖
鸟鸣　人　　寂　　林　愈　　深。
暮鼓　声　　声　　催　人　　魂。

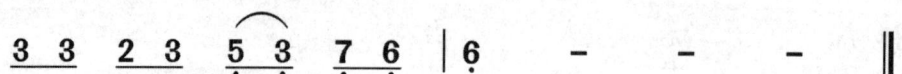

3̲3̲　2̲3̲　5̣̲3̲　7̲6̲　|　6̣　-　-　-　‖
暮鼓　声声　催　人　　魂。

登南阳牛头寺

词：蒲黎生
曲：王凤舞

1=♭B 4/4

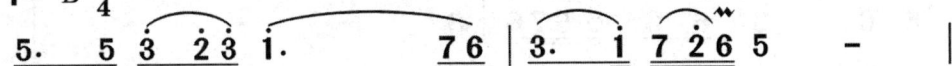

```
5. 5  3 2 3  1.      7 6 | 3.  1  7 2 6  5   -   |
满 目  春   色       牛 头   山，
神 泉  吐   露       涵 灵   气，
```

```
6. 6  5 6 i  4  3 5  2 | 3.  6  5 3 2 3  1   -   |
正 是  人   间     四  月   天。
群 山  献   瑞     聚  人   缘。
```

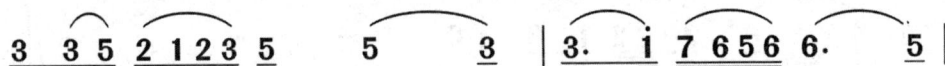

```
3  3 5  2 1 2 3  5      5       3 | 3.  1  7 6 5 6  6.      5 |
绿 草  遍   地 （呀）       润  山   河，
若 是  琪   林 （呀）       吐  花   蕊，
```

```
5  5 3  3 2 3  2      -    | 3 2  3  5 6 2 i  i   -   :|
秀 峰  撑   天         露  华   颜。
修 成  大   道         胜  先   贤。
```

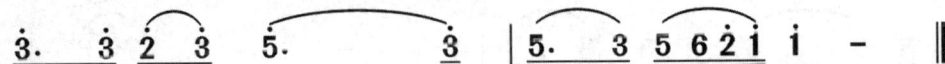

```
3.  3 2 3  5.      3 | 5.  3  5 6 2 i  i   -   ‖
修  成 大   道       胜  先   贤。
```

登南阳牛头山之一

词：蒲黎生
曲：王凤舞

1=E 4/4

登南阳牛头山之二

词：蒲黎生
曲：王凤舞

扶贫日记之一、二

词：蒲黎生
曲：王凤舞

1=F 4/4

攀登 鸡峰 走 长 河，
千山 吐翠 路 盘 旋，

脱贫 致富 与 民 乐。
精准 扶贫 系 心 间。

帮 扶增 收 解 民 忧，
赤 日炎 炎 问 民 计，

芙 贤亲为 班 子 和。
徒 步漫漫 顶 严 寒。

脱 贫致 富 接 核 桃，
几 度春 秋 盼 民 富，

架桥 铺 路 引 天 河。
数载 青 春 为 众 安。

胸怀 理 想 接 地 气，
芙贤 担 当 为 引 路，

人 民幸福 共 高 歌。
铸 就和谐 佑 陇 南。

铸就和 谐 佑 陇 南。

象山湖之一

词：蒲黎生
曲：王凤舞

1=♭E 4/4

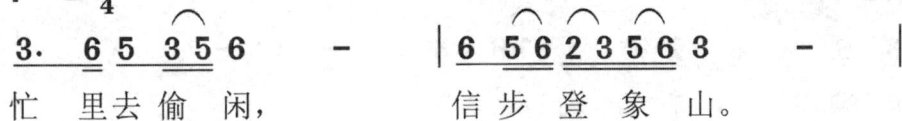

忙　里去偷闲，　　　信步登象山。

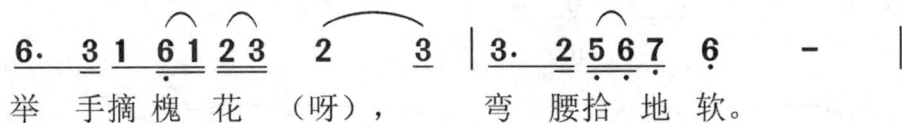

举　手摘槐花（呀），　弯腰拾地软。

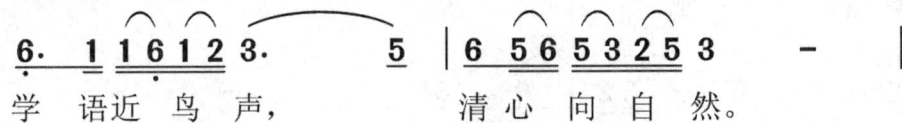

学　语近鸟声，　　清心向自然。

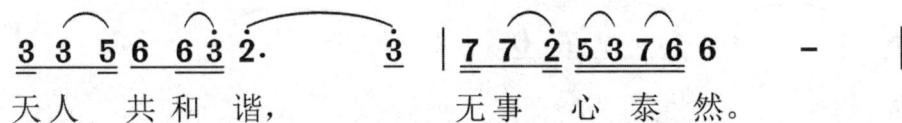

天人　共和谐，　　无事心泰然。

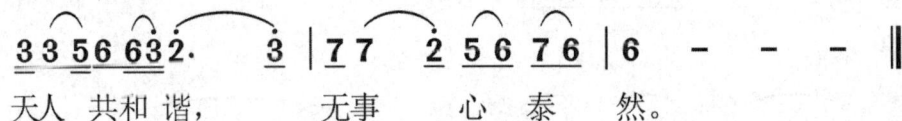

天人　共和谐，　　无事　心泰然。

象山湖之二

词：蒲黎生
曲：王凤舞

1 = C 4/4

雨润　千山　翠，

日照　万里　明。

鸟语　鸣耳　聪，

花香　扑鼻　新。

绿树　映农　家，

碧水　绕幽　村。

深山　访前　贤，

中道　遇贵　仁。

中道　遇贵　仁。

烟雨崆峒山之一、二、三

词：蒲黎生
曲：王凤舞

1 = C 4/4

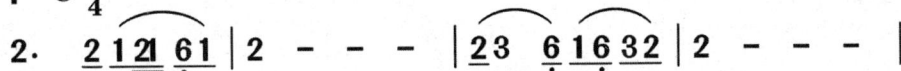

```
2·  2 1 2 1 6 1 | 2 - - - | 2 3  6 1 6 3 2 | 2 - - - |
黄  土 高    原      有  奇  观，
烟  雨蒙    蒙      雾  笼  山，
仙  居身    在      彩  云  间，

2·  2 5  6 | 1 - - 6 | 6 2  2 1 2 1 6 5 | 5 - - - |
西  来崆  峒   第  一    山。
参  天古  树   飘  云    烟。
峰  回路  转   洞  连    天。

1 2  1 6  1 | 2 2 - 6 | 3·  5 1·6 3 2 | 2 - - - |
绿树  成  荫(啊)  生 烟  雨，
奇山  秀  水(啊)  晴 带  雨，
丹崖  高  耸(啊)  立 天  门，

5 6  5 2  5 | 6 6 - 5 | 3·  6 5 6 5 3 2 | 2 - - - |
烟雨  缥  渺(啊)  锁 道  观。
危崖  悬  梯(啊)  人 上  天。
松柏  绝  顶(啊)  摩 斗  参。

5 5 5 2 5 6 6  5 | 3 3 5  1 6 1 2 - | 5 5 5  2 5 5 3  2 | 6 6 2  2 1 6 5 5 - |

5·5 2 5 6  1  6 | 2·6 1 2 3 2 - | 5·5 2 5 1·  6 | 6·2  1 2 6 5 5 - |
山下望 山(呀)  接 云 天，  山上望 山  成 平 川。
峰高常 驻(呀)  云 天 外，  道远自 有  香 火 传。
斜阳暮 鼓(呀)  鼓 韵 长，  春露晨 钟  钟 声 远。
```

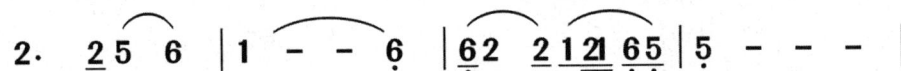

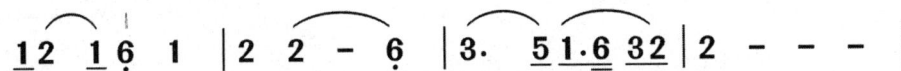

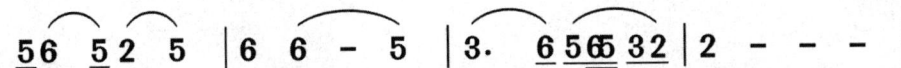

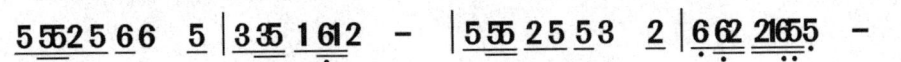

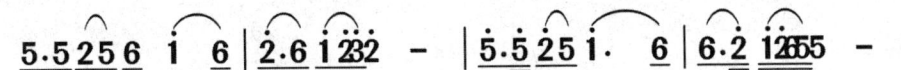

2 5 5 5 6 1 2 | 2 − − − | 3. 5 1 6 3 2 | 2 − − − |

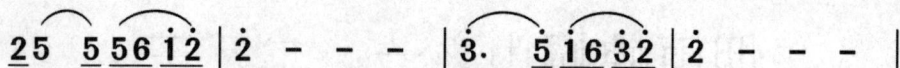

莫 道 山 高　　有 险 阻，
晨 钟 暮 鼓　　千 年 寺，
游 兴 未 尽　　戴 月 归，

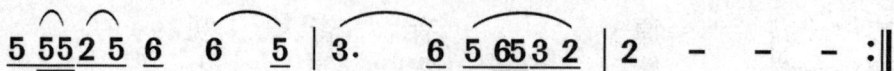

5 5 5 2 5 6　6 5 | 3. 6 5 6 5 3 2 | 2 − − − :‖

攀越 天 梯（呀）　自 成 仙。
东西 南 北（呀）　人 寻 仙。
下山 还 比（呀）　上 山 难。

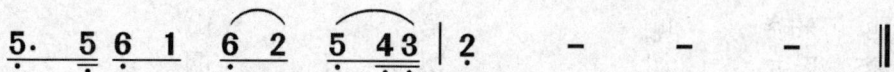

5. 5 6 1 6 2 5 4 3 | 2 − − − ‖

下 山还比上 山 难。

烟雨崆峒山之四

词：蒲黎生
曲：王凤舞

1=♭B 4/4

```
6·      6  5 3  5 6 7 6 | 6  -  -  - |
烟      雨  崆 峒   山，

3  3    6  5 6  2 5 | 3  -  -  - |
高 山    撑 道  观。

6· 6·   3  2 3 2  1 2 3 | 2  -  -  3 |
绿 树    映 庙  宇，

3· 5·   6  2 3 2 1 6· | 6·  -  -  - |
薄 雾    罩 绝  岩。

6·      1  1 2  7 6 | 3  -  -  - |
细      雨  润 天  梯，

6 5    6  5 3  2 5 | 3  -  -  - |
梵 乐    绕 心  间。

3 3    5  5  3 2 | 2  -  -  3 5 |
儒 释    道 三   教，

5 5    6  2 3 2 1 6 | 6  -  -  - |
万 古    佑 平   安。

3 3    5  6  3 2 | 2  -  -  3 5 |
儒 释    道 三   教，

5 5    3  5 3  5 6 1 6 | 6  -  -  - |
万 古    佑 平   安。
```

烟雨崆峒山之五

词：蒲黎生
曲：王凤舞

1=♭E 4/4

6 6	6 5 65 3 5	6 — — —

雨中　游崆　峒，

3 5　6　5 6　2 35 | 3 — — — |

微雨　洗轻　尘。

6 6　3　2 32 1 23 | 2 — — 3 |

绿树　泛新　光，

3 5　6　2 32 1 6 | 6 — — — |

幽径　布苔　痕。

6 2　3　1 6　2 3 | 3 — — — |

殿宇　渺云　烟，

6 3　3　1 7　2 3 | 6 — — — |

佛道　度众　生。

3 3　7　6 7　5 4 | 3 — — 2 |

香客　来复　去，

5 5　6　7 2　7 2 7 6 | 6 — — — ‖

历来　是新　人。

烟雨崆峒山之六

词：蒲黎生
曲：王凤舞

1=C 4/4

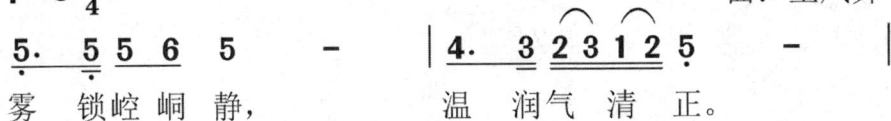

雾 锁崆峒 静，　温 润气 清 正。

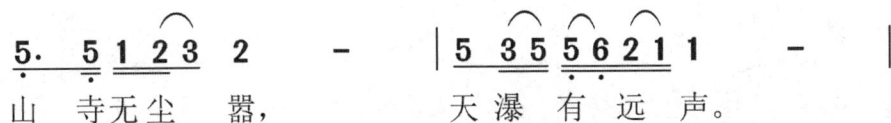

山 寺无尘 嚣，　天 瀑 有 远 声。

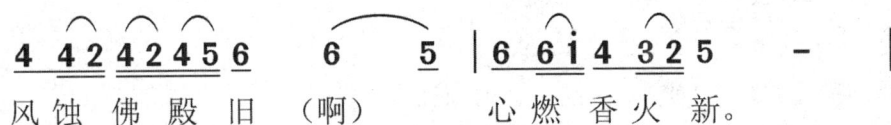

风 蚀佛 殿 旧（啊）　心 燃 香 火 新。

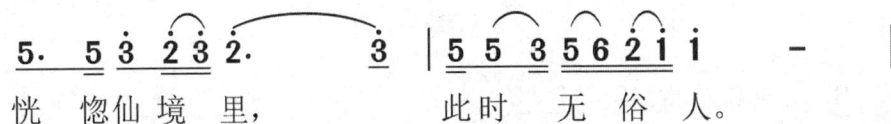

恍 惚仙 境 里，　此时 无 俗 人。

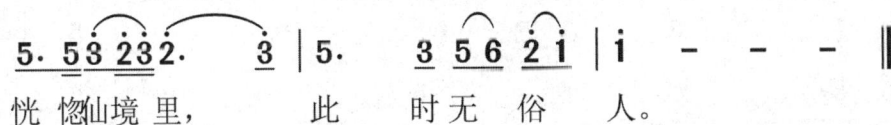

恍 惚仙境 里，　此 时无 俗 人。

575

烟雨崆峒山之七

词：蒲黎生
曲：王凤舞

烟雨崆峒山之八

词：蒲黎生
曲：王凤舞

1=♭B 4/4

```
2·        2  2 3  6 1 | 2  -  -  -  |
崆          峒 峰  嵯 峨，

3  3     3 5  1· 6  3 2 | 2  -  -  -  |
泾 水     卧  虹    波。

2  2     5  5 65  3 2 | 1  -  -  6  |
林 深     栖  云    鹤，

6· 6·    2  2 1  6 5 | 5  -  -  -  |
道 长     兴  仙    阁。

2  2     6  5 65  3 2 | 2  -  -  -  |
道 长     兴  仙    阁。

2  5     5  5· 6  1 2 | 2  -  -  -  |
皇 帝     问  道    处，

3  3     5  1· 6  3 2 | 2  -  -  -  |
春 秋     人  迹    多。

5  5     5  2 5  3 2 | 1  -  -  6  |
世 事     如  烟    云，

4  4     6  5 65  3 2 | 2  -  -  -  |
不 老     是  松    柏。

4  4     6  5 65  3 2 | 2  -  -  -  ‖
不 老     是  松    柏。
```

577

烟雨崆峒山之九

词：蒲黎生
曲：王凤舞

1=C 4/4

擎天起一柱，

万壑涌云涛。

问道上天梯，

赐福下九霄。

擎天起一柱（啊）万壑涌云涛。

问道上天梯，赐福下九霄。

问道上天梯，赐福下九霄。

赐福下九霄。

烟雨崆峒山之十

词：蒲黎生
曲：王凤舞

1 = G 4/4

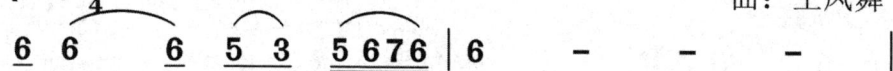

丹崖 万仞 险，

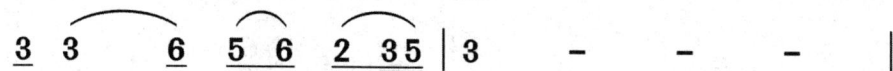

天梯 入 云 端。

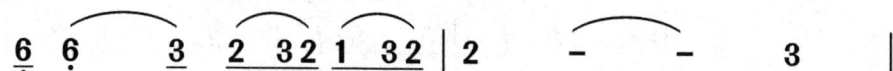

意欲 登 高 处，

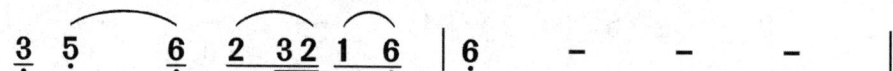

相牵 携 索 链。

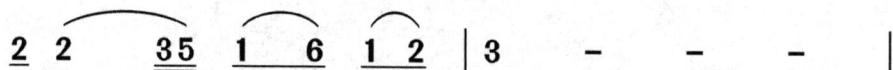

隍城 阔 界 眼，

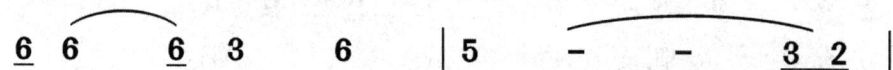

云涛 卷 海 岸。

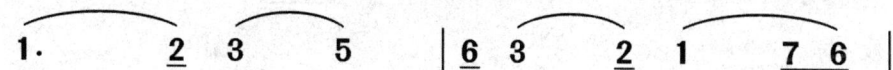

攀 援 三 六 九，

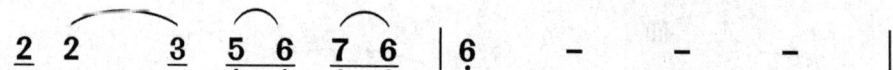

更上 一 重 天。

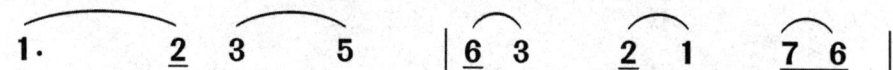

攀 援 三 六 九，

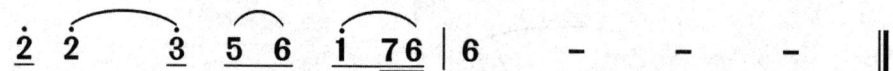

更上 一 重 天。

西江月之重庆之夜

词：蒲黎生
曲：王凤舞

1 = G 4/4

```
5̇  5̇      5̇   1    2   | 3    2 1 2 5̇   -  |
雾  都      晴   空    明        月，

5̇  1      2   3    1   | 3  1  2 5 6  5   -  |
江  岸      灯   火    通        明。

4  4      5   6    6 1 | 5· 6 4 3   2      3  3 |
不  知      天   上    似  人   家，      琼 楼

2   3      2 5   2 1  | 1    -   -    -  |
矗   立    江       心。

3  3      3   2    3   | 2 5̇      2 1 1   -  |


6  6      6   4    6   | 5· 6 4 6   5      -  |
山  高      树   荫    心        清，

6  6      6   4    6   | 4 3 5 6   2      -  |
夜  深      风   凉    人        静。

4  4      4   4    4 2 | 4    3 2   5  |
请  问      仙   客    何   处   来，

3  3      3   2    3   | 2 5̇      2 1 1   -  |
渝  都      景   色    宜       人。

4  4      4   4    4 2 | 4    3 2   5  |
请  问      仙   客    何   处   来，

3· 3 2 3   2 5̇      2 1 | 1    -   -    -  ‖
渝  都景色宜       人。
```

徒步水峪沟

词：蒲黎生
曲：王凤舞

1=C 4/4

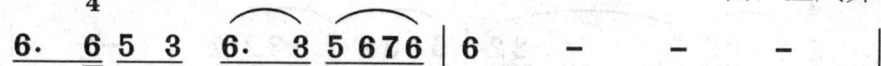

6· 6̲5̲ 3 6· 3̲ 5̲6̲7̲6̲ | 6 － － － |
水　峪沟里风　光　好，

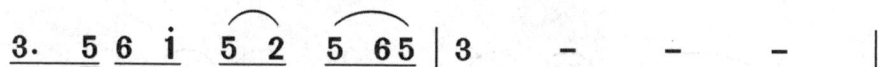

3· 5̲ 6̲ i̲ 5̲ 2̲ 5̲ 6̲5̲ | 3 － － － |
青　山绿水尽　妖　娆。

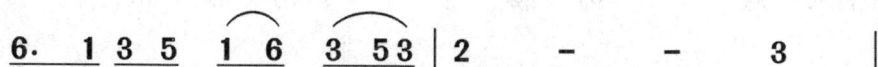

6̲· 1̲ 3̲5̲ i̲ 6̲ 3̲ 5̲3̲ | 2 － － 3 |
山　高路陡不　算　远，

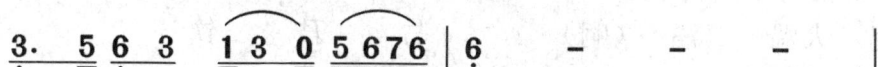

3·̲ 5̲ 6̲ 3̲ 1̲3̲ 0̲ 5̲6̲7̲6̲ | 6̲ － － － |
云　低天阔上　天　桥。

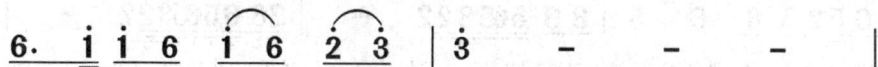

6· i̲ i̲6̲ i̲ 6̲ 2̲ 3̲ | 3 － － － |
秀　水绕村门　前　过，

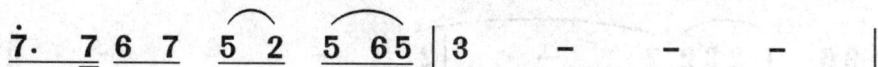

7·̇ 7̲ 6̲7̲ 5̲ 2̲ 5̲ 6̲5̲ | 3 － － － |
燕　子入户庭　房　高。

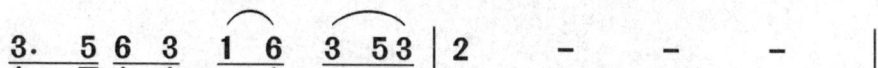

3·̲ 5̲ 6̲3̲ 1̲ 6̲ 3̲ 5̲3̲ | 2 － － － |
春　居山间有　家　园，

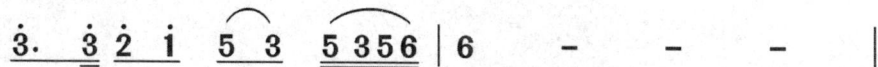

3·̲ 3̲2̲ i̲ 5̲ 3 5̲3̲5̲6̲ | 6 － － － |
人　在深山心　不　老。

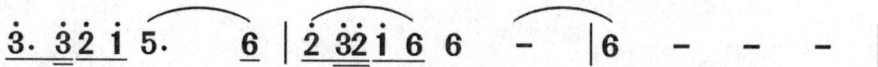

3·̲ 3̲2̲i̲ 5· 6̲ | 2̲3̲2̲i̲ 6̲ 6 － | 6 － － － ‖
人　在深山心　　不　　老。

杨 柳

词：蒲黎生
曲：王凤舞

1 = A 4/4

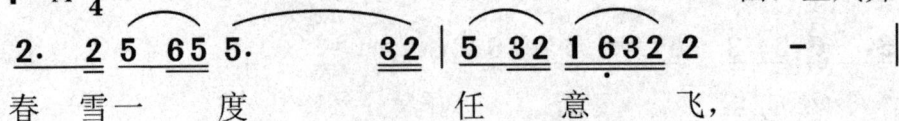

春雪一　度　　任意　飞，

岷江水暖　杨柳依。　杨柳依。

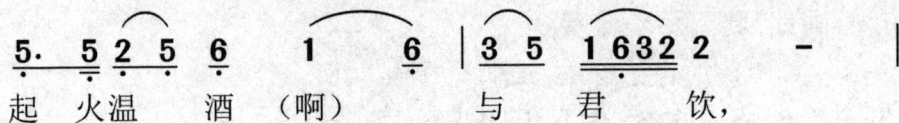

起火温　酒（啊）　与君　饮，

十里长亭（呦）问归　期。　问归期。

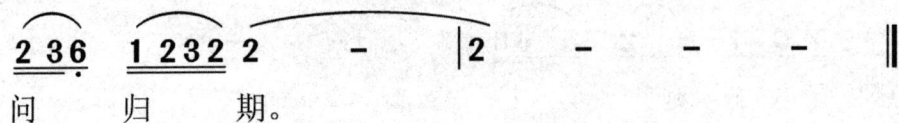

问归　期。

蔷　薇

词：蒲黎生
曲：王凤舞

1 = C 4/4

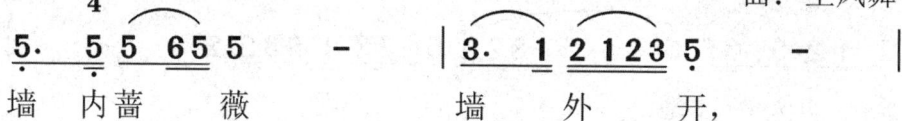

墙　内蔷　薇　　　　墙　外　开，

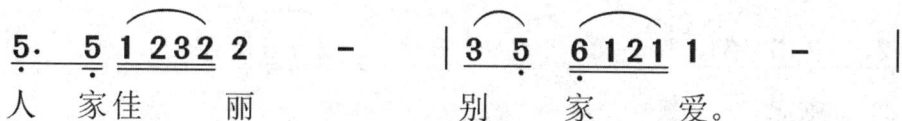

人　家佳　丽　　　　别　家　爱。

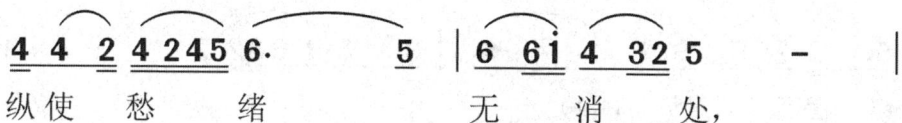

纵使　愁　绪　　无　消　处，

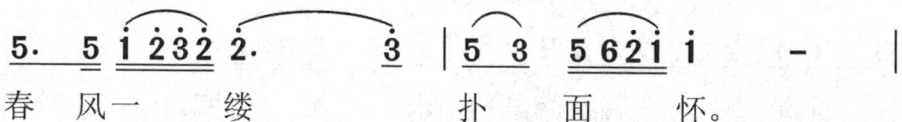

春　风一　缕　　　扑　面　怀。

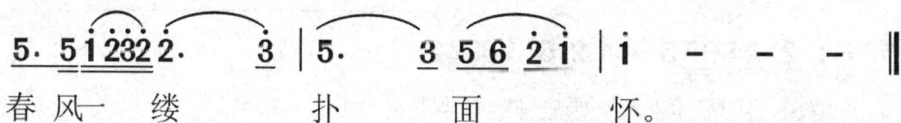

春　风一缕　　扑　面　怀。

和蒲黎生诗韵

词：陈　恒
曲：王凤舞

1=G　4/4

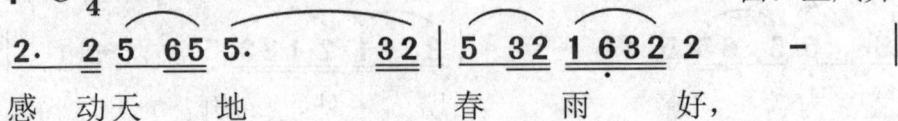

感　动天　地　　　　春　雨　好，

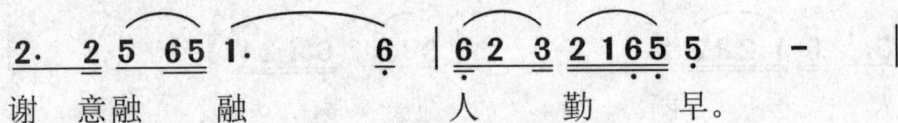

谢　意融　融　　　人　勤　早。

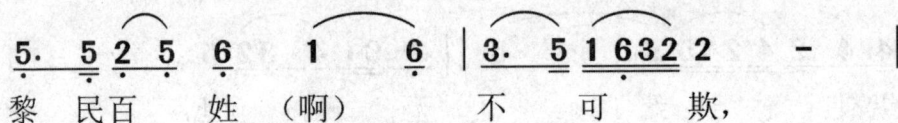

黎　民百　姓（啊）　不　可　欺，

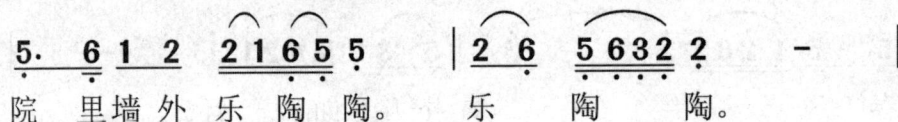

院　里墙外乐陶陶。乐　陶　陶。

院 里墙外乐陶陶，乐　陶　陶。

巴蜀即景——咏镇巴之一、二

词：蒲黎生
曲：王凤舞

1 = F 4/4

```
3  3    3  3    2 1 | 2 1  2 3  3  -  |
日暮  夜宿  住 镇    巴，
叩扉  夜借  宿 向 苗  家，

6  2    2  2    1 6 | 2 1  2 3  6  -  |
一夜  风雨  客 思    家。
清晨  翠微  尽 如    画。

3  6    6  6    5 3 | 5 3  5 3 5 6  6  -  |
早起  预览  溜 山    城，
青山  绿水  拥 山    城，

3  3    5  6    3  | 1. 3 5 6 7 6  6  -  |
方知  宜居  是 苗    家。
秋雨  晨雾  润 镇    巴。

6.    6  6    5 3 | 6 3  5 6  6  -  |
春  风秋  雨润  无 声，
杨  柳依  依度  秋 霞，

6.    6  6    5 3 | 5 6 5 2 3 5  3  -  |
冬  暖夏  凉喜  万 家。
玉  兰婷  婷染  霜 花。

3  3    5  6    3 5 | 1 6  3 5 3  2.    3 |
问君  何处  有 仙    居，
连天  秋雨  涨 秋    池，

6  6    6  3    5  | 5. 3 5 6 7  6  -  :|
住此  无需  走 天    涯哗。
水不  扬波  静 喧    哗。

6. 6 5 3  5 3 3   5 6 7 | 6  -  -  -  ‖
水 不扬波 静喧    哗。
```

秦巴村景

词：蒲黎生
曲：王凤舞

1=♭E 4/4

```
3.    3 2   3 2 | i  - - 6 |
深    山有 村 庄，
山    丘拥 庭 房，

3.    2 7 2 6 76 | 5  - - - |
路    在白 云 上。
竹    林浴 暖 阳。

6.    6 5 6 i | 4  - - 3 |
秋    染枫 叶 红，
白    鹭上 青 霄，

3.    3 2 3 5 6 | 1  - - - |
雨    润农 家 旺。
群    鸭渡 池 塘。

2 2   1 2 1 2 3 | 5  - - - |
远 山  含 青 黛，
炊 烟  拔 地 起，

3 3   i 7. 6 5 6 | 6  - - - |
河 川  种 稻 秧。
农 夫  务 农 忙。

5 3 5 6 i 2 7 6 5 6 3 5 2 | 3 2 3 5 6 2 i i | i - | i - - - :|
村 落 鸡 犬 声， 巴 蜀 好 地 方。
安 逸 好 去 处， 江 南 有 水 乡。
```

阳坝行之一、二

词：蒲黎生
曲：王凤舞

1 = G 4/4

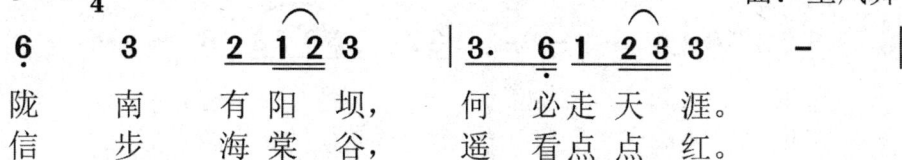

陇　南　有阳坝，　何　必走天涯。
信　步　海棠谷，　遥　看点点红。

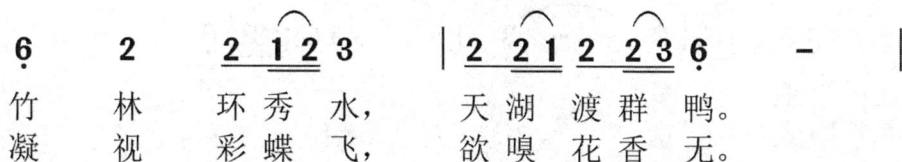

竹　林　环秀水，　天湖　渡群鸭。
凝　视　彩蝶飞，　欲嗅　花香无。

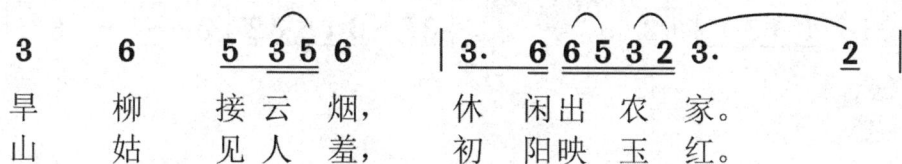

旱　柳　接云烟，　休闲出农家。
山　姑　见人羞，　初阳映玉红。

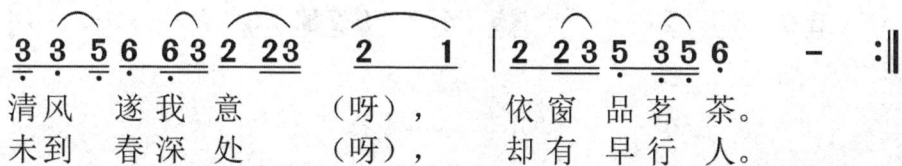

清风　遂我　意　（呀），　依窗品茗茶。
未到　春深　处　（呀），　却有早行人。

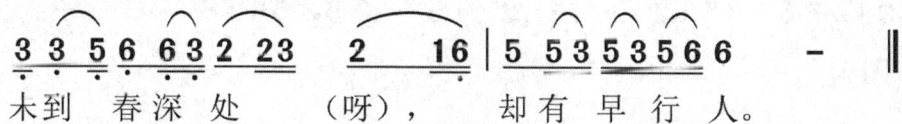

未到　春深　处　（呀），　却有早行人。

寻 梦

词：蒲黎生
曲：王凤舞

1=G 4/4

```
6·  6 5 3 5 6 | 6 - - - | 6 7  3 5 6 7 6 | 6 - - - |
一  度 重  阳        一  度   春,
秋  风 秋  雨        秋  雾   浓,

6 6  6 6 3 5 6 6 | 2 - - 3 | 5 3  5 1 6 2 3 2 | 6 - - - |
三 十 年 追  梦      又 一   寻。
人 情 人 意      人 缘   重。

6 1  1 6 1 6 1 2 | 3 - - - | 3 5  6 1 6 3 2 | 2 - - 3 |
白 云 山 上      白 云   飞,
寻 梦 故 乡      千 百   度,

3 3  5 6  3 5 | 2 - - 3 5 | 5·3 5 6 2 3 2 1 6 | 6 - - - :‖
燕 子 河 畔    燕 飞   回。
甲 子 一 轮    又 一   春。

3 3  5 6  3 5 | 2 - - 3 | 5·  3 5 3 5 6 | 6 - - - |
甲 子 一 轮    又 一   春。

5·  5 5  3 | 5·  3 5 3 5 6 | 6 - - - |
甲 子 一 轮 又 一   春。

2·  2 2  6 | 5·  3 5 6 7 6 | 6 - - - ‖
甲 子 一 轮 又 一   春。
```

白马人家

词：蒲黎生
曲：王凤舞

1=C 4/4

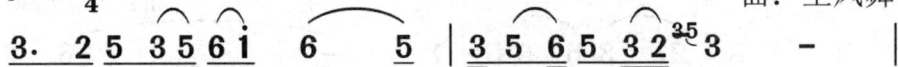

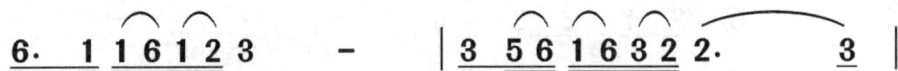

```
3. 2 5 3 5 6 1   6     5  | 3 5 6 5 3 2 35 3   -    |
白  马人农 庄（呀），  紫竹  秀庭 房。
暖  锅一席 人（呀），  藏歌  几杯 酒。
山  高无捷 径（呀），  沿河  寻人 踪。
忙  里去偷 闲（呀），  独往  农家 园。

6. 3 1 6 1 2 3   2     3  | 5 3 5 1 6 5 6 61 6  -    |
雪  橙坠树 梢（呦），  绿草  满院 场。
相  祝龙年 吉（呦），  互敬  哑杆 酒。
深  山出鹰 鹞（呦），  冬阳  耀晴 空。
常  饮哑杆 酒（呦），  偶食  老娃 扇。

6. 1 1 6 1 2 3       -  | 3 5 6 1 6 3 2 2.    3   |
静  坐闻鸟 语，      独享  沐暖 阳。
严  冬无寒 意，      良言  助应 酬。
冰  雪映苍 柏，      白马  踏歌 声。
熬  得油茶 香，      细做  臊子 面。

3 3 5 6  6 3 2.     3  | 5 5 6 2 3 2 1 6 6   -  :‖
听得 敲门 声，       主人  迎客 忙。
兴浓 意未 尽，       醉语  论春 秋。
醉步 跳锅 庄，       篝火  可悦 人。
万事 不上 心，       赛过  活神 仙。

3 3 5 6 3 2 2.    3 | 7 7  6 5 3 5 6  | 6  - - -  ‖
万事 不上 心，      赛过  活 神 仙。
```

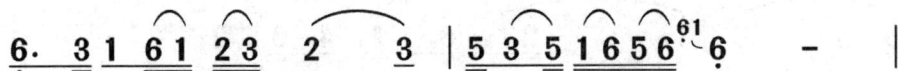

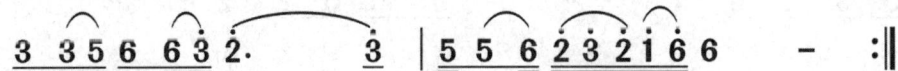

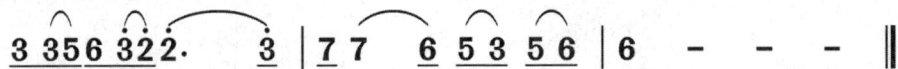

登白云山之二

词：蒲黎生
曲：王凤舞

1 = C 4/4

3 3 3 2. 3 5 6 5 | 1 − − 7 6 |
登上 白 云 山，

2 2 3 7. 2 6 76 | 5 − − − |
心胸 更 广 宽。

6 5 6 1. 2 7 | 6. 1 #4 3 2 − |
日 月 耀 国 邦，

3 5 6 5. 3 2 32 | 1 − − − |
芙蓉 伴 圣 贤。

3. 5 2 1 2 3 | 5 − − − |
云 台 揽 九 霄，

3 3 1 7 6 5 6 | 6 − − − |
燕河 接 星 汉。

5 3 5 6 1 − | 6. 5 5 3 2 − |
岁 月 无 尽 时，

3 2 3 2 5 2 1 | 1 − − − |
黛青 染 群 山。

5. 3 5 6 1 − | 6. 5 5 3 2 0 |
岁 月 无 尽 时，

3 2 3 2 5 2 1 | 1 − − − ‖
黛青 染 群 山。

冬日即景

词：蒲黎生
曲：王凤舞

1=C 4/4

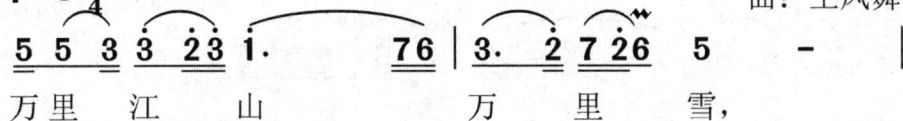

万 里 江 山 万 里 雪，

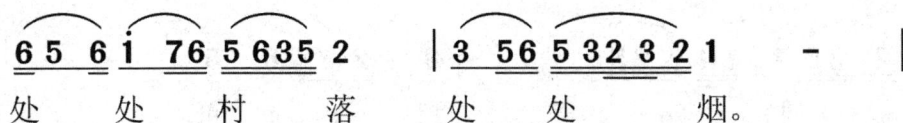

处 处 村 落 处 处 烟。

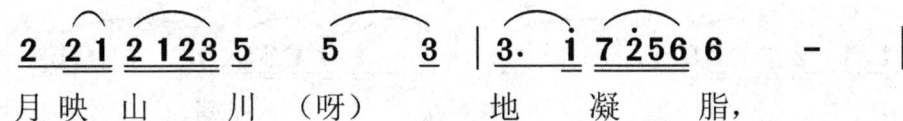

月 映 山 川 （呀） 地 凝 脂，

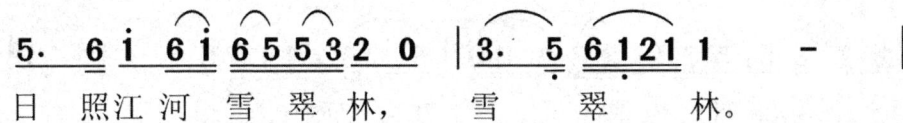

日 照 江 河 雪 翠 林， 雪 翠 林。

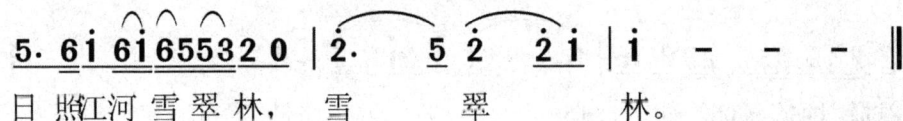

日 照 江 河 雪 翠 林， 雪 翠 林。

山居之一

词：蒲黎生
曲：王凤舞

1=♭E 4/4

1 2 3 6·5 | 5· 53 | 5 61 6 5 3 5 2 - |
携 友 踏 青　步 履 远，
谁 家 茅 庐　传 玉 笛，

2 35 1 76 5 3 5 6 1 | 3·2 7 2 6 5 - |
暮 归 路 遥 栖 山 间。
夜 读 青 灯 映 少 年。

1 1 2 7 6 5 6 1· 2 | 3· 1 7 6 5 6 6· 5 |
山 高 云 低 天 广 阔，
山 野 清 风 伴 我 身，

2 2 3 5 5 3 2 2 3 2 16 | 6 23 2 116 5 - :|
明 月 星 稀 夜 阑 珊，夜 阑 珊。
祛 除 烦 恼 自 成 仙，自 成 仙。

2 235 532 232 16 | 6· 2 1 21 6 5 | 5 - - - ‖
祛 除 烦 恼 自 成 仙，自 成 仙。

山居之二

词：蒲黎生
曲：王凤舞

1=C 4/4

细雨（呦）绵 绵 笼山 庄，
十年（呦）脱贫 议年 丰，

燕子（呦）低 飞 聚檐 窗。
百年（呦）往事 话未 央。

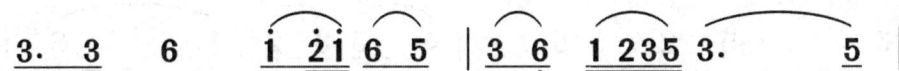

农家（呦）即 兴 动炊 烟，
日暮（呦）雨晴 斜阳 照，

亲朋 相邀烹羔 羊。
青堂 瓦舍尽辉 煌。

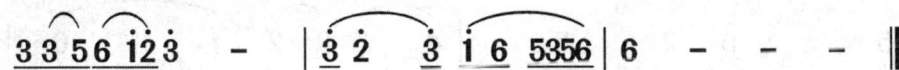

青堂 瓦舍 尽辉 煌。

兰州行吟之一

词：蒲黎生
曲：王凤舞

1=G 4/4

```
2.   2  2   6. │ 2 6  1 2 3 2  2  -  │
丝   绸 古  道   金 城   关，
浊   浪 滔  滔   黄 河   水，

2.  2 5 5   1 6.  1 2 3 2 │ 2  -  -  -  │
烟  锁白塔雾   笼   泉。
沙  尘漫漫阴   霾   天。

5.   5  2   5 │ 4. 5 3 2  1.   6. │
山   川 就   塞 北 魂，
退   耕还 林   千 秋 计，

4. 5 6 1  6 2  5 4 3 │ 2  -  -  -  :│
天堑通途铁 桥 牵。
秀美河山在 眼 前。

5.   5  2   5 │ 4. 5 3 2  1.   6. │
退   耕还 林   千 秋 计，

4 4  5 6   2 │ 5 6 5 3 2  2  -  ‖
秀美 河 山 在 眼 前。
```

兰州行吟之二

词：蒲黎生
曲：王凤舞

1=G 4/4

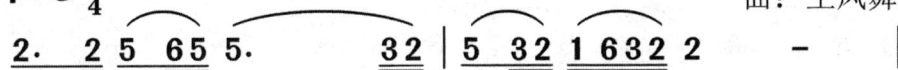

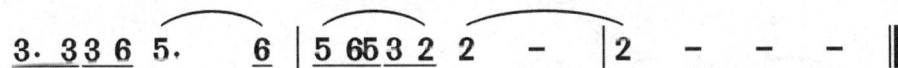

```
2.  2 5 65 5.    32 | 5 32 1 63 2  2    -    |
金  城 夜 晚      琼  瑶  花，
独  自 凭 栏      空  惆  怅，

2.  2 5 65 1.    16 | 6.  2 2 16 5  5    -    |
携  友 饮 酒      向  船  家。
百  年 孤 独      是  客  家。

5 65 2 5  6    1    16 | 3 35 1 63 2  2    -    |
谈 论 人 生 （呀）黄  河  畔，
梵 乐 响 起 （呀）和  涛  声，

5 65 2 5  6    6    5 | 3 36 1 63 2  2    -    :|
坐 立 船 头 （呦）论  国  家。
抬 头 凝 望 （呦）夕  阳  霞。

3. 33 6 5.    6 | 5 65 3 2  2    -    | 2  -  -  -    ‖
抬 头 凝望 夕    阳    霞。
```

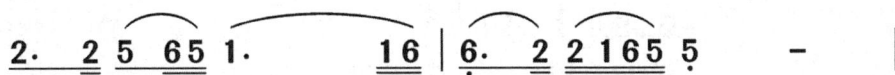

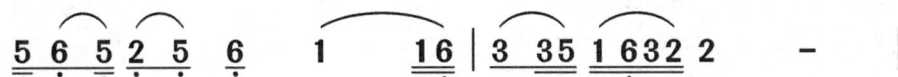

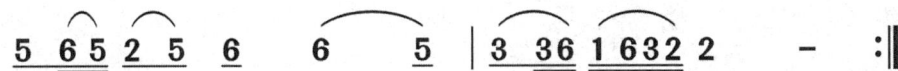

咏春之一

词：蒲黎生
曲：王凤舞

1=C 4/4

春来　　绿意　新，

好景　　可　撩　人。

晨笛　　鸣晓　曙，

暮鸟　　啼月　明。

绰　　绰树　逸　枝，

灼灼　　心　摇　旌。

举目　　望千　里，

佳人　相　　送　迎。

咏春之二

词：蒲黎生
曲：王凤舞

1=C 4/4

6. 　6 6 3 5 67 | 6 － － － |
明　月 千 里 行，

6 2 3 1 2 7 6 | 6 － － － |
恋　人 共 婵 娟。

3 3 7 6 7 5 4 | 3 － － － |
遥 途 自 牵 挂，

6 6 3 1 2 7 6 | 6 － － － |
冰 心 曾 可 见。

6 6 2 1 2 7 6 | 3 － － － |
春 深 不 解 意，

6 3 6 1 6 3 2 | 2 － － － |
夜 长 更 声 短。

3 3 5 6 3 5 | 2 5 3 2 1 2 7 6 |
惊鸟 啼 不 住 （啊），

5. 3 5 6 1 2 7 6 | 6 － － － |
此 情 更 可 怜。

3 2 3 1. 2 7 6 | 6 － － － |
此 情 更 可 怜。

3 5 6 1. 2 7 6 | 6 － － － ‖
此 情 更 可 怜。

柿子园之一

词：蒲黎生
曲：王凤舞

1=C 4/4

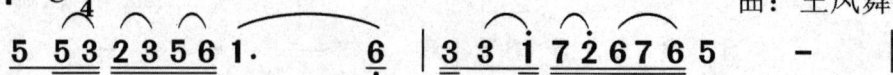

秋到柿子园，　　日映　菊花　艳。

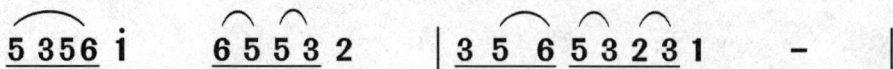

树梢　挂灯笼，　绿菜　满荒原。

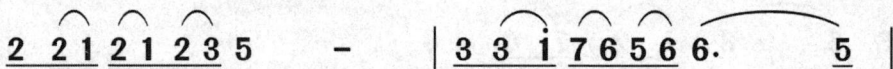

动手疏油菜，　　信步　入农田。

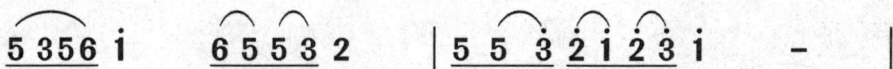

心　闲　浴朝阳，　品茗　倚窗轩。

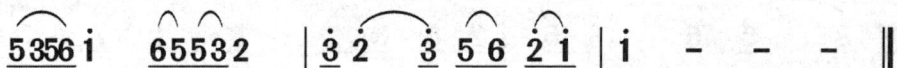

心闲浴朝阳，　品茗　倚窗　轩。

柿子园之二

词：蒲黎生
曲：王凤舞

1=F 4/4

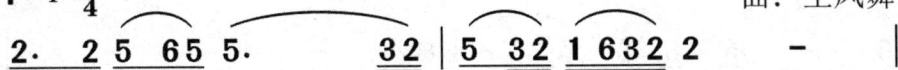

柿　子园　里　　　风　光　好，
邀　朋静　坐　　　品　香　茶，

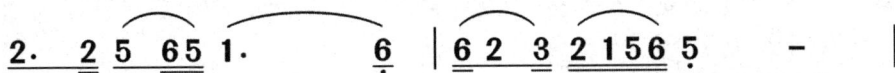

春　暖花　开　　　涌　春　潮。
踏　青闲　聊　　　尝　菜　肴。

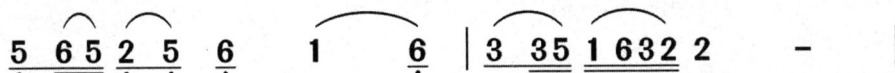

油菜　畦　畦　（呀）　泛　金　黄，
衣食　无　忧　（呀）　好　光　景，

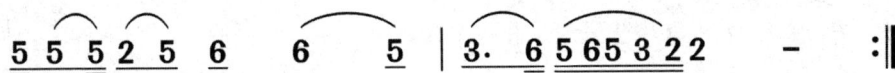

桃花　灼　灼　（呦）　竞　妖　娆。
不负　春　光　（呦）　人　未　老。

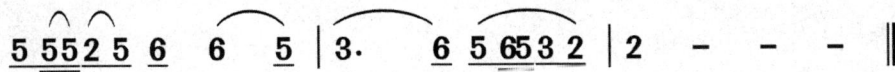

不负春　光　（呦）　人　未　老。

适意之一

词：蒲黎生
曲：王凤舞

1 = ♭B 4/4

6·   6 6 3 5 6 7 6 | 6 — — — |
挥   手 别 京 华，

3·   7 6 7 5 6 5 | 3 — — — |
亲   农 问 桑 麻。

6·   3 2 3 2 1 2 3 | 2 — — 3 |
春   早 弄 稼 穑，

5·   6 7 6 7 2 | 6· — — — |
秋   闲 来 牧 马。

6· 6·   1 1 2 7 6 | 3 — — — |
明 月   照 行 人，

3 5   6 1 6 3 2 | 2 — — — |
清 风   访 农 家。

3 3   5 6 3 2 | 2 — — 3 5 |
心 静   烦 恼 去，

7 7   2 5 3 5 6 | 6 — — — |
人 生   自 放 达。

7 7   2 5·   3 | 5 3 5 6 6 — ‖
人 生   自   放 达。

适意之二

词：蒲黎生
曲：王凤舞

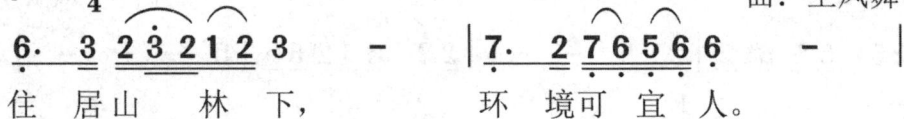

住居山 林 下， 环 境可 宜人。

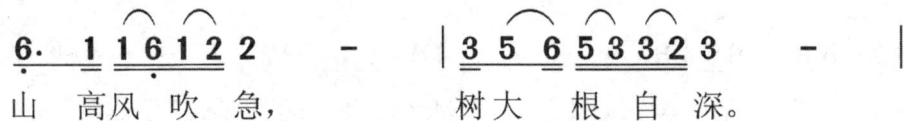

山 高风吹 急， 树大 根 自深。

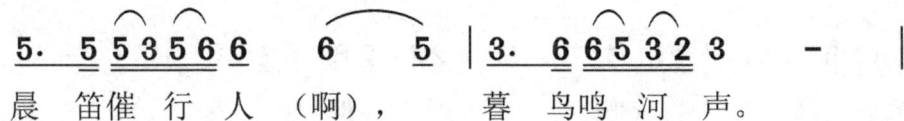

晨 笛催 行 人（啊）， 暮 鸟鸣 河 声。

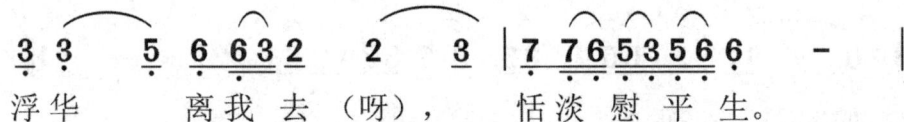

浮华 离我 去（呀）， 恬淡 慰 平生。

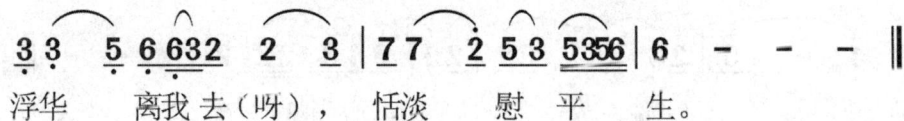

浮华 离我去（呀），恬淡 慰平 生。

高楼山

词：蒲黎生
曲：王凤舞

1=♭B 4/4

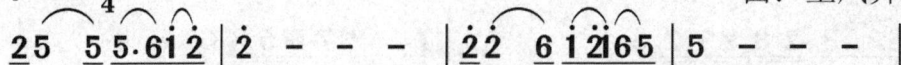

```
2 5  5 5.6 1 2 | 2 - - - | 2 2  6 1 2 1 6 5 | 5 - - - |
```
攀上 十二 拐，　　　人在 云天 外。
雪埋 高楼 山，　　　苍柏 入云 端。

```
2 2  5 6.1 6 5 | 6 - - - | 4 4  6 5 6 5 3 2 | 2 - - - |
```
冬麦 泛新 绿，　　　冰雪 积阴 台。
山高 路盘 盘，　　　村落 烟绵 绵。

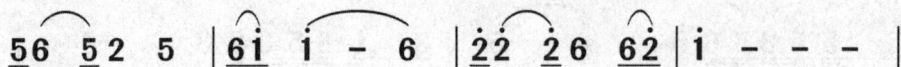

```
5 6  5 2 5 | 6 1  1 - 6 | 2 2  2 6  6 2 | 1 - - - |
```
暖阳 浴村 庄（呀），　翠竹 迎风 摆。
荒野 牧牛 羊（呀），　村庄 满山 湾。

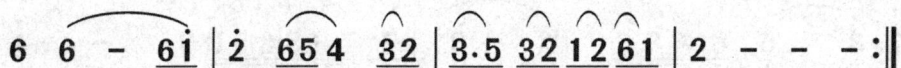

```
6  6 - 6 1 | 2  6 5 4  3 2 | 3.5 3 2 1 2 6 1 | 2 - - :|
```
远闻　　鸡犬 声，炊 烟徐 徐 来。
驱车　　访农 户，勤 政 心胸 宽。

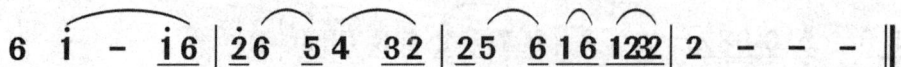

```
6 1  - 1 6 | 2 6  5 4  3 2 | 2 5  6 1 6 1 2 2 | 2 - - - ||
```
勤政　　心胸 宽。　勤政 心胸 宽。

登 山

词：蒲黎生
曲：王凤舞

1 = F 4/4

$\underline{6}$ $\dot{6}$ · $\underline{6}$ 3 3 | 5 $\underline{1}$·$\underline{6}$ $\underline{2}$ 1 1 $\dot{6}$· |

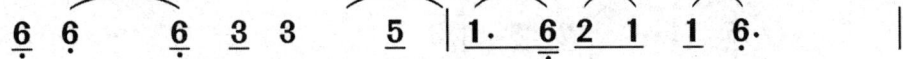

芳草　　连天　　路　径　幽，
登高　　望远　　碧　空　尽，

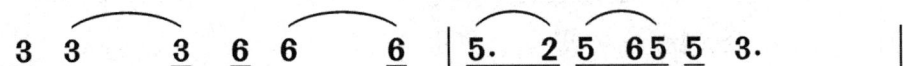

$\underline{3}$ 3 · $\underline{3}$ $\underline{6}$ 6 6 | $\underline{5}$·$\underline{2}$ $\underline{5}$ $\underline{65}$ 5 3· |

山花　　烂漫　　鸟　语　啾。
凌云　　抒情　　千　山　秀。

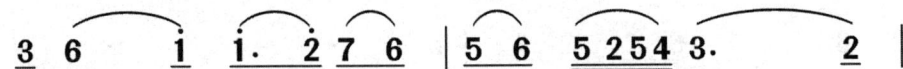

$\underline{3}$ 6 1 $\underline{1}$·$\underline{2}$ $\underline{7}$ 6 | $\underline{5}$ 6 $\underline{5}$ $\underline{2}$ $\underline{54}$ 3· 2 |

山高　　自　有　路　盘　旋，
鲲鹏　　展　翅　九　万　里，

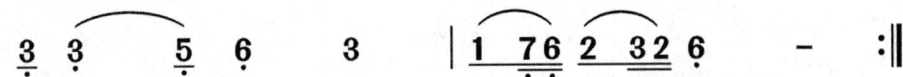

$\underline{3}$ $\dot{3}$ · $\underline{5}$ $\dot{6}$ 3 | $\underline{1}$ $\underline{76}$ $\underline{2}$ $\underline{32}$ $\dot{6}$ $-$:|

林深　　当　然　云　出　岫。
飞越　　山　川　志　不　休。

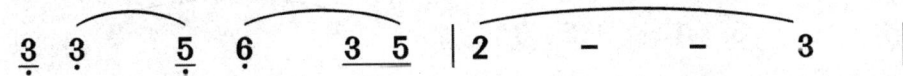

$\underline{3}$ $\dot{3}$ · $\underline{5}$ $\dot{6}$ 3 5 | 2 $-$ $-$ 3 |

飞越　　山　　川

$\underline{5}$·$\underline{5}$ $\underline{5}$ 6 $\underline{2}$ $\underline{32}$ $\underline{1}$ 6 | 6 $-$ $-$ $-$ ‖

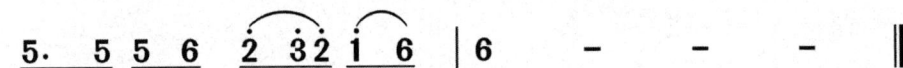

飞　越山川志　不　休。

观 日

词：蒲黎生
曲：王凤舞

1=G 4/4

```
5·    5  1    2 3 | 3   —   —   —  |
飞    龙  在   高 天，

3·    3  2 1  2 3 | 5   —   —   —  |
万    众  抬   望 眼。

5·    5  1    2 3 | 2   —   —   3  |
龙    行  不   见 首，

3  3  5  6 1  2 1 | 1   —   —   —  |
栖 身   彩  云   间。

5·    5  5 3  5 6 | 6   —   —   5  |
祥    云  朵  朵  飞，

6 5   6  5 3  3 1 | 2   —   —   —  |
鳞 光  耀  耀  闪。

5·    5  1    2 3 | 2   —   —   3  |
龙    眼  如   日 月，

5 3   5  5 6  2 1 | 1   —   —   —  |
光 辉   照   人  间。

5·    5  1    2 3 | 2   —   —   3  |
龙    眼  如   日 月，

5 5   3  5· 3  5 6 | 6  —   —   —  ‖
光 辉  照   人   间。
```

听　蝉

词：蒲黎生
曲：王凤舞

1 = C　4/4

$\widehat{2\cdot}$　　$\dot{2}$　$\widehat{1\ \dot{2}1}$　$\widehat{6\ 1}$　|　$\dot{2}$　—　—　—　|

静　　　坐　地　震　园，

$\dot{2}\cdot$　　$\dot{2}$　$\widehat{2\ 6}$　$\widehat{1\ 65}$　|　5　—　—　—　|

修　　　竹　绕　身　　边。

2　5　6　$\widehat{6\ 1}$　$\widehat{6\ 5}$　|　5　—　—　6　|

幽　兰　花　自　香，

$\underline{4\ 4}$　6　$\underline{5\ 65}\ \underline{3\ 2}$　|　2　—　—　—　|

夏　蝉　声　正　　酣。

$\underline{5\ 5}$　6　4　$\underline{3\ 2}$　|　5　—　—　—　|

云　翳　遮　日　晒，

$\widehat{\dot{2}\ 2}$　$\dot{2}$　6　$\widehat{6\ \dot{2}}$　|　$\dot{1}$　—　—　6　|

清　风　拂　人　　面。

$4\cdot$　$\underline{5}$　6　$\dot{1}$　|　$\dot{2}$　$\widehat{6\ 5}$　4　$\widehat{3\ 2}$　|

山　　　河　万　年　　长，

$\underline{5\ 3}\ \underline{5\ 3}\ 2$　$\underline{1\ 2}$　$\underline{\dot{6}\ 1}$　|　2　—　—　—　|

寓　意　　山　水　　间。

$4\cdot$　$\underline{5}$　6　$\dot{1}$　|　$\dot{2}$　$\widehat{6\ 5}$　4　$\widehat{3\ 2}$　|

山　　　河　万　年　　长，

$\underline{5\ 3}\ \underline{5\ 3}\ 2$　$\underline{1\ 2}$　$\underline{\dot{6}\ 1}$　|　$\dot{2}$　—　—　—　‖

寓　意　　山　水　　间。

望 月

词：蒲黎生
曲：王凤舞

1=G 4/4

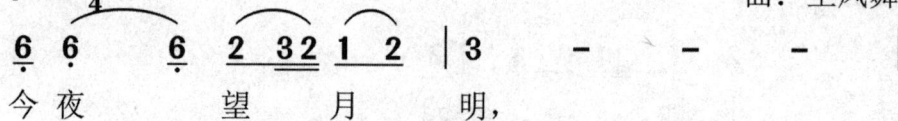

今夜 望 月 明，

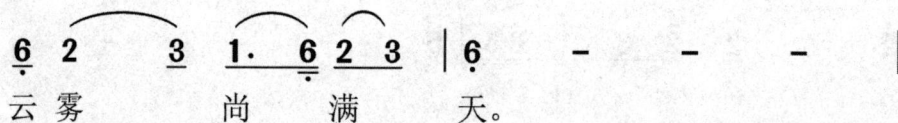

云雾 尚 满 天。

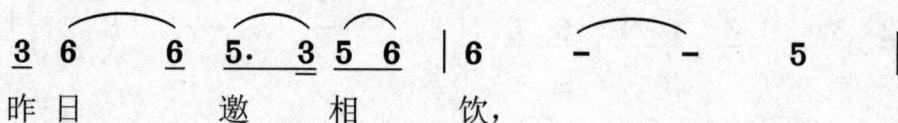

昨日 邀 相 饮，

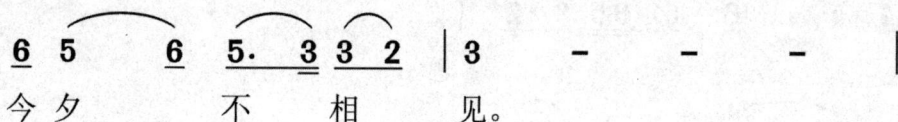

今夕 不 相 见。

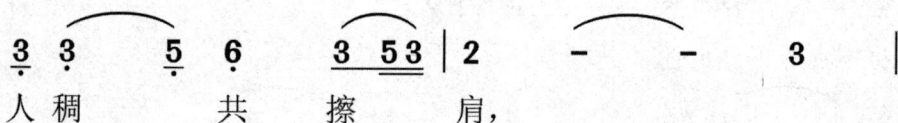

人稠 共 擦 肩，

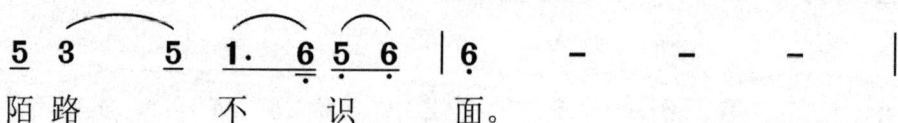

陌路 不 识 面。

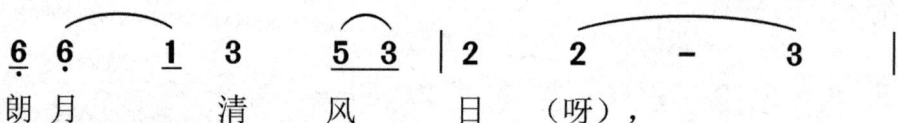

朗月 清 风 日 （呀），

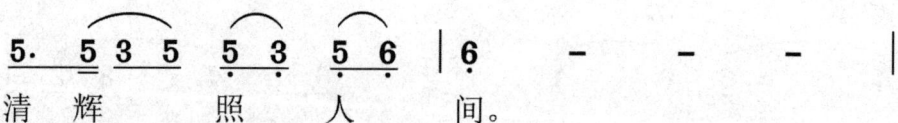

清辉 照 人 间。

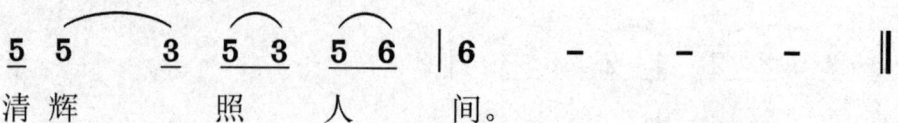

清辉 照 人 间。

过甘山

词：蒲黎生
曲：王凤舞

1=F 4/4

路 高 入 云 天，
往 事 如 隔 夜，

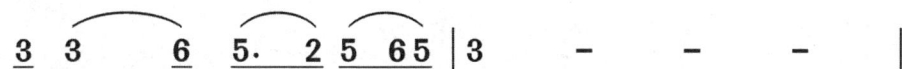

驱 车 走 故 园。
世 事 已 千 年。

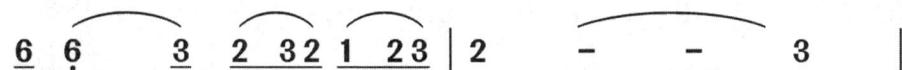

沟 壑 荡 层 云，
岁 月 不 可 留，

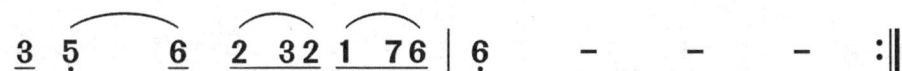

绝 顶 艳 阳 天。
奋 蹄 勇 当 先。

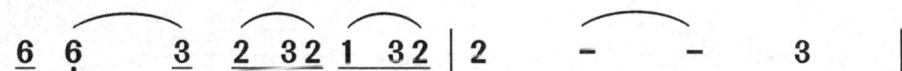

岁 月 不 可 留，

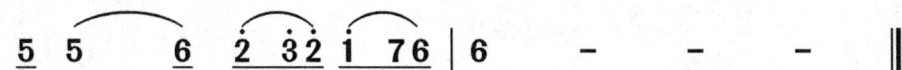

奋 蹄 勇 当 先。

过毛羽山

词：蒲黎生
曲：王凤舞

为蒲黎生先生诗作而歌

词：王凤舞
曲：王凤舞

1=F 4/4

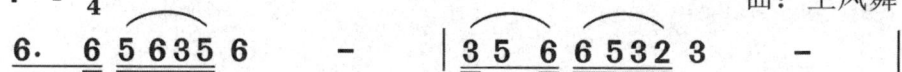

6. 6 5 6 3 5 6 - | 3 5 6 6 5 3 2 3 - |
槐 荫 山 村 一 才 人，
游 不 完 的 山 川 景，

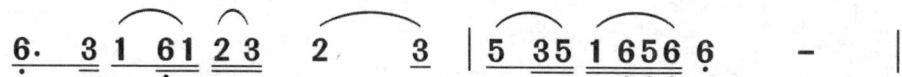

6. 3 1 6 1 2 3 2 3 | 5 3 5 1 6 5 6 6 - |
酷 爱 文 学 （呦） 善 诗 文。
写 不 尽 的 （呦） 人 间 情。

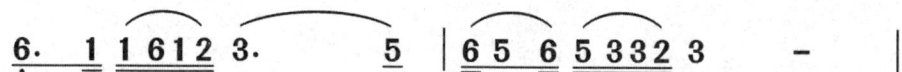

6. 1 1 6 1 2 3. 5 | 6 5 6 5 3 3 2 3 - |
挥 笔 赞 美 人 文 景，
心 中 自 有 真 情 在，

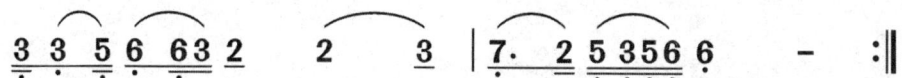

3 3 5 6 6 3 2 2 3 | 7. 2 5 3 5 6 6 - :||
情 系 山 乡 （呦） 老 百 姓。
诗 文 佳 作 （呦） 感 人 魂。

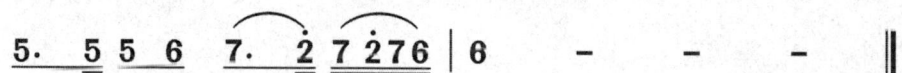

5. 5 5 6 7. 2 7 2 7 6 | 6 - - - ||
诗 义 佳 作 感 人 魂。

附 录

他只是在表达一种热爱

包苞

　　拿到蒲黎生先生的诗集手稿很久了，我却迟迟没有写出几句话来。一来琐事繁冗，疲于应付；二来心绪不宁，无法静心；三来蒲黎生先生是我的老乡，亦师亦友，故而不敢轻易落笔。近来秋雨频仍，寒夜渐长，我就有了细细思考的心绪和状态了。

　　从读他诗集的第一首到结束，我的心头清晰地呈现出了这篇文章的题目：他只是在表达一种热爱！是的，他的诗和目前诗人们的创作相比，他表达的，只是一种热爱，一种真挚、赤诚的热爱。在他的诗中，词语不多，取向明了，爱憎分明，无论亲人之爱，还是家国情怀，他的表达都率真、直接，没有刻意曲笔，这也就让他的诗多了一份天真，少了一份匠心。相反，如果用时下声名显赫的名家眼光和当下的标准来衡量，他又是稚嫩的、清浅的，甚至是小情小调。但是，从"诗言志"的初衷来看，这样的清浅或许更接近诗歌的本真。

　　蒲黎生先生工作在政法系统，几十年如一日，工作中一直是中流砥杆，在平日的工作中面对形形色色的邪恶和粗鄙，他仍然能拥有一颗诗人之心，这样的身份和心态，更应该值得我们效仿。试想，当下多少诗人都是关起门来拯救天下，皱起眉头吟风弄月，而他们与生活的隔膜，又如何写出有痛感的诗歌呢？尤其有些如日中天的名家大腕，句一分行，就成了诗。他们写的什么我们看不明白，更不要说诗意的传递了。可就是这样一些诗人，掌握了阵地平台话语权，那些摇尾献媚的"评论家"就猜谜一样帮着解读、打圆场、擦屁股，其实，细想来，好多所谓的诗歌，不过是"皇帝的新装"而已，你吹得天花乱坠，读者却一头雾水，它又有什么意义呢？如此想来，蒲黎生先生的清浅，就尤为可贵。

　　不过，诗歌毕竟是文学王冠上一颗璀璨的明珠，人人都可以来写，人人内心都有一份天生的诗意，但要写出境界写出新意写出成果确实不易，它不仅是一种才华的呈现，更是一种智慧的考量，也是一种修为的凝结。就目前来看，诗人乌乌泱泱，但能够穿越时空，留下来的又有几人呢？某种程度上来说，写诗，我们表达的都是一种热爱而已。

　　秋日信笔，与蒲黎生先生共勉。

2017 年 10 月 28 日

读《透过心灵的阳光》有感

包苞

蒲黎生是我的老乡，也是我的文学好友。知道他在结集自己的文章，却不知道他这么多年究竟写了多少文章。当一部皇皇五十万言的"巨著"呈现在我的面前，我也着实被深深震撼！一个政法口的领导干部，一个法院院长，平日里穿衣梳头都一丝不苟的人，没想到内心是如此的春光骀荡！感叹之余，仔细一想，也许，正是他内心的这份文学坚守，才让他在工作中游刃有余，举重若轻；也许，正是他的这份文学情结，才让他活得更加儒雅大气，更加气质干云！

回头阅读该集子，我觉着如果讨论文章的间架结构起承转合或者微言大义都有些吹毛求疵，在他这样的年龄段和文化建构下，一切建议或意见都失之浅薄。那么，在我看来，不妨说三点我自己的感受：一是文学的平民面孔。曾几何时，在我们眼里，一个会写文章写好文章的人都接近于显族贤达，接近于社会名流，而事实也是。社会一度给了作家诗人足够的尊荣和光环，多少年轻少女，都是在给诗人作家写求爱信的过程中老去的啊！但是，随着自媒体时代的到来，文人作家的光环一路式微，甚至，"诗人"这个称谓，在很多人口里都变成了贬义词。人心不古，世风日下！一个时代的堕落，总是伴随精神的轰然倒塌，这是时代之殇！但是，仔细一想，这样的社会认知落差并非一无是处，一方面，它是文学过热的必然结局，另一方面，它是文学回归的残酷洗牌。通过名利与文学的渐渐疏离，文学又回到了一个理性的状态，回到了安静，甚至寂寞的状态。这是文学本身的自我矫正。在这样的背景下，还在坚持的作家诗人，也许才是真正的作家诗人，他淡化了文学的趋利性，而回归了安静，呈现了一副文学的平民面孔。蒲黎生先生的这部散文集就是这样一部，呈现平民面孔的文学作品。二是文学的日常面孔。怎样的文学作品才算好的文学作品？好的文学作品标准是什么？这个讨论似乎没有答案。在我看来，文学的初心就是传情达意，就是明心见性，如果老是板起面孔一脸说教，那未免也让人心烦，所以，率性之作更得人心。与此相对，是多年来，文学一直被操纵、把控、挟持，千人一面众口一词，你该说什么不该说什么不是作家自己决定，而是一支看不见的"指挥棒"说了算。所以，文学呈现的是一副卫道面孔、御用面孔，而在这个相对自由的时代，文学渐渐有了日常面孔。蒲黎生先生的这部诗集，呈现的就是这样一部文学的日常面孔。当然，作家也有明显的时代勒痕，尤其像蒲黎生这样一个在红旗下成长起来的作家，他的日常也许就是时代的日常，他的情感，更是时代的情感。有些情感，甚至一起笔，我们就知道了旋律。三是文学的自我慰籍面孔。毛主席说过，文学应该为人民大众服务。但是，如果人民大众不读书了，文学又该为谁服务？那就是为自己服务。自己写给自己，以我手写我心，抒真情、写真意，这也让文学更接近了本真。基于此，我觉着我更应该向作者表达一种敬意。

我在最近的一首诗中，给一些诗人写过一句诗："因为诗歌，人群中，他们更加可靠。"其实，这话也应该这样说："因为文学，人群中，他们更加可靠。"文学就是人学。一个爱好文学的人，首先应该是一个善良的人，一个心存美好的人，一个一心向善的人，一个更加可靠的人。所以，未来的日子里，我也希望，我们一起结伴同行。

再次祝贺蒲黎生先生！

2017 年 7 月 1 日

（包苞，本名马包强，礼县人，系中国作家协会会员，甘肃青年诗人八骏之一）

高尚心灵的灿烂绽放

——读蒲黎生先生的诗

式　路

诗歌，无论是古体诗还是新体诗，最能体现作者的心灵世界。如果说小说散文的表达还有委婉轻柔可言的话，那么诗的表达则相应更靠近作者的内心世界。正因为此，才有诗言志，直抒胸臆和不隔之说。诗，就往往成了作者"忍不住"的叙说，成了不吐不快的心声，成了作者心灵世界的晴雨表。欢乐、苦闷；消沉、进取；坚毅、怯懦；卑夷、高尚；狭隘、放达……无不不在诗中披露尽现。所以，读一个人的诗，可略知其人，可多层面地听见作者的心语。蒲黎生先生不仅是一位优秀的散文家，更是一位优秀的诗人。多年的生活工作，不仅让他成为一名饱享赞誉的部门领导，也使他成为一名读者喜爱的散文家和诗人。读他的诗，可窥见他睿智的思想和高尚的情操，感受到他作为一名部门领导"先天下之忧而忧，后天下之乐而乐"的博大情怀，感受到他钟爱自然、崇尚友情、积极上进的光明磊落。

如影随行的乡村情结

读蒲黎生先生的旧体诗，我们明显感觉到的是他乡村情结的如影随行。蒲黎生先生是从贫困乡村走出来的大学生，是从基层一步步走上领导岗位的。多年的官场历练，并未丢失烙印在他身上的乡村情结。这也正好表明，他虽然脱离了乡村的贫困，但他并没有忘记苦难。也许正是这种深深烙印在他心里的苦难记忆，才始终羁绊着他不敢在生活上越雷池一步，不敢一味沉溺在幸福的生活里。乡村，在他的时光里魂牵梦萦，无处不在。这种思乡之情，在他的诗篇中占了很大的部分。更重要的是，他对家乡的思憧是长期的，无处不在，乡情仿佛成了他的影子。而发生这一切的根本原因是，他如今生活的地方是陇南经济文化的中心武都城，即便是在县上，也总是辗转在各县的县城工作，他的生活环境较之他出生的麒麟山，有着天壤之别。然而，在作者的心里，越是生活在优裕的福地，越是形成巨大反差，越是勾起他寻根的渴望，越是"夜阑卧听风吹雨，铁马冰河入梦来"。乡情，成了他的胎记，成了他一辈子无法忘却的背负。

麒麟山是他出生的地方，几十年后，作者在诗中写道：

> 跃上麒麟十八盘，会当绝顶渺云烟。
> 远眺汉水接天际，近闻楚乐入心间。
> 松涛吐翠千山绿，罗汉护法万民安。
> 槐荫山村杨柳舞，秦风汉月照人寰。

> 思念故园麒麟山，云海波涛涌天边。
> 千山朝拱新气象，万壑叠翠岫云烟。
> 日浴山河景色秀，气贯长虹胸怀宽。
> 莫与众峰比天高，远近高低若等闲。

麒麟山是通向佛道圣地香山主峰的必经之地，海拔 1080~2532 米。站在大香山纵目，大有一览众山小之感，百折千回的西汉水尽收眼底，所以作者慨叹"会当绝顶渺云烟""远眺汉水接天际"，紧接着，作者在下首中又不由自主地赞叹他的故乡："千山朝拱新气象，万壑叠翠岫云烟。日浴山河景色秀，气贯长虹胸怀宽。"作者心里的故乡是多么壮美，多么令他日思夜想啊。作者又写道："莫与众峰比天高，远近高低若等闲。"这后两句多少也透露出他的一些内心独白，因为作者一直担任着部门的领导职务，就一般意义上的为官之道而言，可以说没有哪个对自己的升迁会漠然置之的，有的甚至不惜请客送礼，以获升迁，而作者却通过怀念家乡，道出自己的心臆，不愿与他人攀比，要具有大香山的宽广胸怀，"远近高低若等闲"，一位不追逐名利，不驱炎附世的领导者形象跃然纸上。

其实，作者不仅热爱生他养他的家乡，而且把他工作过的每一个地方，都视为自己的第二故乡爱赞备至，如《咏宕昌》《天嘉抒怀》《文县》《西和》《康县》《成县》《徽县》《两当》等，凡他驻足过的地方，他都留有诗篇大加歌颂，发出由衷的赞美之声。作者在《两当》的诗中赞道："万里青山绿作浪，盛世两当时逢阳。树映村落抱溪水，道通林荫达远方。蝉鸣三夏心空静，蛙响一秋稻花香。风清气爽宜人居，山河处处是故乡。"在作者心目中，陇南的每一个地方，都是自己的故乡，都是"铺锦列绣，亦雕缋满眼"的诗意家园。

对故乡的爱，对他生活过的地方的爱，可谓如影随行，这在他的新体诗中也不乏其作。作者在宕昌工作多年，对宕昌情有独钟，他对宕昌的赞美，不仅古体诗中有，在他的新体诗中也有，他在《宕昌的秋天》一诗中写道：

白龙江的水从宕昌开始变肥了

宕昌的秋从白龙江溯流就变浓了

于是宕昌的秋天

一夜之间就来临了

翠绿在不经意间涨红了脸

苹果红透了

荞麦红透了

辣椒红透了

柿子红透了

山林凑趣成了红色

野草也干脆红了

就连脚下的土地稔熟成绯红色

老家的心事遂成粉红色

劳作的农人与土地在交融

世上就有了一种古铜色的颜料

这是季节的际会

是太阳分娩时最美丽的容颜

这种溢光流彩的颜料

让人感动得颤栗而为之心跳

然后匍伏在脚下的大地

当金黄色的玉米棒

悬挂在农家的屋檐下

当树叶成熟为金黄的花瓣

随风纷纷飘落的时候

宕昌的秋天已降临我们周身

　　读这首诗，让我们很自然地想到郭小川《团泊洼的秋天》。不同的是，郭小川《团泊洼的秋天》，表达的是如画的美景和深沉的忧思。而蒲黎生的《宕昌的秋天》则表达的是对宕昌秀丽山水的赞美，显得明快而清澈。赞美是直接的，心神是快乐的。无论是他的旧体诗还是新体诗，都成了他心灵的外化。作者把对故乡的爱，附丽于故乡的山山水水，附丽于他工作过地方的一草一木。或者说，所有在他故乡概念中的一切，皆成了他爱心图画出的不同图形，是作者对故乡的爱开出的无数美丽花朵。水是花开的声音，花开是作者的心情。这样的情思，这样的思乡之情，自然会给作者的为人处世打上一层底色，成为他为人为官的基础形态，也成了促使他不断走向远方的一个重要基因。

走向山水的恬静安然

　　对祖国大好河山的赞美是蒲黎生先生诗的重要部分，差不多占去了他诗作的大部分篇什。作者一直在政法部门工作，应该说，如此繁忙的工作，会让人感到枯燥和乏味。更主要的是，这项工作常常要和一些案件接触，压下葫芦浮起瓢，提起筛子蒲篮动的事司空见惯，所以，工作之余向往自然，便成了他心灵的一种放松。诗中可见，他虽然工作过的地方不是特别多，但他的足迹几乎遍布了陇南以及祖国的许多名胜古迹，也为此留下了不少诗作。我们可从这些山水诗中探窥到作者的心灵轨迹：一方面，他想寄情山水，回归田园，向往陶渊明"开荒南野际，守拙归园田""无丝竹之乱耳，无案牍之劳形"式的生活，一方面又不想倦怠，努力向上的二元性情。两种心态，交替游弋，一会儿彼占上风，一会儿此又占上风，但统观全部山水诗，积极、进取、奋发踔厉的心志总是显而易见的。可以说，作者最精彩的诗篇就是山水之作，只要进入山水间，作者便如鱼得水，文词也立马生动传神起来。

他的《适意》二首，则是他期望回归自然的典型再现：

> 挥手别京华，亲农问桑麻。
> 春早弄稼穑，秋闲来牧马。
> 明月照行人，清风访农家。
> 心静烦自消，人生自放达。

> 住居山林下，环境可宜人。
> 山高风吹急，树大根自深。
> 晨笛催行人，暮鸟鸣河声。
> 浮华离我去，恬淡慰平生。

再如《咏春》中写道：

> 春来绿意新，好景可撩人。
> 晨笛鸣晓曙，暮鸟叫月明。
> 绰绰树异枝，灼灼心摇旌。
> 举目望千里，佳人相送迎。

这里，我们分明看见的是一位向往陶潜生活的自由之仕，看到的是一意纵足山水，以亦稼亦穑为乐的世外桃源的寻觅者形象。其实不然，作者在更多的篇什里，却一次次地咏道他的坚毅和奋进精神。在《过甘山庄》一诗中写道："岁月不可留，奋蹄勇当先。"在《重游官鹅沟》之八中写道：

> 云开见青天，激流涌素湍。
>
> 高树生绝壁，飞瀑出峭岩。
>
> 朽木无人渡，陡壁可攀援。
>
> 险奇生俊秀，路遥景可观。

在这些饱含哲理的诗句中，透显着作者怎样的壮志雄心，充满着怎样不畏艰险、勇往直前的气概。再如他的《咏宕昌》之十写道：

> 千里草场千里烟，星罗棋布牛羊欢。
>
> 山环水抱接远景，峰回路转地连天。
>
> 举首向天揽日月，胸怀黎庶渡人间。
>
> 风清气明情未央，山河跃马可扬鞭。

作者在诗中表达的意志何等坚定，情怀何等宽广。而这种情怀，不是为了加官进禄，贪图腐化，而是"胸怀黎庶渡人间"，是杜甫的"安得广厦千万间，大庇天下寒士俱欢颜"和"吾庐独破受冻死亦足"的为民精神。

如果不是读完他诗作的全部，而仅取其小部分观，似觉蒲黎生先生有归隐田园之意。其实不然，人之所以为人，其思想情绪也总是丰富的，有时会因工作繁忙，有时因一些别的原因时有异思，日有异思，但我们看一个人的精神风貌，要看主流，要看他全部的思想和行为。如果看完他的全部诗作，就可看出，他追求的并非全是"轩楹高爽，窗户邻虚，纳千顷之汪洋，收四时之烂熳"，而是"主观的生命情调与客观的自然景象交融互参"的奋斗者情怀。正如鲁迅所说，即便是战士，也会有犹豫徬徨的时候，但战士永远是战士，战士自有战士的性格，战士自有战士的情怀。我们从他的成长足迹可看到他积极进取的主流，否则，就不可能从一个一般干部成长为一名部门领导。我们这样看待他和他的作品，是想表明，一个人的人品，其实就是他的诗品，从血管里出来的是血，从喷泉里出来的是水。蒲黎生先生的气质、心性及思想道德，注定了在他的诗里，必定洋溢着的是一种昂扬向上的精神，必定给读者带来的是正能量。我们从他纵情山水的诗行里似读到一些古代文人出世的愿望，然而，我们更多看到的是他入世的雄心壮志，更多的是鼓舞和激励。

弥足珍贵的友情链接和发奋图强的个性品格

记念友情，是古体诗不可缺失的内容这一，在中国古体诗中，特别是唐宋时期的古体诗中，我们不乏看到朋友唱和、送别、记念的优秀之作，如李白的《送孟浩然之广陵》《赠汪伦》，杜甫的《江南逢李龟年》《天末怀李白》，苏轼的《赠刘景文》，刘禹锡的《酬乐天扬州初逢席上见赠》，柳永的《雨霖铃·寒蝉凄切》等等，便是流传至今脍炙人口的佳作。蒲黎生先生在他的古体诗中，也收存了大量铭刻友情的佳作，读这些诗，让我们感受到他为人的谦和、敦厚，也感受到他对朋友的真挚和诚实，感受到他的人格魅力。

一个人在他的生活和工作中，总要接触许许多多的领导和同事、朋友，和领导、同事、朋友的关系如何，则直接表现出他的胸怀和脾性。有的人和同事、朋友的关系处理得好，却不一定和领导的关系处理得好，有的人和领导关系好却不一定和同事、朋友及周围人的关系好。只重视和领导的关系而忽视和同事朋友及周围人的关系，也许心有别谋；只重视和同事及周围人的关系而一味怨怼领导，也许不失有恃才傲物、目空一切之嫌。正确的态度应该是尊敬领导厚爱朋友。我们不能因领导有权有职位而一味阿谀逢迎、看不起同事朋友，也不能因个别领导有不良之气而推而广之将所有的领导都不屑一顾。蒲黎生先生的诗中，有大量的篇什记叙了和领导同事朋友的友情，有送行之作、有追忆之作、有探访之作、有同桌共餐之乐。可见他是一位既能和领导处好关系，也能和同事朋友处好关系的真诚之仕。他的《赠友人》两首，便是例证：

赠苏正清

一场春雨一层新，草绿山野风正清。

流连春光无绝期，话别晓月有冰心。

鲲鹏万里须奋翅，人生百年尚自珍。

山花烂漫莫留意，红杏出墙总关情。

赠陈恒

欢天喜地雄鸡叫，迎春花开报春早。

陈年佳酿香浓浓，恒源连天波滔滔。

县城经济民为本，长效旅游韬略高。

来年豪饮庆功酒，宕昌再谱长征谣。

再如《悼念友人》《赠光平兄》等，都记叙了他和朋友的友情，表达了对朋友真挚的感情。"鲲鹏万里须奋翅，人生百年尚自珍。"这既是对朋友的称赞，也可看成是共勉，透出作者对生活、人生的深刻体味和经验概括，通过对朋友的赞美表现出对自己的警励、自律。再如《访友》诗中写道：

春染人间四月天，锦绣天嘉入画卷。

踏青寻友临汉水，登高浴风看南山。

式路拄杖学千岁，建平挥毫起万帆。

欲览世峰不畏险，福纳百祥同心欢。

这首诗中的式路、建平、世峰、百祥都是朋友的名字，作者状景开始，点明了时间、地点、人物及在一起的活动，再用简洁的用词，绘声绘色，生动有趣地把朋友在一起的诙谐、搞笑刻画得淋漓尽致。朋友拄杖学千岁的顽童神态，挥笔起万帆的书法造诣等，无不在他的笔下表现得如临眼前。如此亲密无间的朋友在一起玩耍，还不忘通过名字、双关、借代、象征等修辞手法勉励祝福："欲览世峰不畏险，福纳百祥同心欢。"鼓励朋友要老当益壮，不忘初心，才能有幸福的晚年。在作者笔下，友情化为共勉，化为狂欢，成了幸福时刻，成了对未来的憧憬。更细致的是连现场缺席的人名也点了出来，并通过对未到场的朋友的惦记，递进成饱含哲理的诗句，要攀高峰，就要不畏艰险，只有不畏艰险，才能跃上高峰，才能有一览众山小的壮观和快乐，进而引升为才能有幸福的生活。自然，这里的"世峰""百祥"不单确指朋友，而是借代为人生的美好未来和幸福生活了。朋友的名字在这里借代、象征得多么巧妙，自然、贴切。再如《赠王钰》：

> 昆仑驰腾万里山，蛟龙入海桓水边。
> 宏伟蓝图双手绘，忠诚道义一肩担。
> 修筑广厦千万座，校正谬误毫厘间。
> 不为名利铸华宇，但学少陵暖人间。

同样是一首赠别诗，诗中充满了对朋友工作成就的赞许和个人品格的爱慕。由此看出，蒲黎生先生是极为看重友情的一位领导和诗人，对朋友的敬仰、宽容和赞许，使他的诗显得真挚温情、和蔼而极富感染力。读他的友情诗，让人如沐春风，如饮甘泉，颇受鼓舞和熏染，仿佛自己也瞬间变得胸怀宽广，温情而和蔼起来。与此同时，他的友情诗中，总少不了鼓励和共勉的寓意，总能看到他一颗火热跳动的心。

蒲黎生先生不仅对朋友表现出火热的情怀，而且作者发奋图强的个性品格也在他的记述工作的诗中表现得淋漓尽致。他积极、奋进，不畏艰险，勇攀高峰的雄心壮志，表现在行动上，就是对他从事的工作的高度责任心和无私奉献精神。作者在反映植树造林的《春日即景》中咏道："优化生态积天德，造福子孙建华章。""退耕使得山水美，还林方能绿家园。"在《香山》中咏道："不恋帝王锦玉衣，愿引众生幸福源。"在《咏宕昌》中写道："举首向天揽日月，胸怀黎庶渡人间。风清气明情未央，山河跃马可扬鞭。"在《文县》诗中写道："览尽云和月，不为身后名。"在《禁毒》中写道："禁种铲除罂粟短，勇往直前志气高。"在《预防"非典"》中写道："跋山涉水传良策，披星戴月慰黎园。"在《扶贫日记》中写道："访寒问苦走农户，脱贫致富慰心田。精准扶贫奔小康，顶风冒雪苦犹甜。"在新诗《绿色希望》中写道："将理想的种子/深埋在炽热的大地/破土而出/苗壮成长/长成葱茏的理想之树/将一腔碧血化作甘露/洒向干枯龟裂的土地/阳光雨露/蓬勃出生命的涨力/将我的心儿放飞……"

作者不仅对待工作始终保持着奋斗不息的永往直前精神，而且面对生态环境的退化，则表现出强烈的忧患意识，这种心态在他的《灾殇》中有着最充分的表现：

我是一只飞翔的小鸟

暴风雨摧断了我的翅膀

森林里有我的窝巢

已在风雨飘摇中摇晃

我同行的旅伴们

你是否为失缺家园神伤

大地是我们的根

却裂缝了

天空是我们的魂

却暗下了

江河是我们的血脉

却停顿了

森林是我们的筋

却折弯了

山体是我们的脊梁

却滑坡了

……

显而易见，作者之所以在工作上如此上进，热爱祖国的山水，珍重友情，都是因为这颗忧患之心。他对人居环境的关怀、对自然环境的关怀，成就了他改变现状的勇气和决心。"为什么我的眼里常含泪水？因为我对这土地爱得深沉……"爱可以让人变得坚强、勇敢、积极、上进，爱可以让人充满智慧和才能。

炽热的创作热情和丰硕的诗艺成就

　　蒲黎生先生的诗内容庞杂，涉猎广泛，笔触探伸到生活的方方面面，不论是涉足山水还是生活工作，不论是怀友吊古还是抒发情感、追寻爱的足迹，均有丰硕的创作成就。而综其所有，给人印象最突出的，还是他的山水诗，其语言的凝练、诗意的浓郁、哲理的蕴含，皆山水诗为最。而且，在整部诗集中，写山水的也最多最长，作者一旦涉足山水，则如附神灵，生花妙笔，纵横由之。例如，《重游官司鹅沟》之八写道：

> 云开见青天，激流涌素湍。
>
> 高树生绝壁，飞瀑出峭岩。
>
> 朽木无人渡，陡壁可攀援。
>
> 险奇生俊秀，路遥景可观。

这完全就是一首诗画合一的佳作，用词简洁，笔下绘出的画面闲适、洁净、清丽、优雅，如信步在山水之中。而身处这种古朴的画境之中时，又叫人如坐春风，胸臆盎然。最末饱含哲思的"险奇生俊秀，路遥景可观"句，更叫人遐想无限，若有所悟。读完全诗，可让读者在饱览幽静风光的同时，获得思想的启迪。再如《秋游八力草原》之二、六：

二

> 草场绿如毯，远山似画帘。
>
> 大豆正欢笑，青稞尚开镰。
>
> 燕麦随风舞，牛羊奋蹄欢。
>
> 蜂匠邀我坐，席地尝蜜饯。

六

> 春华真耀眼，秋色更可怜。
>
> 信手采蘑菇，驱车赶牛辕。

　　　　　　　　　　放达野性情，喜食农家饭。

　　　　　　　　　　舒性与民乐，心旷天地宽。

依然是诗画交融，闲适欢喜的绵绵惬意伸手可触。质朴的词句，准确地传达出作者从城市步入乡村看到一派美好田园风光时的惊喜和直撞胸襟的幸福感、快乐感。这样的诗读起来自然、亲切，仿佛又见"采菊东篱下，悠然见南山"之态。再如《拾贝羌水河》这组诗，恐怕是诗集中最长的了，全诗由28首组成，首首精彩绝伦，如二十三、二十四：

二十三

　　　　　　　　　　水乳山林翠，日照溪水清。

　　　　　　　　　　百鸟鸣旷野，游人戏语声。

　　　　　　　　　　飞泉落玑玉，幽谷生凉荫。

　　　　　　　　　　陇上小九寨，官鹅羌藏风。

二十四

　　　　　　　　　　秋阳光照人，曲径逐倩影。

　　　　　　　　　　投足摇树枝，惊鸟飞丛林。

　　　　　　　　　　风吹松油香，籽落地有声。

　　　　　　　　　　弯腰拣松子，嗑仁香宜人。

这样精彩的诗句在集子中比比皆是，再如吊古述怀的《谒杜甫草堂》和寻觅山水的《文县天池吟》《诗意晚霞湖》《秋趣》等等，都是脍炙人口的佳作。

　　蒲黎生先生对文字的推敲也叫人过目难忘，名言警句俯拾皆是，如《过秦岭》中的"蜗居重山中，放眼山外奇。快车舒胸怀，旷野托天低"，一句"旷野托天低"，营造出的意境多么雄浑壮阔，一如神笔画出来似的。《拉尕山》中的"水润千山绿，山托云天远"同样不同凡响。《咏宕昌》七中的"远山含黛近凝脂，秋雨连绵似青纱"，《走笔花儿坡》之三中的"江流山影动，云落雨脚忙"等等同样精彩绝伦，不一而足。每读这样的诗句，心胸如洗，由衷赞叹。正如宗白华大师所言："艺术意境的创构，是使客观景物作我主观情思的象征。"且因"情与景交融互渗，因而发掘出最深的情，一层比一层更深的情，同时也透入了最深的景，一层比一层更晶莹的景；景中全是情，情具象而为景，因而涌现了一个独特的宇宙，崭新的意象……"

当然，蒲黎生先生的古体诗从格律上看，尚需不断努力，新体诗也尚存继续探索的空间。但无论是旧体诗还是新体诗，他取得的成就还是瑕不掩瑜，我衷心祝贺蒲黎生先生在工作之余创作了这么多有思想和艺术表现力的佳作，为读者奉献出了丰厚的精神食粮。但愿他再接再厉，在诗歌创作上取得更优异的成绩。

2018 年 2 月 11 日

（式路，本名陈睿达，系礼县文联主席）

还爱那方山水

王宏斌

蒲黎生先生热爱大自然，热爱诗歌，写了大量的古体诗和现代诗。这些诗有一个共同的情结，就是对故乡的爱，对故乡山、水和人的爱。爱，是他诗歌的主旨。

蒲黎生先生的诗歌首先表达的是一种热爱。爱故乡的山水，其实也未必是山水之美对他有多大的感染，而是因为山水之乐中，连着他对亲人朋友的那种爱恋。故乡的山水确实离他已经渐行渐远了，但在他的记忆中确实有一些野草、老房子，还有在小河里游动的瓢虫。拥挤的房子、热闹的人群、走不出的喧嚣，这时候如果有一些故乡山水的图卷，或许也是慰藉心灵的一剂良药。但是狭隘地理学意义上的山水，总也不是经常能碰到的。"昔人已乘黄鹤去，此地空余黄鹤楼。黄鹤一去不复返，白云千载空悠悠。晴川历历汉阳树，芳草萋萋鹦鹉洲。日暮乡关何处是，烟波江上使人愁。"崔浩笔下的乡愁情结是那样的凄美，让人神伤，但是狭隘地理学意义上的乡愁，已经没有了，悲是悲了，哭是哭了，想是想了，但还是带着那一份爱恋，那份牵挂。黄鹤到底是什么？只能带给人无限的遐思。然而，蒲黎生先生的诗中的山水及人却给人别开生面的感触。他在《醉酒长歌》中这样写道：

> 我自独狂饮，何惧太白星。
>
> 拾遗不酒饮，酩酊李翰林。
>
> 五柳趋田园，旷达是坡翁。
>
> 醉翁山水间，居易携酒红。
>
> 我辈无一处，……

芙贤入农家，扶贫系民心。

作者自己创作的这首长诗定名为《醉酒长歌》，并且在诗中列举了中国历史上的几位文人游戏人生的典故，李白好饮酒，杜甫不好饮酒，陶渊明醉心田园，苏东坡的身上集中体现了儒道禅互补的品格等。"旷达是坡翁"，说的很是到位，欧阳修著有《醉翁亭记》，其实"醉翁山水间"里面，传达的是难以割舍的山水之乐后面的儒家的入道精神，白居易晚年有小妾酒红相伴，醉心田园游戏人生的成分颇多。

孔子说："邦有道则仕，邦无道则隐。"中国的文人始终在入世与出世之间徘徊，他们之所以能够在出世与入世间自由选择，其实还是在于那方山水，因为山水既能使他们路遇明君时，通过积极入世实现他们的家国理想，又可使他们逢遇末世或者环境险恶时，又退居山水，在自然中放浪形骸，"悟言一室之内"。当欧洲中世纪才有了蒙娜丽莎带有启蒙性质的微笑，华夏山水之乐文化孕育下的唐人风范早都有了那份灿烂的笑容，敦煌壁画中的那些神态安详而又富有想象力的佛和菩萨，然而这种想象力最终却没有走出宫廷、走出皇权的制约。虽然安详，但却没有接通广阔的海洋。

其实，对于外界强加与我们的一些东西，个人作为脆弱的个体，确实也无力改变什么，只能默默地欢喜，默默地去做。"不怨天，不尤人，下学上达"，这也是儒家先贤交给我们最好的办法。"我辈无一处"，既表明了人在现实窘境面前的那种脆弱感，又对自己积极入世的担当精神做了一定的铺垫。而黎生的"芙贤入农家，扶贫系民心"，那种忧国忧民的爱民之心，已明显冲淡了那份山水情怀下游戏人生的东西，给人以一种力量感！

综观蒲黎生先生创作的与歌咏山水系列的古体诗歌，山水之乐下面的积极入世的思想与情怀是其创作的主旋律。如《诗意晚霞湖》：

诗意晚霞湖，坠落满天星。
湖水吐龙涎，远山含黛青。
更深灯火稀，夜稠人声静。

风来波拍岸，不知湖幽深。

晨起下鱼杆，水鸭不厌人。

钩弯钓鱼鳖，钩直钓贤明。

……

巧娘立湖畔，山水一色青。

但使织女在，农夫蚕桑新。

耕读传世久，霞湖启新人。

我很喜欢蒲黎生创作的这首《诗意晚霞湖》，王国维先生说："一切景语皆情语。"任何景物的描写只有达到抒发真性情的程度，才能够达到理想的抒情程度。那么怎样才能够达到这点呢？我以为关键还在于景物的人格化的写意力度。恕我直言，满天星照的晚霞湖，怎能不让人垂涎！一句"湖水吐龙涎，远山含黛青"，景中有人，人中有景，人格化的写景抒情笔调将人与自然的那份亲昵之感，最大限度地呈现于读者面前。"风来波拍案，不知湖幽深。"湖幽深中呈现的到底是什么景物？诗人兴高采烈地以抒情的方式唱道："晨起下鱼竿，水鸭不厌人。钩弯钓鱼鳖，钩直钓贤明。"诗人积极入世的贤人治国情怀由然而生。后面几句又赞扬了诗书耕读之乐，具有积极的社会意义。

其实家国情怀的感情抒发，自古以来在意象的阐发与表达上是很多的，但是最难以表达的往往就是忧国忧民下的生死纠结。本来庄子的齐物、忘我的自然观已经将这种问题解决了，但是在礼治的作用下，对其深层次的问题，并没有解决得很好。鲁迅先生在《野草》的散文诗中，叙述了一个讲真话的故事，大意是一位富翁家的儿子诞生了，人们都去喝彩，只有一个人讲了真话，说是这孩子将来要死的，结果遭到了斥责。但是从写作上而论，生死纠结是生存意志的集中体现，屈原对死亡的执着思考，体现的是对家国的爱，"虽体解吾犹未变兮""路漫漫其修远兮，吾将上下而求索"，正因为是对死的真诚回应，才显现着生的自觉。生死纠结，一直是中国山水之乐，家国情怀创作的一个难点，只有突破了这个难点，山水的性情才会有了真气与灵气。如《悼念友人》：

念去去千里烟波，

不尽龙江山外阔。

品其弱，不负责。

恨懦弱，不担当。

子弱小，不当扶，

妻无助，不敢帮。

愧对秦，难称汉，

一死何为难？

但念一世一雄兮，

难以超越卓尔矣。

为兄不智慧，

世人为你难。

逝者已已矣，

生者长戚戚。

你魂已归天，

我辈不安然。

……

滚滚龙江东逝水，

光阴缕缕如白驹。

见问潮头去浪人，

英姿勃发几时归。

君不归，肝胆摧。

哀伤顿时催白发，

泪珠化作倾盆雨。

号叹生死两茫茫，

千里烟波白鹤飞。

诗人面对友人的离去，反复纠结其中，对友人的轻生，带有强烈的痛惜之感：

子弱小，不当扶，

妻无助，不敢帮。

愧对秦，难称汉，

一死何为难？

但念一世一雄兮，

难以超越卓尔矣。

……

在这种痛惜之感中，其实最难以跨越的还是那份浓浓的家国情怀。王羲之说："死生亦大矣，岂不痛哉。"逝者已去，但是相对于生者而言，还要面对死亡的问题，还要面对营营苟利，还要面对疾病衰老等等，这些强大的力量施加于人，必然会增加生命意志的脆弱感。仔细读宋词三百首，每首都包含着由死生问题纠结所引发的生命意志的脆弱感。"无可奈何花落去，似曾相识燕归来。"从诗人的个人境遇来看，固然有情爱之真的东西，但从时间消磨一切、消融一切的角度来看，也有人类普遍学意义上的时间之痛的情怀在里面。

为兄不智慧，世人为你难。面对死亡纠结，诗人通过两难心理的缠绵诉怀，显现了普遍性的悲剧情怀，读来感人肺腑。蒲黎生站在逝者的角度，道出了死的艰难，其实也反衬出生的艰难。

读蒲黎生的诗，叫人感到诗中所呈现的时空落差之美明显地有李太白的影子，这其实更加凸显了山水之乐与家国情怀下的生死纠结的审美力度。

人活一辈子未能参透的东西到底是什么？每读蒲黎生的这首诗，内心的浪花就会多了起来，或许是空气，或者是阳光、失踪的鸟儿、一个人的皱纹里的记忆；这些或许都不算什么，或许最为直接的恐怕是由爱恨情仇所产生的生死纠结。这就像一张网，我们每个人都缠绕其中，有一部分人从网里走了出来，更多的人则困惑其中。就像一棵树，长着长着就褪去了浮华和沧桑，成为鸟儿们歌唱的绿荫；就像一条河，流着流着就洗涤了浑浊，成为鱼儿们欢乐的海洋。也许是诗人对生死纠结刻骨的超脱与感悟吧！诗才在一个维度的意象里，显现出一种深沉而又广博的爱。如《拾贝羌水河》：

暖阳初照官鹅风，斜卧草地鸟鸣音。

隐形溪流水声响，隔岸佳人诵读声。

老妇扶杖问饥食，年少抚泪给碎银。

自然容物本无量，人间正道乞公平。

不管是温暖的官鹅风儿，还是鸟鸣之声的清脆悠扬，其实也都难掩诗人骨子里对弱势群体的同情。一位老妇扶杖行乞，一位年轻人看到这种现象难过得流了泪，颇有孟子说的"不忍人之心"。

除旧体诗之外，蒲黎生还创作了大量的自由诗，这些诗大多是歌咏爱情的。这些新鲜质朴的自由诗，感情真挚，表达了一种相伴一生的美好想象质感，其中不乏佳作：

你的任性

是我的孩子般的倔犟

你的孤傲

是我的爱人般的不亢

你是自由的天马

你是不羁的天神

你是我生命的吉祥鸟

你能否是我一生注视的远方

颇有点亚东唱的"心就像爱的草原，任随女人跟我自由飞翔"的神韵，爱恋对象的任性竟然和自由的天马与不羁的天神联系起来。从诗学与诗美体验本身而言，陌生化语言的开放视点拓展了爱情想象的天空。

其实世界与现实的荒诞性与不可琢磨性，需要人们以一种爱情的美好想象来补偿它。正如诗人写的："因为活着真累，上帝才染浓了夜色深沉。"

诗人艾青歌唱道："为什么我的眼里常含泪水，因为我对这片土地爱得深沉。"山水、家国、爱情将诗人包裹得如此温暖。正因为诗人对山水之乐、家国情怀的深刻领悟，才会使得诗人笔下的山水意象被赋予了一种丰富的内涵。

　　爱那方山水，就是蒲黎生诗的全部内容，也是他的诗的全部内涵，更是他的心结。山、水、人，是具象化了的诗人的内心独白，或者是诗人全部心仪的道具。

　　（王宏斌，礼县人，甘肃省陇南市文艺评论家协会副主席）

一缕阳光　一盏心灯

——读《透过心灵的阳光》有感

曹治

　　有缘，在一次采访中结识了蒲黎生先生，他不仅是一位心中有民的领导，也是一位胸怀大爱的作家。这部《透过心灵的阳光》的出版，值得庆贺。我能为本书写点感想，实之大幸。

　　诗，近于宗教，但宗教只有一部经典，诗却是一种自由的天然的民主，每个人都有可能也有权力通过语言创造诗歌。一首诗歌的好与不好，必须由读者自己进入，置身于诗人所创造的语词现场，才能感悟到那种意境的魅力。诗歌是精神修建起来的灵魂家园，我们无法像谈论一部电影或现实主义小说那样去谈论一首诗，大众的情怀和心理各不相同，使得对诗的体验存在差异。当我们读了《透过心灵的阳光》有不同的感悟和见解，自然是情理之中的事。

　　我对于钟情和热爱诗歌文学的人士充满了欣赏、尊敬、共鸣等复杂的感情。把文艺的天赋放在这个物欲横流的社会，它就必然得承受更多的磨砺和煎熬，而不是大众眼里的显赫和高尚。我认为，有成就的诗人几乎全凭天赋，但不否定有一些优秀诗人可以通过努力和积累来完成这一步。所以真正的诗是不会愈合的伤口，它会随着流血和结痂诉说不同时期的情怀。因为诗人的每一块伤痕都隐有暗暗的光芒。真正的诗和真正的诗人一样都包含着干净的灵魂。蒲黎生先生的作品处处打动着我，但打动我的却不是所谓的那种"好"、语言的小花招、一些意思、观念、某种哗众取宠的奇谈怪论……相反，我被他作品的朴素语言和真挚情感所打动，被他的诗品和诗观所打动。

　　汗水饱满，季节盈实。广阔而肥沃的大地，晾晒着沉甸甸的阳光。无疑，这是一个收获的季节。之前，蒲黎生先生出版了一部近六十万字的散文作品。这部《透过心灵的阳光》收集了他近些年来的几百首新诗和古体诗。蒲黎生先生作为一名法官，身居要职却心中永远留有故乡和庄稼地，那是他文学艺术的根源，也是诗意的稿签。在一片四季都孕育生命的土地上，他留下了自己的念想、对亲人的眷恋、对艺术的赤诚。这种蜜蜂般的勤劳和宗教般的虔诚筑建起的艺术家园，令人仰望、叹服。除了心，世界上再没有其他东西能感知文字的重量。

综观这部诗集，从作品的风格和行文信息上就体现了蒲黎生先生和我一样也是生于农村长于农村，《母亲》《故乡水磨》《父亲》《木匠哥哥》这些作品深深镌刻在骨髓里的是乡村生活中点点滴滴淳朴的印记，乡土气息在这些诗中"伐木而作/雕凿曲折"（《木匠哥哥》）。辛勤劳作然后灵魂安然中，借用淳朴的人文气息，刻画温情和人性化的精神内涵，架构出属于他自己的完整精神体系——对于生命万物的敬畏和虔诚。好诗作需要多加品读，也许仅仅需要几首诗人的好作品就能够引导我们进入诗人独特的精神世界。蒲黎生先生的诗歌看似朴素直白，实则如白乐天般"辞质而径，体顺而肆"。作者的作品更多涉猎的是对情感对生活对自然的一种感悟和理解。

诗歌是属于精神的。当黑夜降临时，打开一部诗集，就是为生命点亮了一盏照彻黑夜的心灯。这盏灯，世俗的风是永远吹不灭的。我不敢过多地评价蒲黎生先生的这部作品，但有一点是肯定的，这是属于他生命中的一盏心灯。这盏灯，照亮着他自己，也照亮着有缘捧起《透过心灵的阳光》的人们。

蒲黎生先生从青春年少到知命之年，在陇南这片青山绿水间，放飞着他诗歌精神追求的梦想和希望。我不敢断定土地、家乡与伟大作品、诗人之间有无必然关系，但实际上，大多传世的诗人，都与一方水土的滋润和养育密不可分。蒲黎生先生也是，他热爱生他养他的土地，爱这片并不肥沃的土地上生活的人们，并一如既往倾注深情于其中，用思考诠释生命，用思考诠释感情，用思考谱写诗歌。对于一位用坦诚书写、用心灵表达的诗人，我对他始终怀抱尊重和欣赏。

（曹冶，甘肃法制报记者、诗人，甘肃省作家协会会员）